# 惡魔的手毬歌

橫溝正史

吴得智 譯

日本推理大師經典

# 惡魔的手毬歌

橫溝正史

CONTENTS

出版緣起

# 日本推理大師，永不墜落的熠熠星團

編輯部

一九二三年，被譽爲「日本推理之父」的江戶川亂步推出〈兩分銅幣〉之後，日本現代推理小說正式宣告成立。若包含亂步之前的黎明期，此一文類經過了將近百年的漫長演化，至今已發展出其獨步全球的特殊風格與特色，使日本成爲最有實力的推理小說生產國之一，甚至在同類型漫畫、電影與電腦遊戲的推波助瀾之下，日本著名暢銷作家如桐野夏生、宮部美幸等也已躋進亞洲、歐美市場，在國際文壇上展露光芒，聲譽扶搖直上。

我們不禁要問，在新一代推理作家於日本本國以及台灣甚或全球取得絕大成功的背後，有哪些強大力量的支持、經過哪些營養素的吸取與轉化，能夠在競爭激烈的國際舞台上掙得一席之地？在這些作家之前，曾有哪些重要的作家精耕此一文類、獨領當時風騷，無論在形式的創新或銷售實績上都睥睨群雄、立下典範、影響至鉅？而他們的努力對此一文類長期發展的貢獻爲何？此外，日本推理小說的體系是如何建立的？爲何這番歷史傳承得以一代又一代地開發出一批批忠心耿耿的讀者，並因此吸引無數優秀的創作者傾注心血，人才輩出？

爲嘗試回答這個問題，獨步文化在經過縝密的籌備和規畫之後，於二〇〇六年年初推出全新書系「日本推理大師經典」系列，以曾經開創流派、對於後輩作家擁有莫大影響力的作家爲中心，由本格推理大師、名偵探金田一耕助和由利麟太郎的創作者橫溝正史，以及社會派創始者、日本文壇巨匠松本清張領軍，帶領讀者重新閱讀並認識在日本推理史上留下重要足跡的作家，如森村誠一、阿刀田高、逢坂剛等不同創作風格的重量級巨星。

日本推理百年歷史，從本格派到社會派，到新本格、新新本格的宣言及開創，眾星雲集，但跨越世代、擁有不朽魅力的巨匠們，永遠宛如夜空中璀璨耀眼的星團熠熠發亮，炫目不墜。

獨步文化編輯部期待能透過「日本推理大師經典」系列的出版，讓所有熱愛或即將親近日本推理小說的讀者，親炙大師風采，不僅對於日本推理小說的歷史淵源有全盤而深入的理解，更能從經典中讀出門道、讀出無窮無盡的趣味。

# 導讀／解謎推理小說大師·橫溝正史

傅博

八十多年來的日本推理文壇有三大高峰，就是日本推理小說之父江戶川亂步、本格派解謎大師橫溝正史和社會派大師松本清張。

這三位各自確立創作形式，影響了之後的推理小說的創作路線。

江戶川亂步於一九二三年，在《新青年》月刊發表〈兩分銅幣〉，獲得年輕讀者肯定，之後，陸續發表具歐美推理小說水準之作品，爲日本推理小說奠定了基礎。

話須從江戶川亂步向《新青年》投稿前夕說起。

《新青年》創刊於一九二〇年一月，其創刊主旨是鼓吹鄉村青年到海外發展的啓蒙雜誌。編輯這類綜合雜誌的慣例，除了主要論文或相關報導之外，都刊載一些附錄性的消遣文章，《新青年》選擇的是歐美新興文學，就是推理小說。主編森下雨村是英文學者，知悉歐美推理小說，對於每期刊載的作品，都附有詳細的作家介紹和作品欣賞的導讀，幫助讀者欣賞推理小說。

同時爲了鼓勵推理小說的創作，舉辦了四千字的推理小說徵文獎，同年四月即發表第一屆得獎作品，八重野潮路（本名西田政治）之〈蘋果皮〉。之後不定期發表得獎作品，橫溝正史的處女作〈恐怖的愚人節〉是翌年（二一年）四月的得獎作品。

《新青年》雖然提供了推理小說的創作園地，其水準與歐美作品相比較，還是有一段距離，對讀者發生不了影響力，須待四年後江戶川亂步的登場，其原因不外是徵文字數太少。看穿四千字寫不成完整推理小說的推理小說迷江戶川亂步，寫好〈兩分銅幣〉和〈一張收據〉兩短篇，直接寄給森下雨村，看完兩作品後，森下疑為是歐美的翻案小說。所謂的「翻案小說」，是指保留歐美文學作品原有的故事情節，而把時空背景移植到日本，登場人物改為日本人的小說。明治維新（一八六八年）以後的大眾讀物，很多這類改寫小說。

森下雨村把這兩篇作品交給知悉歐美推理小說的醫學博士小酒井不木判斷，徵求其意見，〈兩分銅幣〉終於獲得發表機會，三個月後〈一張收據〉也在《新青年》刊出。《新青年》由此積極培養作家，刊載創作推理小說。創作與翻譯作品並駕齊驅，成為《新青年》的賣點，鼓吹青年雄飛海外的文章漸漸匿跡，名符其實，成為推理小說的專門雜誌。

橫溝正史出道雖然比江戶川亂步早兩年，但著力推理創作是一九二五年以後，而要確立解謎推理小說的方法論，須待到二十年後的一九四六年。

橫溝正史，一九〇二年五月二十四日，生於神戶市東川崎。小學六年級時閱讀了三津木春影之翻案推理小說《古城的祕密》後，被推理小說迷住。一九一五年考入神戶二中，結識西田德重，他也是推理小說迷，兩人時常一起逛舊書店，尋找歐美推理雜誌來閱讀。二〇年中學畢業後，在銀行上班。這年秋天西田德重死亡，因而認識其哥哥西田政治，他就是上述《新青年》懸賞小說的第一屆得獎者。橫溝正史受其影響，開始撰寫推理小說應徵《新青年》後效，翌年二一年三次得獎，四月處女作〈恐怖的愚人節〉獲得一等獎、八月〈深紅的祕密〉獲得三等獎、十二月〈一把小刀〉獲得二等獎。同年四月考入大阪藥學專門學校。

一九二四年三月藥專畢業後，在家裡幫忙父親經營的藥店，業餘撰寫推理小說。翌年二五年四月與西田政治會見江戶川亂步，而加入推理作家所組織的親睦團體「探偵趣味之會」。之後積極地在《新青年》發表作品。十一月，與江戶川亂步去名古屋拜訪小酒井不木。一九二六年六月出版處女短篇集《廣告娃娃》。同月，因江戶川亂步的慫恿上京，到《新青年》編輯部上班，翌年五月接任主編。隔年，轉任《文藝俱樂部》主編。

發行《新青年》的博文館是戰前二大出版社之一，發行的雜誌很多，有綜合雜誌《太陽》、文藝雜誌《文藝俱樂部》、少年雜誌《譚海》等等。《新青年》創刊後，歐美推理小說獲得支持，博文館立即把《新文學》雜誌更名改版爲《新趣味》（二二年一月），專門刊載歐美推理小說，並舉辦推理小說徵文。其壽命雖然不到兩年，於二三年十一月停刊，其精神卻於三一年九月創刊的《偵探小說》繼承，首任主編即是橫溝正史。

一九三二年七月辭職，成爲專業作家。主編雜誌時期的作品不少，作品內容大多是具幽默氣氛的非解謎爲主的推理短篇，和記述凶手犯案原委爲主題的通俗推理長篇。

一九三三年五月七日，因肺結核而喀血，七月起在富士見療養所療養三個月，翌年（三四）年春，身爲《新青年》主編，也是推理作家的水谷準以友人代表的身分，勸橫溝正史停止執筆一年，以及易地療養，七月搬到信州上諏訪療養。

療養後，橫溝正史改變作品風格，充滿江戶時代的草雙紙趣味。江戶時代是指明治維新前，德川幕府所統治（一六〇三～一八六七年）的時代，「草雙紙」是江戶時代初期圖文並茂的大眾讀物之總稱，視其內容以封面顏色分爲赤本、黑本、青本、黃表紙四類和長篇之合卷。內容有諷刺、滑稽等輕鬆系列，和怪奇、幻想、耽美等異常系列。橫溝正史的草雙紙趣味是指後者。橫溝正史之戰前代表作，〈鬼火〉、〈倉庫內〉、〈蠟人〉等，都是具有草雙紙趣味的耽美主義作品。

一九三六年以後，橫溝正史的作品產量驚人。因第二次世界大戰，從三九年起，日本政府禁止舶來的推理小說之創作後，橫溝正史致力撰寫稱爲「捕物帳」的時代推理小說，和具有推理小說氣氛的現代小說，其產量仍然驚人。

一九四五年八月，第二次世界大戰終結，變成廢墟的日本，一切從頭出發。《新青年》雖然於二月廢刊，十月立即復刊，但是，因大戰中積極參與推動國策的博文館，被GHQ（聯合軍總司令部——統治敗戰國日本到一九五二年）解體，分成幾家小出版社。因此，《新青年》雖然三次更改出版社，卻挽不回往年榮光，五〇年七月從歷史舞台消失。

一九四六年新創刊的推理雜誌有五種，即三月之《LOCK》、四月之《寶石》和《Top》、七月之《Profile》、十一月之《偵探讀物》。翌年（四七年）即有七種新推理雜誌誕生，即一月之《黑貓》、《眞珠》和《偵探小說》、七月之《妖奇》、十月之《G-men》和《Windmill》、十一月之《Whodunit》。這些雜誌都是月刊，雖然當時因印刷紙張缺乏，不能定期發行，但想像當時可看到這十三種推理雜誌排在一起的豪華場面，就可知戰後日本推理小說復興之快速。而領導戰後推理文壇的，就是《寶石》，其中堅作家就是江戶川亂步（精神領袖）和橫溝正史（創作路線）。

《寶石》創刊號就讓橫溝正史撰寫連載小說。橫溝正史交給編輯部的作品，便是《本陣殺人事件》。

「本陣」是江戶時代的上流人士所住宿的驛站旅館，經營者都是當地的名門。明治維新後，本陣不一定繼續營業，但其一族仍是該地的豪門。

殺人事件發生於一九三七年十一月二十五日，岡山縣某村本陣之一柳家。戶主是五十七歲的糸子夫人，她生育三男二女。這天是四十歲的長男賢藏舉辦婚禮之日，婚宴後，新郎和新娘進洞房，這時候下著雪，四點十五分從洞房傳出新娘久保克子的尖叫聲。因洞房呈密室狀態，傭人破門而入，發現新郎新娘已被殺，這時候雪已停，凶器之日本刀插在庭院的雪地上，但沒有任何腳印，構成雙重密室殺人事件。

正好，這時候在東京開業偵探事務所之金田一耕助，來到岡山拜訪恩人久保銀造。金田一由此有機會參與辦案，他勘查犯罪現場和庭院後，便很有邏輯地解開密室之謎團，揭破事件眞相。是日本三大名探之一的金田一耕助誕生的一瞬間。另外兩位名探是江戶川亂步塑造的明智小五郎，和高木彬光筆下的神津恭介。他們都是職業偵探。

在本書，作者如下介紹金田一耕助。一九一三年於日本東北之岩手縣鄉村出生的金田一耕助，盛岡中學畢業後，抱著青雲大志上京，寄宿在神田，在某私立大學念書不到一年，對日本之大學教育失望，放棄學業去美國。到了美國之後，美國好像也不是他想像中的理想社會，他在餐廳打工洗碟子，過著無賴的生活。由於好奇心被毒品吸引，吸毒成癮的金田一，在偶然的機會下，解決了在舊金山發生的日僑殺人事件，引起當地日本人注意，成爲英雄。

久保銀造在岡山經營果樹園很成功。他想擴充事業而來美國，在某日僑聚會上，認識了金田一，他勸金田一戒毒，並資助他去大學念書。金田一耕助於三年後之一九三六年大學畢業，歸國拜訪久保銀造，久保資助金田一在東京日本橋開設偵探事務所。半年後在大阪解決了重大事件，來到岡山度假，碰到本陣的命案。

橫溝正史如此塑造了一名推理能力超人非凡，人格卻非完整的英雄，讓讀者有一種親密感。二次大戰中，金田一入伍，到中國、菲律賓、印尼等地打仗，一九四六年復員回國，戰後之金田一耕助探案待後續說。

橫溝正史發表《本陣殺人事件》第一回之後，同年四月，在《ＬＯＣＫ》開始連載《蝴蝶殺人事件》。命案也是發生於一九三七年，比本陣命案早一個月之十月二十日，地點是大都會大阪。馳名國際的歌劇家原櫻女士，在東京歌劇演出之後，前往大阪的途中失蹤，翌日其屍體被裝在低音大提琴的琴箱裡，送到大阪的演出會場。

本篇的架構比較複雜，作者設定新聞記者三津木俊助，爲某出版社撰寫推理小說。序曲寫他想把戰前在大阪發生的歌劇家殺人事件小說化，到東京郊外之國立（地名），拜訪解決此事件的名探由利麟太郎之允許的經過。第一章至第四章即以原櫻之經紀人土屋恭三的手記形式，記述事件發生前後時歌劇團員的行動，第五章至第二十章改由三津木俊助記述由利麟太郎的辦案過程，終曲是三津木寫完原稿後再次拜訪由利，以兩人對話的方式，由利直接說明推理經過。

由利麟太郎是橫溝正史創造的偵探，一九三六年五月發表的中篇〈妖魂〉（之後改爲〈石膏美人〉）首次登場。一九〇二年出生，曾任東京警視廳搜查課長，因廳內的政治鬥爭而辭職，一時去向不明，偶然的機會認識新聞記者三津木俊助後，重出江湖。警方無法破案的事件，由三津木收集資訊，由利根據所收集的資訊，以消去法逐一消除不適合犯案的人物，最後推理出凶手。包括由利未登場，三津木單獨破案之故事，「由利、三津木系列」的長短篇合計有三十三篇，故事內容大多屬於重視懸疑、驚悚的通俗作品。《眞珠郎》、《夜光蟲》、《假面劇場》等長篇是也。《蝴蝶殺人事件》則是「由利、三津木系列」的代表作。

橫溝正史除了塑造金田一耕助和由利麟太郎兩位名探之外，還塑造了八名偵探，但他們不是現代的偵探，而是江戶時代的捕吏。凡是明治維新以前爲時代背景之推理小說，皆稱爲捕物小說或捕物帳，近幾年來又稱爲時代推理小說。

時代推理小說的寫作形式是日本獨有，其起源比江戶川亂步之〈兩分銅幣〉早六年。一九一七年岡本綺堂（劇作家、劇評家、小說家）發表《半七捕物帳》第一話〈阿文之魂魄〉爲其原點。作者執筆《半七捕物帳》的動機，是欲塑造日本版福爾摩斯——半七，同時想把故事背後的江戶（現在之東京）人情、風物藉故事的進展留給後世。之後，很多作家模仿《半七捕物帳》形式，創作了多姿多采的捕物小說。按其內容，可分爲執重人情、風物，與以謎團、推理取勝的兩種系統。

橫溝正史所塑造的江戶捕吏中，最有名的是佐七（明治維新以前，平民只有名字，沒有姓氏）。佐七，一六二九年於江戶神田阿玉池出生。父親傳次也是捕吏，他有兩名助手，辰和豆大。他因皮膚白皙且英俊，很像娃娃，周圍叫他爲「人形（娃娃之意）佐七」。人形佐七爲主角的捕物帳，大約有兩百篇（短篇爲多），合稱「人形佐七捕物帳」，屬於推理、解謎取勝的系列作品。

佐七之外，橫溝正史筆下的江戶捕吏，還有不知火甚左、鷺十郎、花吹雪左近、緋牡丹銀次、左一平、朝彥金太、紫甚左等。其中除了不知火甚左和人形佐七之外，都是一九三九年政府禁止撰寫推理小說之後所塑造的。

話說戰後，《本陣殺人事件》的成功，不但決定了今後橫溝正史的解謎推理路線，並為戰後日本推理小說確立新路線，一直到一九五七年，松本清張之社會派推理小說登場前夕。這段期間，日本推理文學的主流是解謎推理，其領導者就是橫溝正史。

戰後的橫溝正史與以往不同，一直以金田一耕助之傳說作者自許，為他寫了近八十篇的探案，其中四分之一以上是長篇。由此可窺見橫溝正史旺盛的創作能力。橫溝正史的代表作集中於金田一耕助探案。

《獄門島》（一九四七年一月至四八年三月，在《寶石》連載，二九年五月出版單行本）。一九四六年初秋，金田一耕助從戰地回來，九月初就到東京都心之市谷，替戰亡的戰友解決戰前發生的無頭公案後，九月下旬來到瀨戶內海上的離島——獄門島。其目的也是在歸國的船上，受即將死亡的戰友鬼頭千萬太之託。千萬太是鬼頭本家之長男，他有三個妹妹——月代、雪枝、花子。

金田一耕助在往獄門島的渡船上，認識千光寺的了然和尚，得知鬼頭本家的先代死亡後，其家務事由了然和尚、荒木村長和中醫師村瀨幸庵三人合議處理。十月五日，舉行千萬太葬禮時，花子失蹤，晚間發現其屍體被吊在千光寺庭院的古梅樹上。其後，雪枝被殺，屍體藏在放在路旁的大吊鐘內，月代也被殺，屍體周圍布滿胡枝子的花瓣。

凶手爲何殺人後，需要這樣布置屍體，成爲連續殺人事件的謎團。金田一耕助發現是比擬俳句（日本獨自的定型詩）的殺人事件。那麼其動機是什麼？凶手是誰呢？

《獄門島》在各種推理小說傑作排行榜，都入圍前五名（排名第一的也不少）。筆者認爲是日本推理小說史上之最高傑作。不可不讀。

《惡魔前來吹笛》（一九五一年十一月至五三年十一月，在《寶石》連載後，一九五四年出版單行本）。一九四七年一月十五日，東京銀座的天銀堂珠寶行內，發生大量毒殺事件，死者達十人。三月一日〈惡魔前來吹笛〉的作曲者椿英輔失蹤，四月十四日發現其屍體，之後被認定爲自殺。幾天後，椿英輔的女兒美禰子，帶著英輔的遺書來拜訪金田一耕助，並告訴金田一，她認爲向警察當局告密「天銀堂毒殺事件的凶手是椿英輔」的是住在椿公館中的某一人。不久命案便相繼發生……

橫溝作品的殺人動機，很多是血統、血緣問題。本書不但不例外，問題還很嚴重，很陰慘。雖然不是一部純粹的解謎推理小說，卻是一部值得閱讀的傑作。

「金田一耕助探案」除了上述三長篇之外，還有《夜行》、《八墓村》、《犬神家一族》、《女王蜂》、《三首塔》、《惡魔的手毬歌》、《假面舞會》、《醫院坡上吊之家》

（按發表順序排行）等傑作。

日本解謎推理小說到了一九五〇年代初，即開始衰微，一九五七年，松本清張出版《點與線》和《眼之壁》，確立社會派後，既成作家漸漸失去創作園地，有的不得不停筆，橫溝正史也很少發表作品。到了一九七〇年代初，偵探小說（指一九五七年以前之推理小說）的重估運動，使橫溝正史的作品復活，重新獲得不勝計數的讀者。

橫溝正史於一九四八年，以《本陣殺人事件》獲得第一屆日本偵探作家俱樂部長篇獎（現今的日本推理作家協會獎）之外，一九七六年日本政府授與勳三等瑞寶章。一九八一年十二月二十八日逝世，享年八十歲。

二〇〇六年一月二十日

本文作者簡介：

傅博，文藝評論家。另有筆名島崎博、黃淮。一九三三年出生，台南市人。於早稻田大學研究所專攻金融經濟。在日二十五年以島崎博之名撰寫作家書誌、文化時評等。曾任推理雜誌《幻影城》總編輯。一九七九年底回台定居。主編《日本十大推理名著全集》、《日本推理名著大展》、《日本名探推理系列》以及日本文學選集（合計四十冊，希代出版）。

角色分析

# 金田一耕助是何許人也？

編輯部

作為日本推理小說史上的三大名探之一的金田一耕助，究竟有何本領跨越六十年的歲月，仍受到廣大讀者的愛戴？就讓我們透過接下來的幾個關鍵字，深入了解金田一耕助吧。

**他的外型：**

在很多金田一系列的作品中，都能看出金田一是皮膚白皙的小個子。而原作者橫溝正史曾在《迷路莊慘劇》一作中，明白指出金田一的身形是「五尺四寸高、體重約十四貫左右」，換成現代的講法就是約一百六十三公分高、五十二公斤左右。不過令人意外的是，歷代以來在電影或電視劇中演出金田一耕助的演員們，除了片岡鶴太郎之外幾乎都高出原著設定許多。此外，不少原著中的登場人物形容金田一是個長得像蝙蝠的窮酸男子，然而也有不少角色認為金田一有著溫柔、睿智的眼神。他們最後總會傾倒於耕助那溫暖、誠摯的微笑之下，就像是《惡魔前來吹笛》裡的三春園老闆娘一樣。

**他的打扮：**

說到金田一耕助，幾乎所有人第一時間就會想到他那皺巴巴的和服。但他並不是一年三百六十五天都穿同樣的和服，根據原著的設定他會隨季節的變換，夏天穿夏季和服，秋冬之際則會再披上和服外套。

隨著時代轉變，和服顯得愈來愈稀奇，金田一數十年如一日的打扮也曾被誤以爲是有特殊目的的變裝。不過在《惡靈島》一作中，金田一面對這樣的質疑，則是開朗地強調：「雞窩頭和皺巴巴的和服可是我的招牌打扮呢。」

**他的習性：**

講到金田一耕助的習性，諸位讀者第一個想到的，一定就是不停地搔抓他的雞窩頭，搞得頭皮屑滿天飛，興奮之際還會口吃。事實上，金田一有著諸多名偵探都沒有的奇怪習慣，他甚至會抖腳，眞無愧其窮酸男子的評語。在《八墓村》和《惡魔前來吹笛》等作品中，就有他又是抓頭、又是抖腳的場面出現，眞讓人不知道該說什麼。除此之外，雖然出現次數不多，金田一還會吹口哨，當他獲得重大線索時，便會心情愉悅地吹起口哨。

**他的戀愛：**

在《惡靈島》中，金田一曾經被問到關於感情方面的事情，他非常害羞地亂抓著雞窩頭回答：「不，我那方面完全沒有動靜。」這麼說來，金田一似乎不曾對任何女性動心，不過其實他也曾經有心動的對象。一是《獄門島》的鬼頭早苗，早苗是鬼頭家的繼承人，個性外柔內剛。在案件結束之後，金田一問早苗是否願意和他一同前往東京生活，無奈早苗爲了鬼頭家的未來拒絕了，這是金田一第一次失戀。還有一人是〈女怪〉中的酒吧老闆娘，持田虹子。即使知道虹子已有情人，金田一仍舊熱情地說：「就算老闆娘有情人，我還是喜歡她，非常、非常地喜歡她。」只可惜案件的眞相太悲慘，兩人無緣結合。在這個案件中大受傷害的金田一爲了療傷，便自我放逐到北海道去了。

# 【《惡魔的手毬歌》鬼首村登場人物關係圖】

製圖：獨步文化編輯室

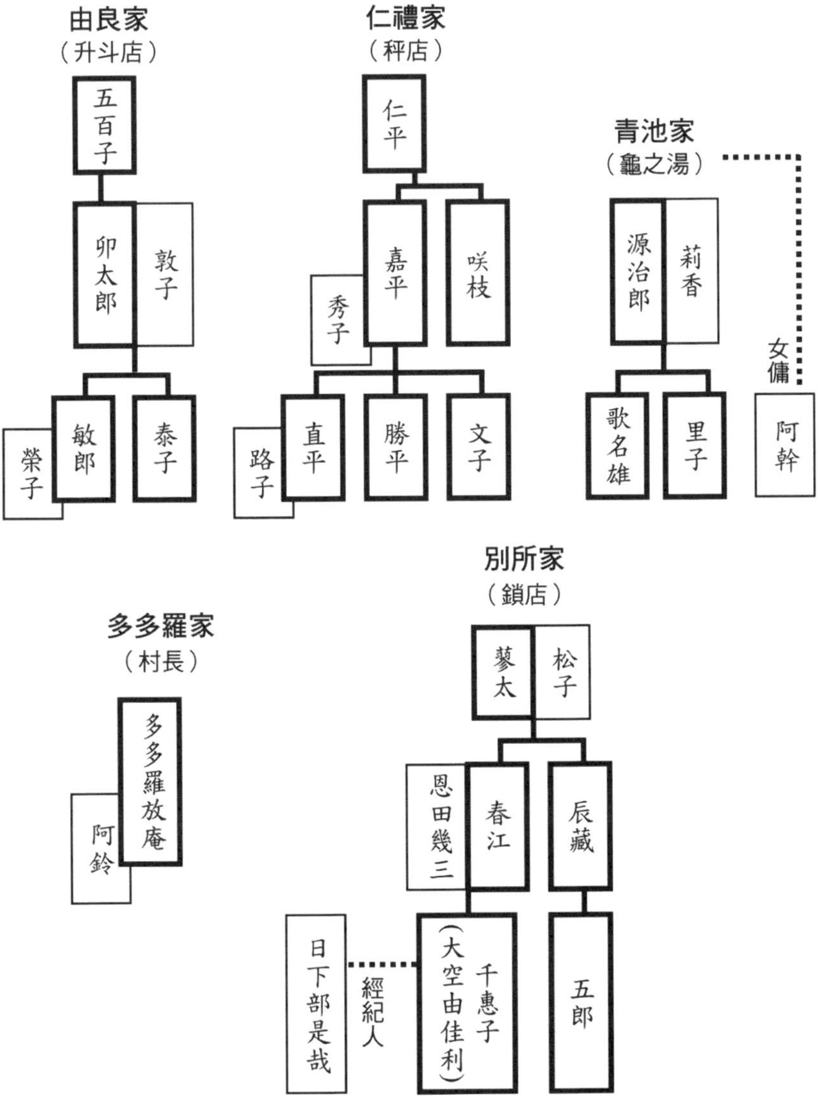

# 鬼首村手毬歌研究

PROLOGUE — 序言

我的友人辦的雜誌，推出了名爲《民間傳承》的小冊子。只提供給會員，發行量不大，規格採菊判（註一）六十四頁，可說是名符其實的小冊子，然而翻開一讀，內容卻相當有趣。

在主標題「民間傳承」下方，有個副標題「鄉土與民俗」，由此可知是專門蒐集日本各地流傳至今的奇俗、口頭傳說以及民間故事等等。除了少數由知名人士執筆，絕大部分是一些無名之人的投稿。

就因如此，即使文章稍嫌幼稚，由於寫的都是稀奇有趣的事實，讀來頗爲新鮮且興味盎然，令人受教良多。

我把這些小冊子合訂保存起來，喜歡趁空閒或無聊時拿出來翻閱，最近忽然發現從前漏讀的一篇非常吸引人的文章。

那是刊登在昭和二十八年（註二）九月的一篇很有意思的考證文章，題目是〈鬼首村手毬歌（註三）研究〉，講述在鬼首村當地幾乎已失傳的手毬歌。作者名叫多多羅放庵，由於是這種型態的雜誌，無法得知這位多多羅放庵爲何許人物，不過應該是一篇投稿文章吧。

得到金田一耕助的許可，我接下來要分享的這個駭人故事裡，鬼首村的手毬歌扮演了相

註一—日本書籍的一種規格，大小爲二十二公分×十五公分。
註二—即西元一九五三年。
註三—「手毬」是一種傳統以棉花和線製成的球，「手毬歌」就是孩童一面拍球一面唱的歌。

當重要的角色。所以，我很慶幸能發現這篇多多羅放庵的文章，除了在此重新公開內文，我也針對放庵的考證補充一些個人的意見，希望有助於讀者諸君瞭解這個故事。

附帶一提，「鬼首村」正確的日語發音應該是「onikoube」村，但當地方言似乎是念成「onikobe」村。

鬼首村手毬歌

我家的後院裡
來了三隻麻雀
有一隻麻雀是這麼說的
俺是本地兵營的大老爺
愛打獵愛喝酒愛女人
特別愛的是女人
很有女人味的枡（註）斗店女兒
長得很標緻，但喝酒是海量
用枡來量，用漏斗來喝

一整天都不離酒
還說不夠喝，結果被趕回去了
被趕回去了

第二隻麻雀是這麼說的
俺是本地兵營的大老爺
愛打獵愛喝酒愛女人
特別愛的是女人
很有女人味的秤店女兒
長得很標緻，但是個小氣鬼
大錢幣小錢幣都拿秤來量
一天到晚計算每天還債錢
還說沒空睡覺，結果被趕回去了
被趕回去了

**註**—外形像木盒的計量工具，也可用來飲酒。

第三隻麻雀是這麼說的
俺是本地兵營的大老爺
愛打獵愛喝酒愛女人
特別愛的是女人
很有女人味的鎖店女兒
長得很標緻，地方有名的大美人
大美人的鎖出毛病
鎖出毛病鑰匙便不合
就說鑰匙不合，結果被趕回去了
被趕回去了

我借給你一貫了（註一）

據說鬼首村的手毬歌還有很多首，但多多羅放庵只舉出前述的三小節。
多多羅放庵指出，一般的手毬歌大多採取數數歌（註二）的形式，也有從接尾詞句開始發展的形式，但無論哪一種，在內容或構想上都少有一貫性，通常是透過聯想，一個接著一個發展而成。

多多羅放庵認爲，相較之下，鬼首村的手毬歌內容會令人感到某種一貫性，可能是因爲在江戶時代，這個地方的農民有意無意想藉由手毬歌來諷刺掌權諸侯的政道吧。

在此，讓我們先透過地圖瞭解一下鬼首村的地理位置。

此村位於兵庫縣與岡山縣交界，雖然離瀨戶內海的海岸線不到三十公里，但四周山陵環繞，被隔絕在所有重要交通網之外，是標準的山間盆地。若從地圖上來看，不論就地形或交通關係，理應編入兵庫縣。然而，或許是自江戶時代就是岡山縣域的領地，因此在地圖上被編入岡山縣，這一點倒是令人有些詫異。

這個事實也造成了一旦有犯罪案件發生，進行搜查時的嚴重困擾。由於地形交通不便等原因，鬼首村受到隸屬的岡山縣警署差別對待。另一方面，交通較方便的兵庫縣警方也因該村不屬於轄區，多少有視而不見的傾向。接下來要告訴各位讀者的這件案子，在偵辦上亦爲此受到不小的影響。

註一——「貫」乃貨幣單位，在明治時代，一貫等於十錢。據說在手毬歌的遊戲規則中，如果從頭到尾都沒唱錯，即等於借給一起玩遊戲的對方一貫，因此最後一句和之前三個小節的內容是沒有關聯的。

註二——原文「数え歌」，是一種按照數字順序編出歌詞的歌謠。

話說在江戶時代，這個村子乃是伊東信濃守的領地。根據明治元年（註一）的《武鑑》（註二）一書，在伊東信濃守的欄位裡，有著「柳間」、「朝散大夫」等表示位階的文字，並詳實記錄其俸祿爲一萬三百四十三石（註三），以及其居所位於「鬼首」。換句話說，這個村裡駐有諸侯的宅第，然而其俸祿只有一萬三百四十三石，以諸侯而言可說是最低的，因此其宅第稱不上「城堡」，一般似乎只能稱爲「兵營」。

所以，鬼首村手毬歌的歌詞「俺是本地兵營的大老爺」，指的就是伊東家的某位祖先。依多多羅放庵的考證，天明時代（註四）的諸侯名叫伊東佑之，生性好色荒淫，常以狩獵爲藉口到各地巡視，只要一見到美女，不管是未婚少女或是已婚婦女，便毫不留情強行擄走，作爲良夜之伴。玩膩之後，就隨便找個小過失爲由，將其殺害。伊東佑之在年號從天明改爲寬政（註五）之際突然去世，多多羅放庵認爲，他恐怕是遭身邊的人下毒而死。

此外，多多羅放庵也認爲，由於鬼首村的手毬歌意在唱出伊東佑之的惡劣行徑，每節末尾重複的歌詞「被趕回去了／被趕回去了」，實際上應該是「被幹掉了／被幹掉了」（註六）的意思。

再者，手毬歌裡出現的枡斗店、秤店、鎖店等詞彙，不一定代表職業。江戶時代平民不被允許擁有姓氏，便使用像這樣的屋號來區別。即使在平民正式被允許擁有姓氏的明治之後，甚至到現代，老一輩的人之間偶爾還會使用屋號互稱。

以上介紹了從《民間傳承》中發現的鬼首村手毬歌由來，讀者諸君對於大概的背景先有個認識，現在，就來揭開這個令人毛骨悚然的鬼首村手毬歌殺人事件的序幕吧。

**註一**——西元一八六八年。

**註二**——為江戶時代出版的記錄各諸侯的姓名、俸祿、宗譜、封地、家屋等資料的書籍。

**註三**——一石大約為一百八十公升，也用作諸侯俸祿額的單位。

**註四**——西元一七八一～一七八九年。

**註五**——西元一七八九～一八〇一年。

**註六**——「被趕回去了（返された）」日文發音為「kaesareta」，近似「被幹掉了（殺された）」的發音「korosareta」。

I PART

— 第一部

# 有一隻麻雀是這麼說的

# 第一章　村子裡的大騙子

金田一耕助帶著磯川警部（註）的介紹信，坐上至今仍留存當地的人力車越過仙人嶺。這是金田一耕助初次踏進鬼首村。時值昭和三十年七月下旬，當然，這時他壓根不曉得當地流傳著所謂的手毬歌。

金田一耕助來到這個村子，並不代表有案件發生。即使是金田一耕助這樣的人，也不是一天到晚都在追查案件。他不是機器，只是一個平常人，想要暫時忘掉世間瑣事，好好獨處與休息，也是無可厚非吧。

金田一耕助苦思一番，最後決定選在岡山縣靜養。由於打從他出道插手那件「本陣殺人事件」以來，接連碰上「獄門島」、「八墓村」等案件，一直和岡山縣很有緣，不知不覺間對這個地方的人情風俗產生好感。岡山地區傳統好客的民風，總是令他心頭一暖。

既然地點決定了，擇日不如撞日，再說他又是單身，沒什麼好掛慮的，於是他提著一個

**註**—日本警察制度的階級，由下而上依序爲巡查、巡查長、巡查部長、警部補、警部、警視正、警視長、警視監、警視總監。

旅行袋從東京朝西出發，前往拜訪任職岡山縣警察總部的磯川警部。

金田一耕助還是老樣子，並未先寄信或是明信片知會對方，因此當磯川警部在殺風景的會客室裡見到金田一耕助的時候，不禁瞪大了眼睛，劈頭就以懷念不已的語氣，扯著嗓門問：

「怎麼回事？金田一先生，你什麼時候來的？」

「我剛到。啊啊……睏死了，我在火車上就是怎麼也睡不著。」

金田一耕助故意眨著眼睛，表演在夜行列車上無法成眠的模樣。

「你才剛到呀，是不是又有什麼奇案……？」

「眞是的，警部，不要見到我就滿嘴案件、案件的行不行？我又不是辦案狂。還不就是想來看看你，都那麼久沒見了。」

「哈哈哈……你是說眞的嗎？」

「什麼蒸的還是煮的啊……」

「那眞是天大的榮幸，哈哈哈……」

磯川警部大大的手掌撫著臉頰。滿臉笑容的他，感覺上老了許多。

剪得短短的頭髮幾乎全白了，而且相當稀疏，深色頭皮若隱若現。眉毛也白了，額上的皺紋增加不少，然而，他矮胖的身軀裡仍滿是精悍之氣，晒成赤銅色的臉龐與變白的頭髮、眉毛恰成對照，給人一種十分可靠的感覺。他幹警部這一行十年如一日，妻子在幾年前過世了，現在是個光棍。

「對了，金田一先生，你接下來的行程呢？」

「其實，我正想跟你商量這件事。」

金田一耕助想找個清靜的地方，希望能不受打擾，悠閒地靜養一個月。

「這附近有沒有什麼合適的地方？愈偏僻不方便的地方愈好，最好是跟外界完全隔絕、人煙稀少的深山幽谷那種鄉下地方。」

「這個嘛，有是有……不過……」

磯川警部望著金田一耕助那身白底藍紋舊綿衫搭配皺巴巴夏季和服的招牌裝束，一面說道。

「你眞是一點都沒變啊，哈哈哈……」他的眼角浮現溫厚的皺紋，「沒問題，這件事我們今晚慢慢談吧。你一路坐夜車來辛苦了，我馬上幫你介紹一家很涼爽的旅館，你先洗個澡，好好睡一覺，我下班馬上過去。」

他爲金田一耕助介紹了一家市區的旅館。

這天晚上，兩人喝光兩、三瓶啤酒之後，磯川警部從浴衣（註）裡抽出一封介紹信。

「遵照你的要求，我把介紹信準備好了，不過有件事得講在前頭，『跟外界完全隔絕』

的地方不大可能找得到，連這個村子也吹進外界的空氣了。」

「沒問題，我明白。這要怎麼念？還真是稀奇的村名。」

介紹信的信封上寫著：「鬼首村　青池莉香女士　收」

「這個念作onikoube村，不過一般會簡短念成onikobe村。」

「原來如此，念法相當特殊。這位名叫青池莉香的女士是……？」

「這個婦人身世滿可憐的。」磯川警部用大大的手掌撫著臉，感慨良深地說：「她的丈夫被人殺害了，到現在還抓不到凶手。」

金田一耕助拿著介紹信，目不轉睛看著警部說：

「這樣不行喔，警部。白天跟你說過，我不想被任何事打擾，只想好好休息……」

「是啊，我懂、我懂。」磯川警部比出安撫的手勢，「人是被殺了沒錯，但不是這一、兩天的事，而是二十幾年前的案子，這一點請你放心。我只是想說，要找一個跟外界完全隔絕的地方是不大可能的。二十三、四年前的鬼首村遠比現在來得落後不便，都還是發生了無法水落石出的案件。」

磯川警部似乎想要金田一耕助聽聽這個故事，但金田一耕助不希望被任何事打擾好好休息，於是警部猶豫了。

不過就金田一耕助的立場，如果要去打擾青池莉香，先瞭解一下她的背景也沒什麼不好。不，他甚至認爲有必要先弄清楚才對。於是，他從放在膝上的介紹信抬起眼說：「這故事感覺挺有意思的，不是嗎？」

金田一耕助露出一口白牙，莞爾一笑。那是一種容易親近、很吸引人的笑容。

「是啊，挺有意思的。」磯川警部有點不好意思，流露孩童跟大人討東西似的眼神。「你願意聽我講嗎？」

「好啊，就讓我仔細聽聽這個故事吧。一聽到這是一樁二十幾年來都查不出眞相的案子，我就想聽得不得了。哈哈哈……這是我的壞毛病……」

「謝了。那麼，愼重起見，請先聽聽故事背景吧。」

磯川警部一方面很感謝金田一耕助能夠體諒他，一方面因爲心情突然放鬆，口吻更是熱切。

「我知道金田一先生對鄉下農村也相當瞭解，不管哪個村落，一定會存在握有絕對勢力的人，同時也會存在互相抗衡的人。舉例來說，就像是獄門島的本鬼頭和分鬼頭，或是八墓村的東屋和西屋一樣。」

「原來如此，那麼，鬼首村裡也存在兩大勢力，對嗎？」金田一耕助搭了腔。

**註**——一種夏季常穿的傳統棉布和服，比正式和服要來得簡易穿著且休閒，男女款式皆有，通常在比較輕鬆時或沐浴淨身後穿著。

「沒錯。」磯川警部似乎很高興地傾身向前，「好，我們姑且說是存在兩大勢力。事實上，近年鬼首村內各方勢力的消長變化相當大。這個案件發生在昭和七年，也就是滿洲事變後的第二年。當時景氣極度蕭條，農村是多麼苦不堪言，金田一先生，你應該記得吧？」

「我記得啊……其實滿州事變會發生，農村的經濟蕭條就是主因之一。」

「沒錯，農村的『二、三男問題』(註)是一個主要的原因，不過這個先不談。當時，鬼首村的兩大勢力就是由良家和仁禮家。除此之外，還有多多羅家，從江戶時代就是村長的門第，照理應當最有勢力，然而由於上一代和當時的家主，都愛好酒色、放蕩不羈，導致家道中落，取代多多羅家抬頭的新興勢力便是由良家和仁禮家。於是，只要跟鬼首村有所關聯的人，都必須明確聲明自己是由良派或是仁禮派，絕對不容許中立。」

「如同現代的美蘇兩大陣營一樣？」

「沒錯。至於這兩大勢力，由良家從很久以前就是大財主，不僅在鬼首村，在鄰近村鎮也擁有廣大的田地，其中有許多是多多羅家兩代家主放蕩不羈，轉手而來。另一戶仁禮家在當時屬於新興勢力，主要擁有的資產是一些山坡地，根本值不了錢，擁有再多也無法跟由良家對抗。幸好當家仁禮仁平有先見之明，大約是在大正末年或昭和初期，他在自家的山坡地……因為就是這一帶，應該說是丘陵更恰當吧，他開始在自家的丘陵栽種葡萄。這些葡萄園在昭和六、七年左右漸漸發展成一項重要產業，仁禮派形成一股不小的勢力。」

「葡萄園事業現在還繼續運作嗎？」

「當然，現在已成了鬼首村的一大產業。」

「原來如此，難怪仁禮派的勢力會抬頭了，畢竟為村子開拓了新產業。」

「可以這麼說。仁禮仁平的確不簡單，鬼首村是個四周被山陵圍繞的盆地，他做了詳細的調查，發現這個盆地和盛產葡萄的甲州盆地，不管是氣溫、濕度或日照時間都相當類似，於是他在大正末年著手種植，經過幾年的努力終於獲得成果。趨炎附勢乃是人之常情，仁平周圍聚集所有想要嘗甜頭的人，他很快成了當地的大老爺，漸漸在村裡擁有發言權，發展出一股不容小覷的勢力。」

「原來如此。這麼一來，由良家應該很不是滋味，一定會想辦法抗衡，是吧？」

「哈哈哈……金田一先生真是明察秋毫啊。一點也沒錯。為了自衛，由良家開始尋求方法抗衡。然而，這卻促成我接下來要講的悲劇種子萌芽。」

可能是金田一耕助流露出對這個故事的興趣，磯川警部愈講愈起勁，也可能是內容愈接近核心氣氛愈熱烈，警部的表達方式反倒顯得有點裝腔作勢，金田一耕助忍不住笑了。

「那麼，請告訴我由良家採取什麼方法制衡，使得悲劇的種子萌芽吧。」

**註**——農村家庭的次男與三男無法繼承家業，受經濟不景氣的影響又無法找到其他工作，從學校畢業後，只能留在家裡幫忙農作。除了造成農村人口過剩，也形成所謂的潛在失業人口。

「好的、好的。」警部似乎有點難爲情，大手抹了抹臉頰。「當時由良家的家主名叫卯太郎，大概四十歲左右。在識途老馬的仁平老爺眼中，卯太郎只是乳臭未乾的小毛頭，簡單來說就是太嫩。卯太郎從小嬌生慣養，根本不懂人情世故，加上性子急又好強，不想輸給仁禮家，於是有人吃定他這一點，想趁機撈一筆。」

「誰想趁機撈一筆……？」

「是一名大騙子，趁農村蕭條想要狠狠撈一票的大騙子……在這種時候趁虛而入，不僅是由良家，整個鬼首村都被他攪得天翻地覆。」

「騙子……？有騙子登場？」

聽到出乎意料的發展，金田一耕助露出詫異的表情。

「是啊，而且這個騙子最後殺了人逃之夭夭，從此下落不明，整個村子簡直像被他掀了過來。」磯川警部的神情變得有點凝重，「這個騙子自稱恩田幾三，恐怕是假名吧。昭和六年年底，這傢伙拿著一封介紹信拜訪由良家老爺，年紀約莫三十五、六歲，戴著金邊眼鏡，留著一撮小鬍子，據說是個美男子。他聲稱想幫村子引進一項副業——製作鼓花緞。鼓花緞……你曉得嗎？就是耶誕節裝飾用的、薄木片上染了各種顏色的那個東西。不過，當然是做來外銷的。」

「嗯嗯，這樣啊。」由於故事內容已不單是農村的勢力爭奪，金田一耕助突然興趣倍增，身子不禁往前靠。

這麼一來，磯川警部更是說得起勁：

「聽他這麼一提，卯太郎老爺覺得滿有意思的，便開始籌畫這項工作。對苦於經濟極度蕭條的農民而言，有人願意提供從事副業的機會，無疑是莫大的恩惠。聽了卯太郎老爺的說明，每個人都興致勃勃地想參與。具體的工作內容是這樣子的：恩田會借機械給有意願的農家……說是機械，其實只是簡單的工具，恩田也會提供材料，農民便用機械和材料製作鼓花緞。恩田會支付相應的工資，向農家收構成品，並慢慢讓農民有能力自行購買這些機械。以這樣的方式，機械的租金暫時請由良家老爺代墊給恩田，直到農民存夠資金購買機械爲止。這項副業推行得相當順利，在想都沒想過能賺取這種收入的農民眼中，由良家老爺簡直宛如救世主，個個感恩不盡，而卯太郎老爺也賺足了面子。過了將近一年，大約是昭和七年秋天，幾乎所有農民都付錢買了自己的機械。不料就在這個時候，出現懷疑恩田的人，他就是青池莉香的丈夫，名叫源治郎。」

警部繼續述說這個故事。

# 第二章　性感女郎

「先談談青池家的事吧。」磯川警部慢條斯理地抽著菸，「在鬼首村外有一家叫『龜之湯』的溫泉療養所，是青池家代代經營下來的。」

「溫泉？有溫泉嗎？」金田一耕助的身子往前一靠。

「不，不算是溫泉吧，『龜之湯』的水溫大概在攝氏二十度左右，應該屬於冷泉。他們把冷泉燒熱提供泡澡，每到農閒季節，附近的農民就會前來做溫泉療養。不過說也奇怪，種植白米稻作的農民最受尊敬，種植其他農作物的被視爲比較低等的農民，常受到輕視。說得極端一點，一樣是農民，但種植白米以外的農民，譬如種植蔬菜的就被稱爲下等農民。儘管仁禮家的仁平老爺種植葡萄幫助農村景氣變好，由於存在這種歧視的風氣，他在由良家的卯太郎老爺面前其實是抬不起頭的。啊，我們言歸正傳吧。」

磯川警部輕輕彈了一下菸灰。

「因此，對於經營『龜之湯』的青池家，即使是沒有自己耕地的貧窮農民也會認爲『不過是一家溫泉療養所罷了』，把青池家視爲比農民更低一等的人家。青池家的次子就是源治郎，當時二十八歲，之前曾離鄉前往神戶、大阪做過種種工作，對社會和人情世故頗爲瞭解。昭和七年深秋，源治郎帶著老婆——也就是莉香和一個兒子回到老家，他對恩田的作法存疑，不僅如此，他還把自己的懷疑告訴仁平老爺：這會不會是詐欺啊？這下仁平老爺可高興了，便拿錢委託源治郎調查。不過，仁平老爺否定有這麼一回事，這暫且不談。經過一番調查，源治郎終於抓到恩田的狐狸尾巴，於是單槍匹馬前往恩田的住處……應該說是恩田在村子裡的臨時落腳處吧。正當源治郎準備好好修理對方的時候……」

「反倒被恩田殺了？」

「沒錯。」

「是用什麼方法？勒死，還是刺死？」

「是毆打致死。由於正值深秋，屋裡有座地爐（註），旁邊擺著一些柴薪、柴刀等東西，源治郎被對方用柴刀從後腦杓一擊斃命……」磯川警部皺起眉頭，「這是發生在昭和七年十一月二十五日的事。」

「有目擊者嗎？」

「沒有，沒人看到，否則應該會加以阻止。」

**註**—在日本農家的地板會切出一個四角形，用來烤火取暖和燒飯。

「那麼，是怎麼發現屍體的？」

「源治郎的老婆——莉香曉得丈夫要去找恩田算帳。事實上，丈夫要出門的時候她制止過，叫他不要多管閒事。然而，過了一個小時又一個小時，丈夫始終沒回來。對了，源治郎是吃過晚飯，大概六點多出門，但到了九點還沒回來，莉香忍不住擔心，便前往恩田住處一探究竟。」

「恩田的住處是……？」

「啊，得先說明一下，恩田並未長住鬼首村，大概每個月出現一次，或是每三個月來村子兩趟，總是停留兩、三天，辦完事立刻走人。起初是在由良家過夜，但他覺得很拘束，便在多多羅放庵家租了一間離屋，後來都借宿在此。」

「你說的多多羅，就是村長那一家……？」

「沒錯，他是村長的後代，有個一本正經的名字『一義』，他還給自己另取稱號叫『放庵』，是個隨心所欲的人。由於父子兩代都喜好酒色、放蕩不羈，導致家道中落，不過仍保有祖傳的房子，放庵和第五任老婆——阿鈴，兩人守著老房子過著儉樸的生活。」

「第五任老婆？」金田一耕助瞪大了眼睛。

警部惡作劇似地滴溜溜轉著眼珠，繼續說：

「第五任老婆沒什麼好驚奇的，這位放庵仍然健在，之後又換了好幾個老婆，前前後後總共娶了八任。」

「眞是好樣的……這麼說，只要去鬼首村，就可以見到這號有意思的……還是該說特別的人物？」

「是啊，他的確是相當有意思的老頭子，從年輕的時候就一直是隨心所欲的人。不只放庵，去到鬼首村，會見到另一位了不起的人物。」

「另一位了不起的人物……？」

「我先賣個關子，把未知的樂趣留在後頭吧。」磯川警部像要故意挑起金田一耕助的好奇心，眼珠子又滴溜溜地轉了轉。「好，繼續剛才的故事。到了九點丈夫還沒回來，莉香跑去恩田的住處找人，也就是前往放庵的家。但其實那天晚上放庵家裡也出了事，他和第五任老婆吵架，結果老婆——也就是阿鈴離家出走了。放庵從傍晚就拚命到處找，始終找不到人，他猜想老婆一定是逃往他鄉了，便獨自喝起悶酒。這時莉香上門，於是兩人一道前往恩田借宿的離屋，不料……」

「人被殺了？」

「沒錯。被害人的頭幾乎整個埋進地爐……」

「整個頭埋進地爐……？」

金田一耕助大吃一驚，看著警部，旋即大笑。

「警部，眞是佩服，我完全上了你的當。」

「不是、不是！金田一先生，」磯川警部連忙搖著大手解釋：「我沒那個意思，只是按順序講而已……」

「不要緊。這麼一來，遺體的容貌不就很難辨識？」

「雖然不至於完全無法辨識，不過毀損得相當嚴重。」

「但的確是源治郎？」

「當然，因爲不只老婆莉香，連他的父母和大哥大嫂都指認被害人就是源治郎。」

然而，金田一耕助總覺得有種搔不到癢處的焦躁。

「那麼，有搏鬥的痕跡嗎……？」

「沒有，並無發生過搏鬥的跡象，不過急急忙忙翻弄現場的痕跡倒是很明顯。」

「之後凶手就不知去向了？」

「沒錯，恩田幾三從此消聲匿跡。」

「那麼，這傢伙眞的是來騙人的……？」

「這個嘛，金田一先生，我們調查過了，還是搞不大懂。當然，以結果來說，很明顯是件詐欺案，恩田賣給農民高價的機械，到後來農民卻得不到任何工作。不過，若重新回顧那一整年的工作情形，未必能斷言就是詐欺。製作出來的成品，恩田都付清了應給的工資。我們也查到恩田擔任代理的鼓花緞公司，那家公司位於神戶，在命案發生不久前倒閉。原因你也知道，由於美國經濟大恐慌，就是羅斯福總統因推行新政而聲望大起的一九三〇年代經濟大恐慌，那家公司受到波及倒閉。」

「公司那邊不清楚恩田的背景嗎？」

「不清楚。據說公司那邊只要求繳保証金，並未確實調查恩田的來歷和身分。所以，恩田幾三這個人，到底一開始目的就是詐欺，才隱藏自己的身分？還是，事業失敗，意外背負了詐欺的罪名，甚至犯下殺人罪才消聲匿跡？……當時滿州事變剛發生，可說是搞失蹤的最佳時機，所以我們認為，他很可能私吞從農民那裡搜刮來的錢，遠走中國大陸……」

從磯川警部的語氣，聽不出什麼特別的感慨。然而，金田一耕助非常瞭解，負責偵辦的警官沒能抓到凶手時，那種遺憾與懊悔的心情……

「後來村子的狀況呢？」

「嗯，重點就在這裡。出事之後，卯太郎老爺顏面盡失。他原本就不是什麼明辨是非、有度量的人，據說他的確自掏腰包補償農民損失金額的百分之幾，但還是受到農民的埋怨，當然也成了村裡的笑柄。卯太郎老爺一直悶悶不樂，大約三年後，也就是在昭和十年去世。」

「你剛剛提到，由良家本來是大地主，戰爭結束之後呢？」

「經過戰後的農地改革，由良家的土地幾乎全沒了，幸好山坡地不包括在內，這你應該也知道。而且卯太郎的遺孀——敦子十分能幹，丈夫死後，她捨棄面子跑去請教仁平老爺，種起葡萄。由良家就是靠這項營生在戰後撐了下來，卻不如往昔，如今鬼首村可說完全是仁禮家的天下。」

「仁平老爺還健在嗎？」

「不，仁平老爺已逝世，但繼承家業的嘉平比父親能幹。卯太郎死後，嘉平甚至跟他的遺孀敦子有過誹聞。這個嘉平可說是現今鬼首村裡最能呼風喚雨的人了。」

「你剛才說被殺害的源治郎是青池家的次子，他的老婆莉香後來一直留在鬼首村嗎？」

「唉，莉香……最可憐的就是莉香了。丈夫發生那種事的時候，莉香剛好懷著孩子，在這種情況下目睹丈夫慘死……」

「流產了嗎……？」

「不，倒是平安生了下來，是個女孩。只不過，這個女孩嘛……」磯川警部皺起眉頭，「嗯……總之你去一趟吧，去了自然會知道……就這一點來看，莉香是很不幸的，但幸運的是，源治郎的大哥大嫂膝下無子，因此莉香和源治郎的兒子——名叫歌名雄，繼承了『龜之湯』。這個兒子幫了母親不少忙，把『龜之湯』經營得非常好。」

金田一耕助以試探的眼神看著警部說：

「所以，警部常造訪鬼首村嗎？」

「是啊，我會去『龜之湯』做溫泉療養。而且莉香十分周到，每逢盂蘭盆節和過年都會捎信來問候，也因此村裡的狀況我大概都曉得。」

講到這裡，兩人的交談稍停了一會。突然，金田一耕助心血來潮似地開口：

「警部，你的話完全挑起我的好奇心了。既然如此，你順便把剛剛賣的關子一併告訴我吧。你說要去鬼首村，能見到另一位了不起的人物，到底是誰……？」

「喔，這件事啊……」磯川警部彷彿要將對方吸進雙眼，目不轉睛地盯著金田一耕助的雞窩頭，接著提出一個奇怪的問題：「金田一先生，你偶爾也會看電影，或打開收音機、電視，聽一些流行歌曲吧？」

金田一耕助一聽，錯愕地直眨眼。

「嗯，偶爾……不過這和……？」

「抱歉，我講話沒頭沒腦的。是這樣子的，恩田幾三在村裡的期間，鐵匠鋪的女兒別所春江照顧過他的飲食起居。春江在昭和八年產下一名私生女，孩子的父親自然是恩田。光是私生女就夠讓人在背後指指點點了，更何況那還是村民恨之入骨的詐欺犯兼殺人犯的骨肉，春江受到強烈的責難與攻擊。然而，春江相當堅強，把女兒千惠子寄養在自己的父親蓼太那裡，於是千惠子便以蓼太夫婦的女兒身分入了戶籍。接著，春江獨自離開村子，前往神戶從事女服務生的工作，過了一陣子才把千惠子接回身邊養育。然而，由於戰爭爆發，母女倆不得已，又回到蓼太夫婦那裡避難，昭和二十三年卻再度在人人喊打的情況下離開鬼首村，那時千惠子已虛歲十六歲。這個千惠子啊，現在可不得了……」

「不得了……？」

「你知道有個名叫大空由佳利的藝人吧？現在非常受歡迎，在舞台上唱一場就賺進幾十萬圓，在大銀幕上常演出性感女郎之類的角色，迷得男人神魂顛倒的一名神祕女子……」

金田一耕助不由得握緊了雙拳。

「你、你是說大空由佳利回到了鬼首村……？」

「去年她爲外公外婆——也就是戶籍上的父母，蓋了一棟叫『由佳利宮殿』的豪宅，準備在近期返鄉。因此，鬼首村自然不在話下，連縣內的報章媒體都早就炒得沸沸揚揚了。」

頭戴巴拿馬帽、一身白底藍紋舊綿衫，搭一件皺巴巴的夏季和服，當金田一耕助坐著人力車越過仙人嶺的時候，鬼首村正處於這種狀態之下。

# 第三章　龜之湯的人們

金田一耕助來到鬼首村外的溫泉療養所——「龜之湯」放下行囊，轉眼已過十天，時序進入八月。

如同一般鄉下的溫泉療養所，「龜之湯」是一棟老舊的雙層木造建築，毫無情趣的外觀，與其說是旅館，不如說是宿舍來得恰當。

這一帶的溫泉療養所，無法跟箱根或伊豆的溫泉旅館相提並論。眼看已近農閒季節，從鄰近村鎮來做溫泉療養的人，大多會把鍋子和米、鹽巴、味噌、醬油一起帶來自行煮飯，有人連寢具都帶過來。這些人多是相邀一起前來，一群群過著團體生活，簡直和集訓沒兩樣，「龜之湯」只提供他們宿舍和浴室，不過這似乎是鄉下溫泉療養所普遍的習慣。

不過，偶爾也會有金田一耕助這樣的一般旅客。為了接待這些散客，「龜之湯」另建一棟平房，雖然土裡土氣，整理得還頗有旅館的樣子，備有五、六間客房，並附浴室，青池家的人都在這邊生活起居。不過，現在只有老闆娘青池莉香和兒子歌名雄、女兒里子，及一名叫阿幹的女傭，總共四個人而已。在農閒季節客人較多的時候，則會僱用臨時女傭。

老闆娘莉香的年紀大概五十歲左右。磯川警部說過，昭和七年慘遭殺害的莉香丈夫源治郎是二十八歲，假設他們夫婦相差三歲，今年是昭和三十年，估計她應該是虛歲四十八歲。

不過，她的外表看起來比實際年齡老，怎麼看都覺得超過五十歲了。話雖如此，並不是說她步履蹣跚，一副虛弱的樣子，而是即使她身形苗條，乍看之下似乎很纖弱，實際上個頭滿高的，感覺相當沉穩。

由於正值夏天，她平日穿著輕便簡單，卻不顯得邋遢，頭髮也都整齊地攏上去。有事過來金田一耕助的客房時，她都會先換上和服，是這麼一位有修養的女人。與其說她具有關西人的味道，不如說是具有京都女子的氣質，不但非常細心，又是瓜子臉，從前應該是個大美人吧。

只不過再怎麼說，畢竟是年輕時遭遇過重大人生悲劇的女人，總覺得她身上蒙著一層灰暗、淒涼的陰影。加上話不多，或許這就是她看起來比實際年齡老的原因吧。然而，凡事深思熟慮、待客也十分有誠意的她，遠比那些輕率多話、光會奉承的人能夠博得好感。

她的兒子歌名雄今年虛歲二十六歲，之前在鄰鎮就讀舊學制中學的時候，學制改成了六、三、三制。這麼一改，繼續升學就得讀六年，一般農家顯然吃不消。所以，當時這一帶的農村子弟即使原本讀到中學，很多人讀完三年便不再升學，然而莉香仍堅持讓兒子讀完高中。

金田一耕助對這個叫歌名雄的青年頗感興趣。

不愧是高中時代曾擔任棒球選手的人，而且是投手，他有著五尺七寸（約一七〇公分）的魁梧身材。歌名雄和母親很像，有著細膩的肌膚，五官立體，十分英俊。除了幫忙經營家業，他也耕田種植農作物，後山還栽種了葡萄。由於在戶外勞動的關係，他的膚色晒得很勻稱，看上去非常健康可靠。歌名雄總是在葡萄田裡快活地唱著流行歌曲，他的嗓音甜美柔和，架勢也相當不錯。

總之，歌名雄可說是村裡的羅密歐，在女孩之間備受矚目。然而，這卻是令母親莉香操心的根源。

由於出了個大空由佳利這麼紅的藝人，不僅是這個村子，鄰近鄉鎮的年輕人之間，爵士樂和流行歌曲都非常盛行。這一帶的盂蘭盆會和東京不同，晚了一個月。所以，這陣子村裡的青年組織頻頻聚會商談，想邀請大空由佳利出席本地的盂蘭盆會，並盛大舉辦一場歌唱比賽。只是，大空由佳利根本還沒來到村裡。

歌名雄的妹妹里子，是在父親被殺害的隔年，也就是昭和八年出生，今年應該是虛歲二十三歲，然而金田一耕助至今仍未見到這個女孩。在「龜之湯」那棟自家人居住的平房側翼的最深處，連接走廊的地方有一間土牆倉庫，里子似乎總是關在裡面，足不出戶。

一天傍晚，金田一耕助散步回來，沒從正門進屋，不經意往後門走去，就在這時，原本待在庭院的年輕女孩逃也似地衝進土牆倉庫。瞥見她的背影，金田一耕助不由得咕嘟吞了一口口水。

之前磯川警部提到這個女孩的時候，皺起眉頭沒多談。看她那極度想避人耳目的樣子，其中一定有什麼特別的理由。里子還在母親肚裡時發生了那樁可怕的案件，金田一耕助試著想像可能造成的各種影響。

那天晚上，女傭阿幹前來服侍金田一耕助享用晚餐，他悄悄探聽這件事。

「今天傍晚，我在庭院偶然看到一個可愛女孩的背影，是不是這裡的千金——里子小姐呢？」

「是啊，聽說您見過里子了。」

「不、不，雖說見過，也只是一瞬間看到背影而已。那個女孩一直住在土牆倉庫裡嗎？」

「嗯。」

穿著輕便夏服的阿幹，把托盤放在膝頭上一逕轉著，不大積極回答問題。

阿幹看起來大概二十七、八歲，她曾嫁去鄰鎮的農家，可是跟婆婆處不來，逃回娘家，但娘家有大嫂在她也待不住，便來投靠莉香，最後留在「龜之湯」當女傭。儘管莉香的管教十分嚴格，阿幹仍不甚謹慎，而且生性饒舌，但今天不知怎麼搞的，她的回應不是很積極，大概老闆娘嚴格禁止談論這個話題吧。

「不過，那麼年輕的女孩完全不外出，虧她悶得住，眞是不簡單哪。」

「因爲里子身體虛弱。」

阿幹的口風還是很緊。

這一帶的口音跟道地的岡山腔不大一樣，夾雜不少播州的口音。播州口音和兵庫、神戶一帶的口音頗爲相似。

「妳說她身體虛弱，是哪裡有病呢？」

「心臟，聽說走幾步也會氣喘。」

是不是所謂的心臟瓣膜疾病？醫學界普遍認爲，懷孕期間母親過度勞累或精神上受到打擊，會帶給胎兒的心臟不良影響。不過，僅僅這個原因，她會那麼恐懼與人接觸還是有點奇怪。

「那麼，里子小姐整天在土牆倉庫裡都做些什麼啊？」

「這個嘛……」阿幹在膝上轉著托盤，心不在焉地稍稍歪著頭回答：「大概都在看書，因爲她很愛看書。」

「看書？看什麼書呢？」

「嗯……這個我就……」

阿幹鬆弛的嘴角只露出含糊的微笑。

金田一耕助心想，問這個女的大概沒什麼用了。阿幹對於別人看的書，恐怕一點也不感興趣吧。

金田一耕助想再提問的時候，阿幹還擊了。

「瞧您那麼擔心里子的事，不過我倒認爲您來這種窮鄉僻壤，每天不覺得無聊，才眞的不簡單。」

「不，我就是特意來過無聊的生活。聽說人要是過得無聊，壽命會增長。」

「哎，您還眞悠閒，有錢人眞的不一樣。」

哪裡的話，有錢就不會來這種窮鄉僻壤了……金田一耕助本來想這麼回應，又把話吞了回去，因爲這麼講等於侮辱了「龜之湯」。

金田一耕助心想，跟這個女的再怎麼問里子的事，應該也問不出個所以然，於是轉換話題：

「對了，大空由佳利還沒到嗎？自從知道她要來，整個村子氣氛好像相當熱烈啊……」

這次是想討對方高興而提了這個話題，沒想到阿幹的表情突然大變。

那張有著圓滾滾的小鼻子，像麻糬般塗滿白粉，令人感覺很親切的胖臉，突然變得有如能劇的女鬼面具一樣怒氣衝天，罵了出口。

「那種女人！」阿幹彷彿吐出嘴裡的髒東西似地說：「我搞不懂那種女人到底有什麼好，爲什麼大家要鬧哄哄地歡迎她！」

說完，那圓鼻子「哼」了一聲，態度非常不屑。反應如此激烈，她似乎對大空由佳利相當不滿。

「阿幹小姐見過大空由佳利嗎？」

金田一耕助戰戰兢兢地試著問道。

「早在戰爭期間疏散到這裡的時候就見過了……當年她不過是個皮膚黝黑、看起來有點髒的女孩罷了。」阿幹嫌髒似地皺起眉頭。

「這麼說來，她竄紅之後，妳就沒見過她了？」

「因爲她之後就不曾回來……不過，我看過登在雜誌之類的照片，露胸露臀的那種……這個不三不四的女人眞是大膽，敢拍那樣的照片。哪像我，就算是別人的照片，光看臉都紅了。不過，倒也難怪，說穿了她就是鎖店女兒的私生女嘛。」

「鎖店女兒……？」金田一耕助不禁反問：「聽說由佳利的母親是鐵匠的女兒……」

「不，鎖店只是屋號。這一帶每戶人家從以前都有屋號，我家就叫竹簍店。」

當然，金田一耕助這個時候根本不在意由佳利老家的屋號，到底是鎖店還是什麼店。等他發現屋號其實具有重大意義時，已有三人慘遭殺害，從這世上消失。

「客官，您怎麼看呢？」

「妳是指…？」

「您也認爲那樣的女孩很不錯吧？衣服脫了大半……」

「嗯，不壞啊。我好歹是個男人嘛，哈哈哈……」

雖然不是多積極，金田一耕助仍稍微讚美了這名性感女郎。

「哎，眞是可怕！」阿幹瞪大了眼，怒氣沖沖地說，接著又想到什麼似地突然沮喪起來。「不過，男人都是這副德性吧。連好青年歌名雄也迷上那種女人，說要辦什麼歡迎會、歌唱大會，鬧個不停。哎……眞是可怕！眞是可怕！」

等金田一耕助用過餐，阿幹收拾好小飯桌說：

「那麼，有事請您再按個鈴吧。」

阿幹垂頭喪氣地走出房間。

金田一耕助有些訝異，但不想再戲弄阿幹，於是默默注視著她走出去的背影。

目前留宿「龜之湯」的客人只有金田一耕助，所以他的確沒受到任何干擾，像隻貓般享受著慵懶的日子。

先前提過，「龜之湯」位於鬼首村外，距離最近的人家約莫在兩公里外。「龜之湯」的背後緊鄰一座丘陵。整個丘陵上都是葡萄架，已長滿一串串琥珀色葡萄。睡在門窗完全敞開的房間裡，不知從哪飄來新鮮果實的香氣，感覺十分愜意，不時還傳來布穀鳥催人入夢的啼聲。

金田一耕助來到此地，並不是要重提那樁二十多年前的命案，他沒欠磯川警部這種人情，因此，他只是對自然進到耳朵裡的事稍微有印象而已。由良家後來變得怎麼樣？仁禮家如今有多興旺？這些他並不想一一去調查。他幾乎整天都待在「龜之湯」足不出戶，偶爾看看書，或是整理一下自己過去曾插手的案件紀錄，除此之外，大多是一整天迷迷糊糊地度過，真的是享受著如貓般慵懶的生活。

所以，即使是早晨和晚間的散步，他也幾乎不會往村子的方向走去，頂多在後山葡萄園裡蹓躂。儘管如此，從他來到這裡，其實已和許多人打過照面，而且跟其中某個人的關係還很親密。

主要因為這裡是溫泉療養所，而且正對面就是一棟雙層公共宿舍。雖然現在看起來空蕩蕩沒什麼人，但宿舍裡的娛樂室似乎成了鬼首村青年的集會所。

金田一耕助自從來到這裡，「龜之湯」的人以外，第一個打招呼的正是多多羅放庵，還不是特意去見他。那是在抵達的第二天，金田一耕助覺得與其使用室內浴室，不如去寬廣的公共浴場泡澡，一進去就發現放庵已早一步泡在裡頭。

公共浴場與那棟雙層公共宿舍以走廊相連，從庭院也可直接進到浴場。這是有著人字形屋頂、非常寬敞的木造建築，男女浴場是分開的。走進一看，鋪著木質地板的房間裡堆著許多竹簍，牆上裝有鏡子，不過鏡子內面的水銀已剝落，派不上用場。最靠裡面的地方有一扇玻璃門，打開玻璃門就是灰漿牆的淋浴場。在淋浴場最深處，有一個將近二十張榻榻米大的浴槽，浴槽裡的水漫溢出來。金田一耕助踏入淋浴場的時候，只見放庵的大光頭浮在浴槽水面上方。

金田一耕助簡單地向這個人以眼神致意，隨即跳進浴槽。其實他心想，搞不好對方就是放庵，從那頂著大光頭、神情輕鬆的面容，感覺得出一股風雅的氣息。

或許到了冬季會燒柴火把水弄熱吧，不過現在是夏天，客人又不多，浴池的水仍維持冷泉的狀態，大概只比太陽晒熱的水溫高一點。後來得知，正因如此，夏季入浴是免費的。這正是想悠閒泡澡的最佳溫度。

「不好意思，請問您是不是磯川警部介紹來本地的大師……？」

金田一耕助悠悠忽忽地泡著澡，放庵先開口了。從他這句話可知，磯川警部在介紹信中使用了「大師」這個字眼。

「啊，我叫金田一耕助，請多多指教。」

「喔喔，我叫多多羅放庵，大概跟出家人沒什麼兩樣。您和磯川是什麼交情……？」

「沒什麼，只是稍微認識而已。」

金田一耕助含糊地回答，不過對方似乎並未感到不悅，接著問「您的身子哪裡不舒服？打算待到什麼時候？」之類稀鬆平常的問題，最後還問：

「那您是做哪種生意？」

「喔，我在寫一些東西。」

金田一耕助很快答道。面對這種問題，他總是如此回答。

然而，放庵也沒把金田一耕助的話當眞，繼續追問類似「那您都寫些什麼東西啊？」等等多餘的問題，這應該是他長年放浪不羈所得來的經驗吧。

之後，兩人天南地北閒話家常了一會。

「那我先走了，您慢慢泡吧。」

打了聲招呼，放庵便從浴槽起身。

放庵到底幾歲？感覺恐怕已超過七十歲，這樣說來，他算是十分健朗。個頭雖然不高，身體卻相當硬朗，只不過右手似乎有些不便，擰手巾的時候不是很靈活。

放庵每天下午都會來「龜之湯」，之後和金田一耕助在公共浴場又巧遇兩、三次，兩人便漸漸談開了。

「待在這種窮鄉僻壤，想必很無聊，偶爾到我那裡坐坐吧。雖然是不折不扣的破房子，不過只有我一個人，您大可盡量放鬆心情，用不著拘束。」

放庵邀請金田一耕助去他家玩，連路線也交代了。

雖然老闆娘莉香不喜歡談論別人的事，不過從多嘴的阿幹口中得知，曾有八個老婆的放庵，第八任老婆去年終於也離家出走了。

# 第四章　藍鬍子的第五任老婆

金田一耕助接著遇到這個故事的另一名主要人物，據說現今支配著鬼首村的仁禮家老爺——嘉平。

來到「龜之湯」的第二天，晚上約莫八點，與金田一耕助的住房呈直角的方向，有一連接主屋、另建的小離屋，竟傳出三味線的琴聲。耕助覺得很意外，不由得豎起耳朵仔細聆聽。琴聲並不嘈雜，比較接近彈著基調，或是以指甲撥弦的含蓄聲響，琴聲和附近的溪流聲結合，彷彿雨珠的滴落聲，眞是非常幽雅而令人陶醉的音樂。

金田一耕助起身走到緣廊，只見燈影映在庭院花草對面的圓窗上，卻不見人影，也聽不出是否有人和著琴聲在唱歌。若有人在唱歌，應該也是非常低聲唱著吧。

這時金田一耕助還不知道里子總是把自己關在土牆倉庫裡，以爲是這個女孩在彈琴，只是琴聲出處並不是「龜之湯」家人住的側翼離屋。但正値農忙季節，不可能是村民在彈琴吟唱。正猜想著是不是有客人大老遠帶來藝伎，恰好阿幹泡了茶送進來。

「是不是有哪位客人……？」

「是啊。」阿幹竊笑了起來。

「是什麼客人？外地來的嗎？」

「不，是仁禮家的老爺。」

仁禮家的老爺……金田一耕助不由得瞪大了眼睛。

說到仁禮家的老爺，記得他的名字是嘉平。在這麼繁忙的時節，嘉平到底是跟誰在喝酒玩樂？

「客官認識仁禮家的老爺嗎？」

看到金田一耕助的表情，阿幹試探性地望著他問道。

「不，不認識……只聽說他是村子裡最有錢的人……那麼，是誰在彈三味線？是不是找藝伎來了？」

「不，那是老闆娘。」

「老闆娘？」金田一耕助眼睛瞪得更大了，「由老闆娘作陪？」

「嗯。」

「還有其他人嗎？」

「沒有，就他們兩個。」

「這麼說，仁禮家的老爺經常光顧？」

「嗯，常來啊。」

「只要仁禮家的老爺過來，老闆娘就會彈三味線作陪？」

「是啊，仁禮家老爺的夫人去年過世了，大概是有點寂寞吧，嘻嘻……」

阿幹抿著嘴，意有所指地笑了笑，便離開了房間，彷彿是爲了說這些事才泡茶送進來。

之後，嘉平大概三天就會來「龜之湯」一趟，每次來都待在那個小房間，一邊聽莉香彈三味線一邊飲酒。

之前提過莉香看上去比實際年齡蒼老，其實會給人這種印象，是因爲面對金田一耕助這些外地人，她會表現出一種……說好聽是殷勤與鄭重，說難聽一點，是帶有戒心的見外態度。反觀與莉香一家相處融洽、沒有隔閡的村民們，或許會對風韻猶存的莉香稱讚不已。對了，就像某天晚上嘉平又來到「龜之湯」，金田一耕助偶然在走廊上遇見莉香，令人驚訝的是，當時她微醉的臉龐顯得非常亮麗，看上去比平常年輕多了。

金田一耕助第一次與嘉平交談的地點，也是在浴室。只不過，這回不是在公共浴場，而是在室內浴室。

大概是來到這裡的第八天晚上吧，晚飯後，金田一耕助在室內浴室泡澡，一邊聽著附近的溪流聲，突然有人拉開脫衣室的門進到裡面來。金田一耕助隔著玻璃門看到人影，馬上就曉得是嘉平。大概在自家已泡過一次澡，嘉平身上是一件滿乾淨的浴衣，只見他兩三下便脫掉浴衣，慢條斯理地進到浴室來。

嘉平似乎早就知道金田一耕助在這裡，他漂亮的眼睛帶著笑意，親切地主動打了招呼。

「您好！」

嘉平約莫六十歲左右。雖然骨架結實，卻有著跟農民不大一樣、柔軟富彈性的肌肉，身高至少有五尺七寸。那半白的頭髮雖然剪得短短的，給人感覺卻很沉穩、度量很大，眞不愧是被稱爲「老爺」的人。

「您、您好……」

金田一耕助慌忙在浴池裡回了禮。

嘉平也把身子浸到浴池裡，一開始只是悠悠忽忽地泡澡，聊些不痛不癢的話題，然而沒多久，他突然惡作劇似地望著金田一耕助。

「對了，金田一大師，」他笑著說：「今晚我才從老闆娘那裡得知，您是磯川警部介紹來的？」

「是啊。」

「我想起來了，我本來以爲大師的名字念成『kanedaichi』，所以老闆娘提到『kindaichi』（註）大師的時候，我根本不曉得她在說誰，直到今晚聽到您是磯川警部介紹來的，我才想起來。哈哈哈……您還自稱是寫文章的……」

「嗯……事、事實上是會寫一些東西啦。」

金田一耕助慌張之下，不禁撥動了水。嘉平早就知道金田一耕助的來歷。

「哈哈哈……您就是所謂的偵探吧？失禮了、失禮了。」嘉平還是跟剛才一樣笑咪咪，

「話說回來，磯川先生眞是個執拗的人，但那正是因爲他很忠於職守吧……」

「您的意思是……？」

「金田一大師，您應該從警部那裡得知二十三年前的詐欺案了吧？」

「是，大概聽說了……？」

「當時警部心存疑念。大師，您應該也曉得，老闆娘的丈夫源治郎被殺害了。」

「是的，這個我也聽說了。」

「可是，當時發現的源治郎屍體，整個頭都栽到地爐裡，面貌無法清楚辨識，這一點磯川先生不大能夠信服，也就是說，他懷疑被殺的人並非這裡的老闆源治郎，而是那個騙子……之所以會這麼說，是因爲面貌難以辨識，確實有這種可能性。所以，如果被殺的眞是那個騙子，源治郎一定還活在某個地方。如果他還活著，警部堅信他總有一天會回到這裡，才會那麼執拗，一直特別注意『龜之湯』……」嘉平停頓了一下，目不轉睛地看著金田一耕

**註**—金田一的「金」在日語中可念成「kane」，亦可念成「kin」。

助。「所以大師來到此地，會不會就是要……」

「沒、沒這回事……」金田一耕助慌忙否定，「那是誤會啊，老爺，我只是想來此地好好休養……」

「您叫我『老爺』……？那麼，大師知道我是誰？聽說您和放庵先生走得滿近的……」

「哈哈哈……您這麼說，聽起來好像我是爲了要偵辦二十幾年前的命案才來此地，還在村裡到處打探消息。」

「眞的不是如此嗎？」

「我眞的只是爲了好好休養而來，雖然警部的確跟我提過當年發生的事……」

「這樣啊……」

嘉平小聲嘟囔著，臉上掠過一絲失望的神色，金田一耕助不禁感到意外。搞不好這個人其實希望能重新調查那件命案，但爲什麼呢……？

「金田一大師，剛好那個騙子的女兒要回來了，我以爲您是想從他女兒身上找線索才來到這裡。」

「不，這純屬偶然。但過幾天有空的話，倒是想請您談一下當時的情況。」

「嗯，當然沒問題，隨時都行……」

「當時引發那件案子的由良家，現在怎麼樣了？」

「嗯，他們家就是被這個案件搞得亂七八糟，卯太郎在昭和十年去世，戰後歷經各種事……不過靠著栽種葡萄，他們勉勉強強撐下來了。」

「卯太郎先生的遺孀敦子夫人，身子還健朗嗎？」

「她已是個老太婆了。對了，大師……」嘉平又以惡作劇的眼神看著金田一耕助，「您應該聽警部提過吧，那女人以前跟我有過……哈哈哈……」

「那是眞的嗎？」

「嗯，說來有點丟臉，不過是她自己投懷送抱，有道是『送到嘴邊還不享用是男人的恥辱』，我忍不住就……當時我父親還在世，他老人家知道之後，我挨了一頓罵，馬上跟她分手了。哈哈哈……年輕氣盛嘛……那時候我才四十一歲，她也才三十八歲啊。」

嘉平不好意思地邊撥弄著水，哈哈大笑，但很快恢復一本正經的表情。

「總之，過幾天請到寒舍來坐坐吧。我把當時種種情況仔細告訴您，我不會向任何人透露大師的眞實身分。」

這天晚上，嘉平也在莉香作陪下喝了幾杯，不過似乎比平常早離開「龜之湯」。

後來，金田一耕助和放庵在白天的公共浴場見過幾次。他第一次主動造訪放庵家是在八月七日傍晚，剛好是來到此地的第二週。

事後回想，金田一耕助就是在這一天接觸到即將面臨的那樁悽慘案件的開端，只是他當然毫不知情。

放庵的破房子，從「龜之湯」步行約半小時的路程，因此離「龜之湯」最近的人家正是放庵家。從放庵家再走十五分鐘左右，才看得到零星分布的鬼首村民宅。

放庵的破房子蓋在山後一個非常大的沼澤旁，是一幢小而端正的建築。金田一耕助登門拜訪的時候，整個沼澤開滿白色的菱花，屋頂上方雨傘般伸出枝幹的松樹上，傳來陣陣急促的蟬鳴。

那的確是一幢破房子，除了設有地爐的起居室兼廚房，只隔出一個四張半榻榻米大的房間。屋頂沒有鋪瓦，牆壁僅僅抹上粗灰泥。天花板不是木板搭建而是以細竹編成，這些細竹也相當古老，呈現黯淡的紅褐色。若說這是風雅，確實挺風雅，但若說這是淒涼，可眞是淒涼至極。

還好，他似乎是個愛乾淨的人，屋子裡裡外外打掃得十分乾淨。隔著以橘子紙箱貼廢紙權充的自製桌子，和放庵對坐的金田一耕助，並不覺得這裡髒亂。

「怎麼樣，金田一大師，這房子很不錯吧？」放庵今天不曉得爲什麼心情特別好，顯得很有精神。「掠過水面吹來的風可說是天下一品，全村能夠蓋這種房子的人找不到第二個了。哈哈哈……」

掠過沼澤上方吹來的風的確很涼爽，然而，那不知源於何處的古沼澤臭氣卻令人吃不消，不過習慣了應該還好吧。

「金田一大師，您來得正是時候。」

「喔，怎麼說……？」

「其實我想請人來幫個忙，不過要是因此受到嘲笑，我會很懊惱，所以十分猶豫。請先看一下這個東西。」

放庵不知為何有點臉紅，只見他拿出一個和他很不相稱的粉紅色信封。

放庵靦腆地微笑道：

「大師，您來此地有十天了，應該也聽說了我的事，我從年輕到現在總共娶過八個老婆。」

「嗯，我大概曉得……」

金田一耕助再次打量放庵。

娶了八個老婆，卻把她們一個接一個殺掉的那位西洋的藍鬍子（註），應該是一副凶惡殘忍的長相吧。然而，眼前這位「藍鬍子」先生，面容卻非常溫和高雅，儘管往昔過著荒淫的生活，但似乎對他的健康沒留下太大的影響，外表看上去遠比實際年齡還要光鮮有活力，

**註**──法國詩人、童話作家Charles Perrault根據民間傳說寫成的《童話集》（一六九七年出版）中的一名殺人魔。他連續殺了六名妻子之後，終於被第七任妻子發現他的罪行。本書作者指出有八名妻子被殺，恐其參考資料有誤。

完全不見老態龍鍾的模樣。

「這八個老婆，有的是我不大滿意而趕走，有的是對我感到厭煩而擅自離家。被趕走的大概都是我年輕時娶的老婆，過了五十歲之後，大多是自己跑掉的。哈哈哈……」放庵撫了撫臉頰，接著說：「寫這封信給我的，是第五任老婆，名叫阿鈴，她信裡主要是說想回到我身邊。」

金田一耕助吃了一驚，目不轉睛地看著放庵。藍鬍子先生的第五任老婆阿鈴，不就是昭和七年那件案子當時他的妻子嗎？

然而，放庵似乎沒注意到金田一耕助的表情。

「可不可以請您讀一下這封信？放心，沒寫什麼肉麻的內容。」他像孩童般開心不已。沒辦法，金田一耕助只好把視線移到放庵塞給他的女用信紙上。

信上是流暢的女性筆跡，大意是：「歲月不饒人，我漸漸感到孤單無助。從傳聞獲知，您也是獨自生活。若是這樣，我想回去和您一同生活，您覺得如何？過去的事全部付諸流水，融洽地攜手度過來日不多的晚年，您說好嗎？」感覺是老年人嘮嘮叨叨，不斷重複內容的一封信。

「原來如此。」金田一耕助有點被感動了，「這是好事啊。」

他把信還給放庵，放庵眼睛一亮，說道：

「大師，您也這麼認爲嗎？雖然當時覺得她是個令人厭惡的婆娘，不過像這樣寫信來道歉，反倒覺得她滿可愛的，所以我打算馬上回信，只是我這隻手啊……」

放庵伸出不停抖動的右手。這隻手看來很久沒用了，跟左手比起來退化得很嚴重。

「正當我想得找人代筆的時候，您剛好來了。眞抱歉，可不可以麻煩您照我念的幫忙寫一下？」

「沒問題，這件事簡單。如果幫得上忙，我十分樂意。」

金田一耕助欣然允諾。

「這樣嗎？太感激了。我們現在就來寫吧……」放庵興高采烈地把信紙信封和鋼筆都準備好，放在箱子上。「那麼，請您這麼寫……」

如此這般，金田一耕助按照放庵的要求把信寫好了，內容大致如下：「這樣的話，妳什麼時候回來都可以。我獨自一人，生活上也有種種不便，我們今後融洽地一起生活吧。我年紀大了，個性、修養好了許多，不會像以前那般亂來，我會好好待妳。看到這封信，妳就馬上回來吧……」

放庵似乎想盡量保持威嚴，但或許是無法掩飾喜悅，有時語氣甚至顯得有些卑屈，不過金田一耕助適當地幫他修飾字句，讓信的內容維持了一定的威嚴。

寫完之後，放庵把信讀了一遍，說道：

「大師，太感謝了。託您的福，幫了我一個大忙。」

「信封也順便幫您寫一下吧。」

於是，金田一耕助把阿鈴寄來的信件翻過來，查看住址：

「神戶市兵庫區西柳原町二之三十六　町田先生轉栗林鈴女士收……」

他一面寫著，一面問：

「放庵先生，這字寫得相當漂亮，是阿鈴女士的筆跡嗎？」

「不是、不是，她怎麼可能寫得出這麼好看的字，想必是跟我一樣找人代筆。」

由於第五任老婆要回來了，放庵像孩童般笑得合不攏嘴，金田一耕助心想，這種時候不大適合提起那件案子，最後這天的拜訪變成只是來為放庵寫信，不過這也是無可奈何的事。

鬼首村的村民似乎一天比一天興奮，他們接到正式通知，大空由佳利預定十一日抵達。幾乎每天晚上，村中的年輕男女都會聚集在「龜之湯」公共浴場的娛樂室，全心全意地商討歡迎會的事宜。

大空由佳利返鄉的前一天，也就是八月十日，據說是昭和十年逝世的由良卯太郎忌辰，「龜之湯」的莉香中午過後便前去幫忙法事。這天傍晚，金田一耕助有事得越過仙人嶺到山的另一頭。越過山嶺就是兵庫縣，那裡有個叫「總社」的小鎮，金田一耕助要去辦點事，打算如果時間晚了就直接在總社過夜，出門前也跟「龜之湯」的人打過招呼說今晚可能不回來。

金田一耕助快走到山巔的時候已是黃昏，四下一片茶褐色，不管是山嶺的這一側或另一側，民家的燈火都開始點點閃爍。

就在山巔附近，金田一耕助與一名老太婆擦身而過。

老太婆頭包布巾，揹著一個大包袱，身子幾乎彎成九十度，完全看不到臉。讓人比較有印象的，只有從布巾邊緣露出的白髮，以及她穿著一條窄紋的褲子，腳上則是舊成灰色的白色布襪和短草鞋。大概是爲了防晒，她紮了綁腿，戴著手背套⋯⋯

其實，這些都是後來一點一點回想起來的，當時金田一耕助並未特別留意她的穿著。即將擦身而過的那一刻，老太婆的頭垂得更低，嘴裡低聲咕噥著。聽見內容的金田一耕助大吃一驚，不由得停下腳步。

「不好意思，我是阿鈴。我要回村長家去了，今後請多多關照。」

老太婆用那不大容易聽懂的嗓音說了這幾句話，便啪答啪答拖著短草鞋，往鬼首村的方向下山。

後來，每當回想起這一刻的情景，金田一耕助都忍不住起雞皮疙瘩。

與這名老太婆擦肩而過的有五、六個人，老太婆嘴裡總是嘟噥著同樣的話，由於她走路彎腰駝背，加上天色有點暗，沒人看清楚她的面容。

昭和三十年八月十日，在被稱爲「逢魔時刻」的黃昏，一名自稱阿鈴的老太婆，如同過路妖魔般越過仙人嶺，進入鬼首村。那些令人血液凍結的恐怖、顫慄，以及一個個難解的謎，都裏在她不吉利的包袱裡……

然而，在那天黃昏，金田一耕助根本作夢也想不到會發生這種事情。

「喔，那就是藍鬍子先生的第五任老婆阿鈴啊。」

當時金田一耕助反倒是胸口湧起一陣溫暖，接著回過身，快步越過仙人嶺，下山去了。

# 第五章　性感女郎返鄉

金田一耕助本來想盡量趕在當天回到「龜之湯」，連手電筒都準備了，但這一晚他還是不得不留在總社過夜。因爲晚間九點左右，這一帶突然下起大雷雨。

多山地區的天氣變化相當大，金田一耕助也很清楚，但今晚這場猛烈的大雷雨，對他而言是少有的體驗。從一山傳至另一山駭人的轟隆雷鳴撼動著大地，這場夏季的滂沱驟雨一連下了兩個鐘頭。

幸好金田一耕助已考慮到萬一得留在總社過夜的因應對策。他事先向「龜之湯」的莉香詢問過，因此他直接跑去一家非常鄉土的客棧「井筒」。井筒客棧的老闆娘名叫阿糸，是從鬼首村嫁過來的。

阿糸慌忙關上離屋的防雨窗，金田一耕助則站在緣廊上，遠眺仙人嶺。映入眼簾的是彷彿撕裂漆黑天空的炫目閃電，不時傳來連身體都不禁震顫的沉重聲響，大概是落在四處的雷擊吧。傾盆大雨中，偶爾會出現宛如火柱的閃電。

金田一耕助暗忖，今晚是放庵和第五任老婆睽違許久的同樂之夜，天氣卻如此糟糕，想想還眞好笑，同時也覺得有點可憐。

然而，事實上……

如果金田一耕助知道在那古沼澤旁，放庵的草庵裡正上演著什麼戲碼，不，應該說現實世界中什麼事件正在發生，就沒辦法這麼悠閒了。

話說，這場大雷雨到十二點左右也停了。過了一夜，隔天又是能讓人將昨晚的事全部忘卻的大好天氣。

由於雷雨夜的十點左右一度停電，而且房裡到處漏雨，這麼一折騰，金田一耕助有些難以入眠。隔天早上，當他在井筒客棧的房間裡迷迷糊糊睜開眼的時候，已過九點。讓他睜開了眼的是遠方隱約傳來的煙火聲。躺在不甚舒適的睡鋪裡，金田一耕助恍惚聽著煙火燃放聲，一面心想：對了，今天不是性感女郎回鄉的日子嗎？此時金田一耕助仍半睡半醒。

金田一耕助朦朧地想起，村裡的青年們討論過要在大空由佳利衣錦還鄉的這一天，從早上就開始放煙火。沒多久，注意到從防雨窗縫照進來的耀眼陽光時，他只差沒大喊一聲「糟糕！」猛然睜開眼，才完全醒了過來。

金田一耕助在睡鋪上坐起身，慌張拿起枕邊的手表，指針指著九點三十分。他急忙拉開防雨窗一看，外頭的陽光十分燦爛。

金田一耕助頹喪地眨著眼睛，他原本打算今天盡量早起，趁還涼爽的時候回鬼首村，而且睡前也跟老闆娘阿糸交代過。從總社到鬼首村有六公里，約莫是一個半小時的路程，他不想在夏天陽光最猛烈的時候越過山嶺。雖然可以選擇乘坐人力車，但防晒車篷裡其實相當悶熱，他之前體驗過，不想再坐第二次。

「對不起，我來過一次想叫醒您，可是看您睡得很熟……」

金田一耕助坐在不曉得該說是早餐還是午餐的飯桌前，時間已過十點。親自伺候客人用餐的阿糸，很不好意思地縮著身子。

「沒關係，其實沒什麼正事要辦。今天我就在這裡待一天，等涼爽一點再回去。」

「是啊，請多待一會再回去吧。我以爲昨晚下過大雷雨會涼爽一些，可是……哎呀，還是這麼熱。」

阿糸似乎覺得很熱，以小千谷縮（註）麻質夏服的袖口擦著鼻翼的汗。大熱天裡，「砰！砰！」鳴放的升空煙火聲更添熱意。

「昨晚的雷雨可眞大啊，有沒有聽說哪裡遭殃？」

「鬼首村的後山有兩、三處遭到雷擊，不過看他們熱熱鬧鬧地放著煙火，應該不要緊。」

**註**——新潟縣小千谷市產的一種麻布料。

說到這裡，阿糸目不轉睛地看著金田一耕助，說道：

「對了，聽說您要回『龜之湯』住宿，是不是跟大空由佳利有什麼關係？」

「唔，沒有啊……只是覺得很湊巧，遇到這般熱鬧的事，再怎麼說，她實在很紅。老闆娘，妳跟這個女孩……？」

「不，我不太認識千惠子，她母親春江我倒是算熟……」

阿糸大概五十歲左右，今年是昭和三十年，發生那件案子的昭和七年前後，她應該已結婚……

金田一耕助還是問了一下。

「昭和七年左右，老闆娘嫁來這裡了吧？」

「是啊，孩子也有了。不過……客官，當時春江常來我們客棧，還跟男人一起……」阿糸發出詭異的笑聲。

金田一耕助吃了一驚。

「妳說的男人，就是那個叫恩田的騙子嗎？」

「哎，您連這件事都知道？」

「我已待兩個星期，而且大空由佳利就要回到村裡，當時的事自然會被提起。這麼說，老闆娘，妳應該認識恩田吧？」

「嗯，當初是村長介紹他來的。您認識村長嗎？」

「很熟啊，多多羅放庵先生嘛，我還去他家打擾過。」

「這樣嗎？太好了。客官，從小村長就對我疼愛有加，我受到他很多照顧，我會嫁到這個家來也是村長介紹的。他眞的很樂於助人，不過正因如此，才會被一些狡猾的傢伙欺騙，眞是可憐。」

由於認識放庵，金田一耕助彷彿突然取得阿糸的信任，只見她愈講愈起勁。

「對了，這麼一提我倒想起來，聽說恩田曾借住放庵先生家的離屋。」

「是啊。不過，在那裡恐怕根本無法靜下心談情說愛，才來我們這裡幽會。記得當時春江才十七歲，我還跟我那去世的丈夫抱怨過，雖然我們的確是在做生意，但十七歲實在早了點，現在的女孩眞是太隨便了。可是您也知道村長是那麼世故通達的人，他只笑著說：『別管了、別管了！妨礙別人戀愛小心被馬踢死。』」

「這麼說，當年發生那起案件，你們肯定嚇一大跳吧？」

「是啊，那可眞是……」

「警方知道恩田在這裡幽會嗎？」

「客官，是這樣子的……」阿糸稍稍往前靠，「我那個去世的丈夫膽子很小，他十分擔心這件事，跑去找村長商量，村長說：『別管了、別管了！如果警察上門來調查，你什麼都得老實講才行，不過倒是沒必要連他們在此幽會的這種小事都抖出來。別管了、別管了！』所以，警方直到現在都不知道這件事。村長根本不把警察放在眼裡，『別管了、別管了！』是他的口頭禪。仔細想想，他就是什麼事都不管才會變成那個樣子，呵呵……」

一談到村長，阿糸的眼裡滿是懷念之情，感覺得出她對村長沒有什麼不好的印象。

「對了，聽說最後還是沒人知道恩田到底是何來歷。老闆娘，妳也不曉得嗎？」

「客官，我可不管那個人到底是哪塊田裡的哪根蔥，倒是覺得春江眞的挺可憐，好幾次跑來我這裡，哭得一把眼淚一把鼻涕，一直問有沒有那個人的消息。當時生下的嬰兒，如今那麼有成就……人的命運實在難測。」

或許對阿糸而言，這的確是一件值得感慨的事，然而金田一耕助在意的卻是別的事。

「搞不好村長知道一些什麼……」

「這我就不曉得了，畢竟村長是那樣的人，彷彿已超脫俗世。而且客官，其實我覺得恩田不像會做出傷天害理的事的人，我那去世的丈夫也這麼認爲。不過年輕力盛嘛，他確實造了一些孽。」

「造孽？」金田一耕助訝異地抬起頭看著阿糸，「這麼說，除了由佳利的母親，恩田還有別的女人？」

「哎，我是怎麼搞的……」阿糸明顯是說溜了嘴。金田一耕助追問，她一陣驚慌失措，

「客官，這不都是八百年前的事了嘛。那……您慢慢休息……您午餐不吃吧？」

阿糸似乎很懊悔自己年紀一大把了還那麼多嘴，收拾好飯桌便匆匆離開了房間。

目送她的背影，金田一耕助一邊思考著。

依剛才阿糸所說，除了春江以外，恩田似乎還有別的女人。然而，不管對方是誰，從磯川警部從未提起這件事來看，這件醜聞完全被隱蔽了，大概只有做這種行業的阿糸發現。不論如何，當初沒注意到井筒客棧的存在，可說是辦案當局的一個重大疏失。

只不過，正如阿糸所言，其實這些都是八百年前的事了。

金田一耕助暫時拋開這些事，拿起剛才阿糸送來的報紙，打開社會版一看，幾乎全是大空由佳利的報導。

報紙上除了由佳利的照片，還有她為蓼太夫婦建的那棟「由佳利宮殿」的照片。雖然在同一個村落待了十天以上，由於和「龜之湯」位處不同區，金田一耕助至今仍未親眼觀賞過這棟建築物，不過從照片來看，的確非常宏偉氣派。據說建築樣式主要是依蓼太夫婦的要求設計，但因為是延請東京的木匠前來建造，有一種東京西區大宅邸的感覺。

金田一耕助瀏覽著報導，無意間發現兩個意外的名字。

昭和二十年三月，遇上神戶大空襲，和母親一起被疏散，回到鬼首村的由佳利——也就是千惠子，是虛歲十三歲。當然，她小時候曾在故鄉鬼首村的小學就讀一年，報導中便是她的同班同學由良泰子和仁禮文子，暢談關於由佳利的童年往事。內容不重要，是「仁禮」和「由良」這兩個姓氏引起金田一耕助的注意。

既然是由佳利的同班同學，今年就是二十三歲。從年齡來判斷，泰子應該是由良卯太郎的女兒，文子則是仁禮嘉平的女兒。此外，「龜之湯」的里子同樣是二十三歲，應該也是她們的同班同學。

由於這個發現，金田一耕助的心中湧起一股奇特的感慨。

暫且不提仁禮家，由佳利的父親和由良家、青池家有很深的淵源——里子的父親被由佳利的父親殺害，泰子的父親也是因由佳利父親造成的禍事而過世。說得老派一點，對於泰子和里子而言，由佳利形同殺父仇人的女兒。罪大惡極的騙子兼殺人犯的女兒眼看就要衣錦還鄉，本來應該互相敵對的由良家女兒，雖說或許只是社交辭令，竟然表示出歡迎之意。

鬼首村持續不斷地鳴放煙火，過了中午，連總社鎮上也開始放升空煙火了。金田一耕助為此訝異不已的時候，阿糸端著滿滿一玻璃盆的水蜜桃進來，似乎有話想說。

「桃子很冰涼，請慢用。」

「喔，謝謝。對了，老闆娘，這邊鎮上也放起煙火了啊。」

「眞是太誇張了，弄得像是天皇駕到……」

阿糸剝著水蜜桃的皮，一邊苦笑。

戰爭期間，軍部開築一條從神戶通往作州的軍用道路。這條道路也通過這個小鎮外圍，現在成了公車通行的道路，而大空由佳利即將乘坐轎車經由此一道路前來。

想了想，耕助還是問了一下有關由良泰子和仁禮文子的事，得到的答案與他原先的猜測一致。此外，據阿糸所言，由良家現今共有五人，支配整個家族的是現年八十三歲、名叫五百子的老夫人，連被視爲「八幡女士」的敦子在這個婆婆的面前也抬不起頭來。附帶一提，「八幡女士」原本指的是神功皇后，也就是女中豪傑的意思。

「哈哈哈……敦子大人眞的是那樣一位女中豪傑嗎？」

「這是早就公認的，不過客官，不是有句話說『女人太聰明反倒賣不出牛』嗎？女人太賣弄聰明是會令人傷腦筋的。其實，由良家會上恩田的當，聽說當初就是敦子夫人向老爺推薦的。」

「換句話說，就是母雞慫恿公雞啼，是嗎？」

「沒錯。老爺算是穩重老實的人，敦子夫人則非常好強，她就是爲了跟仁禮家一爭高下才會搞到那種地步。所以，聽說出了事之後，敦子夫人從此在婆婆——也就是五百子老太太的面前完全抬不起頭。」

由良家的其他三人是繼承家業的兒子敏郎和媳婦榮子，以及名字出現在報紙上的泰子。原本夾在敏郎和泰子之間還有一個兒子和一個女兒，但兒子被徵調當兵一去無回，女兒也已嫁出去，如今由良家只剩前述的五人。敏郎虛歲三十五歲，前年才自西伯利亞復員返鄉，去年剛結婚，還沒有小孩。

「說來可憐，敏郎先生長期被扣留在西伯利亞，好不容易回到家裡，卻發現水田旱田大半都遭徵收了……不過大家都說，搞不好那些家產全是幹壞事得來的，難怪沒辦法留得長久。」

「也對，欺騙村長的狡滑傢伙，正是指由良家嘛。」

「他們第三代當家的卯太郎先生，就像我剛才講的，屬於穩重的老實人，不過聽說之前接連兩代都是大家公認的既殘酷又無情的人。」

耕助順便問了一下仁禮家的情況。這個家族現今有八人，首先是去年喪妻成爲鰥夫的戶主嘉平、繼承家業的兒子直平和媳婦路子。直平今年三十六歲，戰爭結束旋即從滿洲返鄉，回來後立刻結婚，已有三個小孩。再來是今年二十六歲的次男勝平，以及最小的女兒文子。嘉平膝下還有兩個女兒，但都早早嫁出去了。

「對了，老闆娘……」阿糸的話告一段落，換金田一耕助開口：「我看了報紙，發現有點奇怪。恩田的女兒、由良與仁禮兩家的千金和「龜之湯」的女兒，四人年紀一樣，又是同班同學，總覺得……」

阿糸沒馬上應聲，一逕低頭剝著水蜜桃，看不見她的表情。好不容易開口，她的聲音卻有點沙啞。

「就是因爲這一點，村長很擔心。」

「擔心什麼？」

「沒什麼啦。他只是說，花大把鈔票蓋房子是春江的自由，但沒必要帶千惠子回故鄉，希望不會發生什麼意外才好……」

「老闆娘覺得會發生什麼事嗎？」

「不是的，那是村長在擔心。不過，畢竟村長是那種性格，另一方面他也覺得這種狀況滿有趣的。客官，桃子剝好了，請慢用。」

阿糸感到刺眼似地瞇著眼睛，像在躲避金田一耕助的視線。

「喔，謝謝。」

金田一耕助把一塊清涼的桃子塞進嘴裡，一邊思考著。

這兩人……就是村長和阿糸想必知道些什麼。他們一定知道隱藏在昭和七年案件背後重大的祕密。然而，事到如今，即使追問他們也不會肯說。

「對了……」金田一耕助大口吃著水蜜桃，突然問：「老闆娘，妳知道阿鈴女士吧？就是村長的第五任老婆……」

「嗯，我很熟……」阿糸一臉詫異地回答。

「她又回村長那裡了，哈哈哈……」

說著，金田一耕助的胸口湧上一陣溫暖，然而阿糸卻驚訝得瞪大眼睛。

「客官，您、您是什麼意思？」她連忙追問。

「喔，阿鈴女士主動向村長表示，兩人都年紀一大把了，來日不多，不如和好吧。我還爲此幫村長代筆回信。」

金田一耕助把前幾天發生的事，以及昨晚在山巔遇到自稱阿鈴的老太婆，全告訴阿糸，只見她的臉色像是染色般愈來愈蒼白。

金田一耕助嚇了一跳。

「老闆娘，怎、怎麼了？阿鈴女士回來不好嗎？」

「沒有，那、那麼，客官……」阿糸上氣不接下氣地問：「村長怎麼說？接到阿鈴女士的信之後……」

「他高興得不得了，像孩童似地開懷大笑。不過，老闆娘……啊！妳、妳怎麼啦？」

阿糸的臉色實在很差，眼看就要昏過去。金田一耕助大吃一驚，連忙起身想扶她的時候，一群年輕男女吵吵嚷嚷地從客棧正門闖進來。

# 第六章　第一個盂蘭盆會

大體來說，這樣的客棧在構造上有個共同點，就是都會有貫通正門到後門的大庭院。一群鬼首村的年輕男女開心地湧入庭院，共是三男兩女。其中一員是「龜之湯」的歌名雄，每個男孩都一副興高采烈的模樣。

「喔，你們都來了……怎麼回事？」對差點昏過去的阿糸而言，這五名男女的出現像一劑最佳的甦醒藥。她趕忙以袖口擦了擦眼淚，問：「有什麼急事嗎？」

「媽媽、媽媽！」混雜在這群人裡，興奮得臉頰猶如李子般通紅的是「井筒」的年輕媳婦阿照。「不得了！剛剛勝平先生說，大空由佳利要來我們這裡！」

「千惠子要來……究竟是怎麼回事？」

「還用問嗎？」這時，其中一名青年在緣廊一屁股坐了下來。「喔，有好東西。」

這名毫不客氣地伸手去拿水蜜桃的青年，故意轉了轉眼珠才說：

「阿姨，別嚇著了啊。剛才村公所接到一通神戶打來的電話，說千惠子在進村前，會先繞過來歇個腳。」他大口大口地咬著桃子。

金田一耕助認識這個青年。村子的年輕男女在「龜之湯」公共宿舍的娛樂室集會的時候，每次跟歌名雄一起帶頭開會的就是這個青年，大家都叫他「小勝」，依剛剛阿糸所述，想必他就是嘉平老爺的次男勝平。他說話的時候，眼珠會惡作劇般轉啊轉，這一點和嘉平老爺很像。相貌、儀表、體型雖然還比不上他父親，今天倒是有把頭髮好好往左梳理整齊，身上的敞領襯衫也整潔俐落，頗有氣派和風采。

「喔，歌名雄，這是眞的嗎？」

「阿姨，是眞的。」

歌名雄微笑著穩重回答。事實上，他一向很穩重，時常帶著微笑。

「一行人毫無預警地突然來訪，害阿姨手忙腳亂可不行。因此，千惠子的媽媽打電話交代，希望先通知你們一聲，副村長才託我們跑這一趟。」

「哎，這麼說來，春江沒把我忘了啊。」

雖然有些倉皇，阿糸內心非常感動。

即使原本對由佳利母女有些反感，這一瞬間恐怕都煙消雲散了吧。

「就是沒忘記您，才會說要繞過來歇個腳。阿姨，您可得好好招待她們，當成國賓禮遇。」

「哥，什麼國賓禮遇嘛。」

「文子，我說錯了嗎？」

「不行啦，太誇張了。泰子，是不是？」

「呵呵……」

「小勝，應該是『村賓』對吧。五郎，你說呢？」

「唔，我還是不表示意見比較好，畢竟她是我姑媽。」

「什麼姑媽，五郎別亂喊，這樣太委屈千惠子了吧。」

歌名雄如同平日，沉穩地糾正。

這個叫五郎的，應該是別所蓼太的孫子。若沒猜錯，以血緣來看，他和由佳利——也就是千惠子，是表姊弟，不過在戶籍上千惠子是五郎的姑媽。五郎約莫二十二、三歲吧。

「哈哈哈……當成村賓禮遇嗎？這樣等級不就降一大截？喔，小歌、五郎，你們也吃吃桃子，很冰涼。阿姨，可以吧？」

「沒問題、沒問題，你們儘管吃。阿照，妳在發什麼呆？再去多拿些桃子來。對了，勝平，春江和千惠子大概什麼時候會到？」

「嗯，聽說四點左右會到。現在快兩點了，還有兩小時。」

「所以，大家才特地跑來通知我？」

「是啊，不過有另一個目的，就是順便來迎接她們，因為這位小姐是要受到非國賓禮遇的村賓禮遇嘛。」

「哎，連文子小姐、由良家的千金都來了……」

阿糸不知為何有點哽咽。

「阿姨，不是的，這兩人是擔心表現得太冷淡，會被認為是在嫉妒由佳利的人氣，才勉強前來。」

「哥哥眞是討厭！你再亂講，我們要先回去了。泰子，對吧？」

「呵呵……」

「哈哈哈……抱歉，當我沒說。不過，阿姨，其實是小歌邀她們一道來的。小歌一邀，她們馬上答應。村裡的年輕女孩，只要是小歌說的話都會聽。」

勝平說著惹人厭的話，一邊大口咬桃子，但他並無惡意。

「誰教小歌是我們村裡的羅密歐。」

五郎也啃著桃子，若無其事地搭腔。五郎在這群人當中算是丑角吧。

「小勝，不要淨說些無聊話！」歌名雄晒黑的臉龐不禁紅了起來，「講正經的，阿姨，應該需要做些準備吧？我們都可以幫忙。」

「哎，也對，我怎麼一直在發呆？阿照，妳趕快去把後面的女傭找過來，至少房間得好好打掃一下才行……你們是不是乾脆直接留在這裡等千惠子……？」

「是的，我們想在這裡等她。」

「對了，歌名雄，你認得這位先生吧？他是你們家的客人。」

「是的，很熟。金田一大師，剛才失禮了。」

「不會、不會。不過，歌名雄老弟，你們真是辛苦啊。」

「哈哈哈……您別再嘲笑我們了，這算是家鄉的榮譽嘛。阿姨，不用招呼我們了，去忙您的吧。」

「好、好，大家請慢坐……」

阿糸順勢悄悄以袖口按了按眼角走出房間。歌名雄的視線再度回到金田一耕助的身上。

「大師，我來介紹一下。這位是仁禮勝平，他是我們村子青年團的團長。那位是別所五郎，他是由佳利的親戚。對面是由良泰子，旁邊這位是勝平的妹妹——文子。」

金田一耕助逐一點頭致意，說道：

「泰子小姐和文子小姐的芳名，剛才在報紙上看到了。聽說妳們和大空由佳利小姐曾是同班同學？」

「是的。」

泰子小聲回答後，和文子互望一眼，格格笑了起來。

金田一耕助從剛剛就一直暗自讚嘆。這個地方的女性大多顴骨較突出，也就是所謂胖臉型的婦人很多，「龜之湯」的阿幹就是這種典型。然而，泰子和文子卻是不同類型，換句話說，兩人都長得非常漂亮。

兩人雖然同年，不過泰子感覺稍微年長，或許是她的言談舉止隱約帶有一些自恃高尚之處。鵝蛋臉、高挺的鼻粱、大大的眼睛……都是所謂標準美人的條件，泰子就是屬於這種純日式的美女。若真要苛求，只有一點：雖然容貌幾乎完美無缺，但就是五官過於端正、太完美，少了一點情調和韻味。換句話說，她的確美到了極點，但以現代標準來衡量，卻顯得過於古風，欠缺個性美。不過，泰子本身似乎很清楚自己是美人。

相較之下，文子顯得非常天眞無邪。首先，從她五官得到的印象，是令人容易親近的外貌，其實有許多不符合美人標準的地方。她的臉下半部較寬大，下唇略微突出，有時會給人一種壞心眼的印象，然而，在文子身上卻顯得淘氣又討喜，成爲她的一項魅力。而且，她有明顯的虎牙，這一點恐怕也不符合美人的標準，但又成了一項很大的魅力。另外，跟勝平一樣，她的眼珠子也會惡作劇般滴溜溜轉動，應該是遺傳吧。所以，如果仔細端詳她的容貌，確實有許多部分不符合美人的標準，然而，她的臉仍令人覺得非常具有活力美。

「對了，歌名雄老弟……」金田一耕助觀察比較兩人的容貌好一會，才察覺盯著人看十分失禮，於是像突然想起什麼事，視線回到歌名雄的身上。「貴府的里子小姐，跟她們不是同班同學嗎？」

「是，不過她常曠課。」

「聽說她心臟不大好？」

「是。」

「不過，還是有上小學吧？」

「是啊……」

歌名雄吞吞吐吐地回答，五郎插嘴：

「那時候里子還小，沒什麼女性魅力嘛。」

他剝著水蜜桃的皮，漫不經心地低喃，卻發現所有人的目光突然轉向他，嚇得連忙縮起肩膀。

「咦，什麼意思？」金田一耕助原本想追問，話卻凍結在嘴裡，終究沒能說出口。因爲現場的氣氛變得十分緊張，尤其是凝視著五郎的文子，眼裡浮現譴責的神色，於是五郎像隻小烏龜縮著腦袋，一副過意不去的樣子。一群人頓時陷入尷尬的沉默。

「喔，對了！」歌名雄似乎想到什麼，「金田一大師，我忘了跟您說一件事，本來想見到您後立刻報告……有位客人來找您。」

「有人找我……？」

「是磯川警部。他說請到假，所以來了。今天快中午的時候到的。」

「喔，這樣啊。」

金田一耕助的臉上自然地浮現微笑。

說是請到假所以來度假，倒也沒錯，不過眞正的目的恐怕是要向待了兩週的金田一耕助探聽有沒有得到什麼線索吧。金田一耕助很想告訴他：「我沒那麼容易上你的當！」然而，金田一耕助也察覺自己不知不覺受這樁案件深深吸引，難以脫身。他不禁苦笑了起來。

「大師，您打算怎麼回去？我母親建議，如果不嫌棄，請跟我們一起行動吧。我們打算等由佳利到此會合之後，一塊搭車回去。」

「謝謝你們，不過我還是自己回去吧。等太陽下山，我再慢慢越過山嶺晃回去。警部暫時會待在那裡吧？」

「嗯，他說想悠閒待個一星期左右再離開。」

「是嗎？謝謝你們的好意了。」

於是，鬼首村的青年團忙碌地進行準備。

大概是阿照到處去宣傳，一聽說大空由佳利要來歇息，總社鎭上的年輕男女便往井筒客棧的正門蜂擁而來。當然，絕大部分是來看熱鬧，但有一些是當地青年團的幹部，他們似乎事先商議過關於大空由佳利歡迎會的事宜。

最後，只剩金田一耕助待在自己房裡，旁觀這場非比尋常的騷動。很快地，令人期待的四點到了。喧鬧的煙火聲中，大空由佳利和母親乘著轎車，終於抵達井筒客棧的正門。這一刻，總社鎮簡直像是以井筒客棧為中心劇烈顫動著。

然而，所謂的颱風眼總是安靜的。對金田一耕助來說，現在圍繞著井筒客棧發生的大騷動彷彿只要日後看報紙就能掌握狀況，他的耳朵聽著正門那邊如潮水般傳來的喧囂騷動，腦袋卻恍恍惚惚地陷入沉思。

金田一耕助在意的，並非大空由佳利，而是剛才阿糸的反應。聽到放庵的第五任老婆阿鈴回來時，阿糸露出驚慌的模樣，不，不如說更接近恐懼的神情，究竟是為什麼？

為了迎接大空由佳利，趕忙往庭院地面灑了水。庭院另一頭正展開一個絢爛豪華的世界。環繞著現今紅透半邊天的性感女郎，年輕男女的聯歡會盛大進行。相較之下，放庵和第五任老婆見面的後續發展，像是另一個世界發生的事。然而，那並不是另一個世界的事，兩個世界被無形而強韌的因緣果報繫在一起，一種黑暗不祥的因緣果報……

鼻頭冒著汗水的阿照匆匆忙忙經過房前，金田一耕助叫住她。

「阿照，由佳利小姐到了吧？」

「是啊，正在歇息。」

「只有母親和她在一起嗎？」

「不，有一位經紀人同行，據說就是發掘和栽培由佳利小姐的人……」

「他們準備什麼時候離開？」

「剛剛梳洗過，應該快出發了吧。客官，您是不是有什麼事……？」

「沒什麼。只是她們不出發，我也出不了這家客棧。大門那邊有一大堆人吧？」

「是啊，簡直是人山人海。」阿照彷彿感到無比光榮，興奮得滿臉通紅。

過了一會，歌名雄來到金田一耕助的房間。

「大師，要不要一起走？我們馬上就要出發了。」

「不了，我還是等這場騷動平息再走吧。歌名雄老弟，辛苦你了。」

「哈哈哈……眞是擠得一塌糊塗啊。」

歌名雄離開沒多久，正門那邊響起歡呼。由於群眾一擁而上，轎車幾乎動彈不得，一陣怒吼和喧嘩聲此起彼落，引擎聲終於遠離。雖然與自己無關，金田一耕助仍有種鬆了一口氣的感覺。

「哎，實在很抱歉，突然忙著打點那邊，沒能好好伺候您。」

半晌後，阿糸來打招呼，她依然是一副興奮不已的神情。

「嗯，確實是一場大騷動。老闆娘，妳不累嗎？」

「很累呀。不過，春江記得以前的事，一直叫我『阿姨』，我眞的很高興。她還送我高級的禮物。」

阿糸難掩感動，頻頻拭淚。

「嗯，熱熱鬧鬧地總是好事……老闆娘，天色暗了，我差不多該準備回去了。幫我結一下帳吧。」

「啊，您要走了嗎？」

阿糸似乎有什麼話要說，卻改變主意，旋即站起。

一個小時之後，金田一耕助又來到仙人嶺，恰恰和昨天同一時刻，四下已是一片傍晚的茶褐色。到了這個時候，鬼首村的煙火總算停了。站在山巔遠眺村裡和上空，喧囂過後的寧靜籠罩整個村子。

金田一耕助突然聽到後方有人追趕上來的腳步聲，不禁停下。發現那人竟是阿糸，他心頭一驚。

「老闆娘，妳要上哪去？」

「我想拿中元節禮物去村長那裡……」

阿糸走近金田一耕助，他的心臟又是噗通一跳。這種時間去送中元節禮物有點不尋常。

「對了，老闆娘，之前沒談完的事，我想繼續談一下。阿鈴女士回到村子來，是不是有什麼不對勁？」

「客官，」阿糸語氣低沉，「您說代筆回了信，那封信是寄到哪裡？」

「嗯，詳細的地址不大記得，不過應該是神戶的西柳原，收信人是請町田先生轉交……」

阿糸的肩膀顫了顫，往金田一耕助靠得更近。

「然後，您說昨晚在這個山巔，遇到自稱阿鈴的人？」

「是啊，就在過去一點的地方。那個人主動打招呼說：『我是阿鈴。我要回村長家了。』」

「客官！」阿糸彷彿不寒而慄，用力揪住金田一耕助的衣袖。

「老闆娘，到、到底怎麼回事？阿鈴女士有什麼異樣……」

「如果您說的阿鈴女士，就是村長的第五任老婆阿鈴，今年春天她就過世了。這個月十五日，就是她過世後的第一個盂蘭盆會啊。」

阿糸以袖口摀著眼，像孩童般抽抽噎噎地哭了起來。

# 第七章　毒殺村長草

在天色漸暗的仙人嶺頂端，金田一耕助嚇得全身僵硬，動彈不得。

和自稱阿鈴的老太婆相遇的地點，就在不遠的前方，恰恰是這個時刻，四周也和現在一樣，是一片陰暗的茶褐色。她揹著一個大包袱，身子幾乎彎成九十度，根本看不到她的臉，不過印象很深的是，一頭蓬亂的白髮從頭巾邊緣露了出來。

「不好意思，我是阿鈴。我要回村長家了。今後請多多關照。」

她用小到幾乎聽不見的聲音咕噥著，一邊朝鬼首村的方向下山……老太婆的短草鞋發出啪答啪答的陰森聲響，仍清晰地在金田一耕助的耳裡迴盪。

「老闆娘！」金田一耕助顧慮四周，壓低了聲音，但仍強硬地問：「妳說的是眞的嗎？阿鈴女士……放庵先生的第五任老婆阿鈴過世了……？」

「對，是眞的，我還大老遠跑去神戶參加她的葬禮。」

「老闆娘！」金田一耕助的語氣和緩下來，他張望四周，說道：「總之，我們快走。邊走邊談吧！」

「是……」

阿糸順從地點點頭，以和服中衣的袖口拭淚，緊跟上去。

「這麼說來，妳和阿鈴女士有親戚關係……？」

「是的，阿鈴女士是亡父的遠親。她原本是一名藝伎，是家父將她介紹給村長。您剛才提到那位住在神戶的町田先生，則是家父表妹的婆家的人，他們在西柳原經營小飯館。阿鈴女士和村長分手後，一開始吃了不少苦，後來戰爭結束，她有段時間留在町田家的飯館打雜。然而，她去年年末生了病，在今年春天……四月底離世。」

說完，阿糸又拉著中衣的袖口按在眼睛上。她不是為阿鈴離世感到悲傷，而是理應不在人世的阿鈴，卻回來找村長這個衝擊的事實，讓她像孩童般驚恐不已。

「阿鈴女士幾歲了？」

「嗯，今年五十八歲。」

自稱阿鈴的老婆婆也大約是這個年紀。

「那麼，村長不曉得這件事嗎？就是阿鈴女士離世的消息。」

「嗯，我也覺得很不可思議。之前您告訴我曾代筆回信，我就在想，村長真的不知道阿鈴女士離世了嗎……」

「是啊，他完全不知情，一副興高采烈的模樣。」

「噢！」阿糸彷彿屏住了呼吸，「那他是眞的不曉得了。」

「老闆娘，妳曾把這件事……就是阿鈴女士離世的事，告訴村長嗎？」

「沒有，我不敢跟他提起阿鈴女士……因爲當時他相當生氣，有陣子甚至對我們夫婦非常不滿……」

「儘管如此，妳應該還是覺得要讓村長知道才行吧？」

「是啊，町田家那邊說已寄通知給村長。」

「寄了死亡通知？」

「是的。」

「但村長並未去神戶？」

「是啊。村長是對萬事萬物都十分重情義的人，這次卻……他不僅沒在葬禮上露面，連弔唁信也沒寄。我們猜想他可能到現在氣都沒消，從此我就不敢在村長面前提到阿鈴女士的名字。」

這時，兩人恰好走到昨天金田一耕助和自稱阿鈴的老太婆擦肩而過的地點。

「老闆娘，就是在這附近。昨天我和自稱阿鈴的老太婆擦肩而過……」

「哎呀！」

阿糸驚叫出聲，緊緊揪住金田一耕助的衣袖，翻著眼珠子，雙頰發白。

金田一耕助似乎受到她的情緒感染，一陣毛骨悚然，不由得環視逢魔時刻的幽暗周遭。眼前的大杉樹底下有一間小祠堂，前方的花瓶裡插著枯萎的紅色百日草。從山巔往下望，沉靜的黃昏輕霧裡，鬼首村各處已輕輕升起炊煙。乍看是平淡無奇、寧靜安祥的鄉村風光，然而在那景色背後，顯然已被暗中設計了一場不祥的陰謀……

「總之，先跟妳去村長家看看吧，我也不禁擔心起來了。」

「好的，請您務必跟我一起去。我……總覺得有點噁心……有點噁心……」

「哈哈……難道妳認爲，阿鈴女士的鬼魂去跟村長見面了嗎？」

金田一耕助快步走著，一邊笑了。然而，他的笑聲有些乾，似乎卡在喉嚨。如果眞是鬼魂，反倒沒什麼大不了，怕的是有人在策劃什麼陰謀……想著想著，金田一耕助的心底湧上一股莫名的不安，催促著他的腳步。

「唉，我不大懂這種事，可是就快到她離世後的第一個盂蘭盆會……」阿糸嘆一口氣，

「還是，有人在惡作劇？」

「妳是不是覺得可能是誰在惡作劇？」

阿糸似乎在思考著什麼，不發一語地低頭走著。隨後，她雙眼發亮，望向金田一耕助說：

「可是就算對村長惡作劇，也得不到任何好處啊。」她有點感傷地輕輕笑了笑。

「好，我們先別管是不是惡作劇。這個村子或是鄰近的鄉鎮，有沒有可能知道阿鈴女士過世的人？」

「嗯，這個嘛……」阿糸歪著頭，「如果村長沒提，應該不會有人知道。」

依金田一耕助的觀察，他認爲村長——也就是放庵，自尊心很強。正因阿鈴主動道歉，他才會喜不自禁，否則他對阿鈴的怒氣是不會消失的。不，應該說就是氣還沒消，才連葬禮也沒去、弔唁信也不寄，哪怕只是提到逃妻的名字，放庵都會不開心吧。這樣的人，會輕易把阿鈴過世的消息告訴村人嗎？

不對！

想到這裡，金田一耕助突然發覺自己實在太愚蠢，心口一揪，陡地停住腳步。

「客官，您、您怎麼了？」阿糸滿臉恐懼地轉頭看他。

「嗯，沒有……沒什麼……」金田一耕助脫下帽子，擦拭額上冒出的汗水。「總之，老闆娘，我們趕路吧。」

「是……」

阿糸的神情愈來愈凝重。她觀察著金田一耕助的表情，小步跟上。

這到底是怎麼回事？金田一耕助陷入沉思。神戶那邊的人表示已寄出死亡通知給放庵，如果接到通知，放庵應該曉得阿鈴已不在人世。既然她已不在人世，前幾天看到的那封信就是假的。若放庵知道阿鈴已不是這個世間的人，一定能看穿那封信是假的。

然而，當時放庵那副雀躍的模樣……那種毫不掩飾的喜悅究竟是……？金田一耕助還不是很瞭解放庵，不過根據今天在井筒客棧聽阿糸所述，這號人物似乎不簡單。阿糸這麼說：

「村長讓人覺得彷彿已超脫俗世。」

這樣一來，金田一耕助是不是被那個老頭子騙得團團轉？然而，果眞如此，對方的目的是什麼？

不過，這件事情還有不同的看法，就是放庵根本不知道阿鈴已過世。要造成這樣的情況，基本上有三種可能性：第一，神戶那邊的人雖然表示已寄出死亡通知給放庵，實際上並沒有寄。第二，通知信寄出了，但信件處理過程有疏失，結果沒寄達。第三，信是寄達了，但放庵並未親手接收，換句話說，有人故意或是偶然間把信冒領走了。

然而，不管是哪種情形，也不管放庵是不是想將金田一耕助騙得團團轉，前幾天看到的絕對是假信，並且這封信的僞造者，一定也在昨天傍晚越過山巔來到鬼首村。

金田一耕助不禁打了個寒顫，全身彷彿被潑了水，感受到難以言喻的恐懼。

阿糸剛剛說過：

「就算對村長惡作劇，也得不到任何好處啊。」

沒錯，正因如此，更令人感到一種難以言喻的恐懼。如果能夠掌握到有誰可獲得好處，反倒沒什麼好怕的。其實，用不著阿糸說，誰都曉得矇騙已是半個出家人的放庵，或是對他惡作劇，根本得不到絲毫好處。然而，這只是針對形而下的物質層面所做的推論，若考慮到形而上的精神層面呢？譬如，針對昭和七年的案件，放庵掌握某項重大祕密……那麼，整件事情就得重新思考了。金田一耕助擔心的就是這一點。

「對了……」金田一耕助覺得有點呼吸困難，回望跟上來的阿糸問道：「昭和七年那件案子……就是『龜之湯』老闆娘的丈夫慘遭殺害的那件命案……」

「是。」突然提起那件駭人聽聞的命案，阿糸彷彿心頭一驚，瞇起了眼睛。「那件命案怎麼了？」

「聽說當天晚上，也就是源治郎慘遭殺害的那一晚，阿鈴女士和村長吵了一架，隨後就離家出走了……」

「是啊，那天晚上，阿鈴女士跑到我們家來了……」

「跑去貴府？」

「是啊。不過，我丈夫說天一亮立刻帶她回村長家。事實上，村長後來也說，他本來打算天一亮就到我們家，可是發生那件命案，無法前來。我們也覺得這種時候帶阿鈴女士回去不大好，猶豫了一、兩天，阿鈴女士趁機從我們家逃走了。事後拜託警方找到她，只不過那時候她已有別的男人。村長認爲是我們夫婦故意放她走，相當生氣。」

「他們夫婦吵架的原因是什麼？」

阿糸沉默了一會，才說：

「村長這個人啊，從小就嬌生慣養。他的確是通情達理的人，但也有很難伺候的地方。人們不是常說，表面上應對進退得體的人，往往有不好相處的一面？更何況，村長接二連三遇到不如意的事，脾氣愈來愈暴躁，常有暴力相向的情形發生，於是阿鈴女士漸漸待不住。」

走到山腳的時候，天色已完全暗下來，幸好金田一耕助和阿糸都準備了手電筒，走夜路不成問題。來到村公所前，一群年輕男女蜂擁而出。

「啊，金田一大師，您剛回來嗎？」

先開口打招呼的是歌名雄。一如往常，他晒黑的臉上露出潔白的牙齒，一副無憂無慮、笑瞇瞇的表情。

「喔，大家都在啊……由佳利小姐呢？」

「我們正要一路殺到她那裡。」從旁插話的是五郎。

「五郎，什麼殺不殺的，拜託你不要用那種難聽的字眼好不好。」馬上開口糾正他的是勝平。「大師，衣錦還鄉的性感女郎打算招待她的青梅竹馬，也就是我們這些人。獲得這項榮譽，我們村子的青年紳士正準備……」

「小勝，你也算紳士？」

「五郎，你這個白癡，我不是說『我們』嗎？好，既然你介意，我就訂正一下。除了五郎之外，我們這些青年紳士……啊，井筒客棧的阿姨，您也來了？這麼晚了，要上哪去啊？」

「嗯，我去找村長……」

「阿姨，麻煩您回去以後，幫忙轉告重吉先生和阿照小姐。」歌名雄開口：「細節今晚開會討論，不過千惠子小姐原則上已答應，從後天十三日到十六日晚上，我們準備在兵營遺跡盛大舉行盂蘭盆舞會。」

伊東信濃守的兵營遺跡如今已變成一所小學，不過村民都不稱呼那裡是小學，習慣說是兵營遺跡。

「我知道了，謝謝你。」

「好了，走吧、走吧！」

五、六名年輕人活力十足地離開，金田一耕助和阿糸則是朝著與他們相反的方向加速趕路。

從村公所到放庵居住的草庵，約有二十五、六分鐘的路程。由於途中有好幾個山襞延伸到平地，必須沿著山腳邊的路走，所以雖然直線距離不遠，整段路走起來卻相當花時間。

放庵居住的草庵，位於村道往丘陵方向再進去一點的地方。之前提過，草庵後方有個很大的古沼澤，村民稱爲「食人沼澤」，意思是只要一掉進沼澤就上不來了，可見是非常深的泥沼。

走過鬼首村的最後一間民家之後，天色一下變得很黑。放庵居住的草庵，樸素地坐落在天鵝絨般黏稠濃郁的黑暗中。屋內沒亮燈，單是這一點就讓兩人恐懼不已，因爲放庵沒有夜晚外出的習慣，而現在離就寢時間又還早。

「村長，您在嗎？村長，我是井筒客棧的阿糸，您在家嗎？」

阿糸先敲門，聲音從一開始就在顫抖。

「放庵先生、放庵先生！我是金田一耕助，您就寢了嗎？」

金田一耕助和阿糸輪流叫了兩、三次門，卻不見任何回應。兩人互望，僵硬的臉上都失去了血色。

「會不會是出門了？」

這麼說的是阿糸，但也只是自我安慰罷了，她的聲音顫抖得很厲害。

「總之，先進去看看吧。」

門並未上鎖。金田一耕助率先走進去，阿糸畏畏縮縮地跟在後頭。這是一幢手電筒照個一圈就能看遍的草庵，先前金田一耕助和放庵對坐的那個四張半榻榻米大的房間裡，沒半個人影。金田一耕助穿過房間，探頭張望設有地爐的起居室兼廚房，身後突然響起「喀喳！」一聲，四下瞬間亮了起來。原來是阿糸打開從天花板垂吊下來的電燈開關。就在這個時候——

「啊啊！」

阿糸尖叫出聲，呆立原地。

聽到尖叫聲，金田一耕助嚇了一跳，連忙回頭望向四張半榻榻米大的房間，不禁瞪大雙眼。

在橘子紙箱貼廢紙做成的自製桌子上，擺著一瓶酒壺、兩個喝茶用的小碗、一條烤淡水魚、兩個留有味增湯痕跡的紅碗，以及醬燒蕨菜、油炸豆腐，和一個盛滿稻荷壽司的盤子。另外，還有一支留下厚厚蠟油痕跡的大蠟燭立在桌上。從這種情形來看，顯然昨晚停電的時候有人在這裡喝酒。

然而，令阿糸尖叫出聲的，並非這一幕充滿纏綿氣氛的光景，而是四散在桌子上、夏季用的薄坐墊上，以及桌子周圍榻榻米上的斑斑血跡。那似乎是吐血的痕跡，但房子裡沒有半個人影。

金田一耕助再度轉身查探廚房，不經意瞥見擺在泥土地角落的水缸。不，引起他注意的不是這個水缸，而是散亂放在水缸蓋上的五、六枝花草，看上去很像桔梗花。

金田一耕助走進廚房，好奇地拿起花草，就在這個時候，身後又傳來阿糸的尖叫聲。

「啊，不行！客官，那玩意有毒！那是毒草，不可以摸！」

「毒草？」金田一耕助慌忙把草丟到地上，「這……是什麼草？」

「呼，那個……呼，那個……」阿糸嚇得臉頰僵硬，喘著氣說：「我、我不知道在其他地方是叫什麼……在這一帶，我們稱爲……『毒殺村長草』……」

# 第八章　山椒魚

現下鬼首村可說是人聲沸騰，卻是基於兩個截然不同的原因。其一是對衣錦還鄉的性感女郎的熱烈討論，另一個原因，則是對越過仙人嶺來到村裡的怪異老太婆的紛紜傳聞。

然而，對自稱阿鈴的怪異老太婆感興趣的，大多是中年以上的人。青年團的小伙子根本沒當一回事，對他們而言，放庵早已是一個被遺忘的存在。如同放庵也自稱是出家人，他或許已拋卻世俗，或者在這之前，他早已被世俗遺忘，尤其是被年輕一代的人遺忘。

而且，這天早上村裡年輕男女的話題特別充裕，更何況他們還有許多必須火速著手去辦的事。所謂的話題，指的就是昨晚爲由佳利接風的宴會。村裡的年輕人不分男女，全都爲由佳利的魅力心醉神迷。

「她的封號是性感女郎，我本來以爲她會露骨地賣弄性感，卻不是那麼回事，眞是令人意外。」

「不過，她像個男孩一樣，講話很直接，這點挺不錯。」

「那低沉沙啞的聲音非常有魅力！」

另一方面，在女孩這邊也是好評不斷。

「我以爲她會擺架子，沒想到並不會耶。」

「沒錯、沒錯，雖然講話跟男孩一樣直爽，可是她十分謹慎，不會講出惹人厭的話。」

「不過，我們也沒那麼容易被她迷得團團轉吧。」

「或許吧，呵呵呵……」

年輕人一碰面，一定是討論由佳利的髮型、穿著或首飾等等，由於實在太熱衷，遭到長輩嚴厲斥責。

「對了，小歌……」

兵營遺跡的小學校園裡，在團長勝平的帶頭指揮下，青年團的團員正在搭建盂蘭盆舞會的高台，忙得不可開交。今年的高台跟往年不大一樣，可說是肩負著擔任大空由佳利這位日本最受歡迎藝人的表演舞台的光榮，還得特別注意麥克風等器材的調整才行。

「聽說昨晚有個怪異的老太婆進村，而且村長出了事，到底是什麼情況？」

「嗯……我也不大清楚，村長好像失蹤了。」

忙著搭建高台的歌名雄不禁眉頭深鎖。

「村長會不會是上了年紀，了無生趣，往自家後頭的古沼澤跳下去？」

說這句話的是五郎。

「如果眞是往古沼澤跳下去，可能會找我們青年團去幫忙打撈，這樣就麻煩了。」

勝平不愧是團長，有思慮周到的一面。

「小勝，若是來找我們幫忙，你得好好拒絕。我們正忙著一年一度的盂蘭盆舞會，不能被那種無聊事拖下水。」

「沒錯、沒錯。團長，你可要牢牢記住。」

「我才不能忍受把日本頂尖性感女郎的事，和那個乾巴巴老頭子的事混爲一談。」

還有人冒出這麼一句話，惹得青年團的團員哄堂大笑。

然而，他們都錯了。

事後回想，性感女郎大空由佳利衣錦還鄉，和多多羅放庵的事件，兩者之間其實有著非常密切且重大的因果關係。

「金田一先生，這實在有點怪。」

身穿敞領襯衫搭短褲，頭戴一頂破舊的安全帽，磯川警部的打扮怎麼看都不像個警部，反倒像是土木工程的監工，講難聽一點就像工頭。

「就算超過二十年沒見面，放庵先生竟然會跟一個女騙子……就是並非阿鈴的女人那麼要好地對飲，到底是怎麼回事？放庵先生是不是認錯人了？」

「不，不大可能認錯吧……」

金田一耕助一逕盯著眼前的古沼澤，老毛病又犯了，五根手指拚命搔著雞窩頭。

「只是五分鐘或十分鐘還另當別論……假設老婆婆跟我擦身而過，到達這裡的時候大約是七點半，聽說那天晚上和總社是在相同時間停電、也就是九點半左右，這麼一來，停電之前兩人共相處兩個小時，停電之後甚至點起蠟燭，天南地北地聊。」

「那麼，即使對方不是阿鈴……我肯定那不是阿鈴……也應該是放庵先生熟悉的女人。」

「嗯，大概吧。」

金田一耕助含糊地回答。不過，他首先想弄清楚的並不是這一點，而是放庵原先到底知不知道阿鈴已去世。

古沼澤旁的小草庵裡，來了三名從鎮上趕來的便衣刑警，和一名鬼首村本地的木村警員，他們都不大感興趣地轉來轉去。因爲受害者超過七十歲、形同半個出家人，又無法斷言眞的發生命案，難怪沒人會熱心辦案。不過，熱不熱心是一回事，四個大男人在屋裡轉來轉去，小小的草庵感覺特別擁擠。最後像被擠出來似的，金田一耕助和磯川警部佇立在古沼澤旁，等待現場勘驗結束。草庵的對面似乎聚集不少湊熱鬧的人群。

金田一耕助重新回想昨晚發生的事。

昨晚，當他察覺到草庵可能上演一齣不祥的戲碼，整個人精神突然來了。他首先叮囑阿糸不可碰觸任何物品，旋即再次對草庵內部進行地毯式的檢視。金田一耕助的第一個發現是，找不到自稱阿鈴的老太婆揹的包袱，但她應該確實來過，入口的地上殘留著短草鞋的泥巴痕跡。遺憾的是，由於昨晚那場大雷雨，在草庵外面留下的足跡，幾乎全被沖刷掉了。

自稱阿鈴的老太婆昨晚揹著一個大包袱來到這裡，跟放庵聊了兩個小時以上。不，應該說兩人可能聊了天，而且她還用「毒殺村長草」下毒，最後放庵中了「毒殺村長草」的毒，吐血身亡……

依照事發前後的狀況，大致可推論出經過。然而，那個古怪的老太婆如何處理放庵的屍體？首先想像得到的是，她可能直接把屍體丟進旁邊的古沼澤。傳聞一旦有人掉進去，絕對不可能上得來，村民十分畏懼，才會取名爲「食人沼澤」。問題是，那個古怪的老太婆爲何要這麼做？如果打算隱藏屍體，爲什麼不連屋裡的血跡也擦拭乾淨？隱藏屍體的行爲，原本就是爲了要掩蓋殺人的事實，若是如此，爲何那個古怪老太婆還主動報上名字？放庵到底是還活著，或者死了？那個老太婆揹著大包袱離開之後，又往哪裡去了？

金田一耕助再次走進廚房，低頭盯著被稱爲「毒殺村長草」的毒草，突然聽見水缸傳來啪嚓啪嚓的濺水聲。雖然相當微弱，但現在狀況特殊，聽在金田一耕助耳裡如同打雷般響亮。金田一耕助嚇了一跳，望向水缸。這時，水缸裡又傳出啪嚓啪嚓的濺水聲。金田一耕助小心翼翼地把手伸向水缸蓋子，將散落在上面的「毒殺村長草」彈開，謹愼取下蓋子，拿起手電筒照進水缸，仔細一看，全身頓時起了雞皮疙瘩。

水缸底部有一隻非常醜怪的動物在蠕動。一條像是特大號的壁虎，或是蠑螈的動物，占據整個水缸，溜滑滑地蠢動。黑褐色的身體到處長著黑色斑點，皮膚上全是令人作嘔的疙瘩。頭部超乎想像地大，呈扁平狀，還長有四隻腳。

「哇啊！」

阿糸被金田一耕助的反應嚇到，也探頭一看，發現那隻醜怪的動物，當場倒抽一口氣。

「這是山椒魚啊。」

金田一耕助也知道是山椒魚，令他訝異的是，爲何這裡會有山椒魚？

「這是村長養的嗎？」

「沒那回事，上次我來的時候還沒有這種東西。」

「老闆娘上次來的時候是……？」

「這個月的五日。」

「爲了什麼事來的……？」

金田一耕助的語氣不禁帶了點盤問的意味。

「唔，我來送中元節禮物……」

原來，剛才阿糸在山巔追上他的時候，說要給村長送中元節禮物只是藉口。

「老闆娘，妳爲什麼能肯定當時這裡沒有山椒魚？」

「因爲……當時我從這個水缸取了水，替村長燒開水。」

原來如此，那就錯不了。而且，這個月五日，正是金田一耕助爲村長代筆寫信的兩天前。

「這一帶的河川裡，有很多山椒魚嗎？」

「不算多，但不時會出現幾條……再說村長可是捕魚高手啊。」

順著阿糸指的方向望去，大大小小好幾條淡水魚的魚乾用竹子串起來，整齊排列在起居室的門框上方。

金田一耕助再次觀察水缸，總覺得眼前兀自溜滑蠕動著的這隻怪物，彷彿象徵著這起難以捉摸的案件，他不由得汗毛直豎。話說回來，昨晚那場大雷雨中，草庵裡到底發生什麼事？

金田一耕助催促阿糸一起離開草庵，回到「龜之湯」，向在那裡等著他的磯川警部報告整起事情的經過。要不是磯川警部也來到這個村子，恐怕金田一耕助和阿糸報告的事，只會被村裡的警員一笑置之……

「金田一先生，」磯川警部望著開滿整個古沼澤水面的白色菱花，「這起案子和二十三年前的案子，會不會有什麼關係？」

他刻意壓低聲音緩慢地說，然而金田一耕助非常瞭解，警部是爲了掩飾心中熊熊燃燒的期待與興奮。現在磯川警部的內心充滿希望，期盼藉由這件新案子，二十三年前那件始終眞相不明的案子能逐步解開……

「很有可能，不然實在難以想像，像放庵先生這種半個出家人還會遭到暗算，陷入這麼複雜的案子。」金田一耕助謹愼地回應警部的話，「不過，警部，放庵先生到底是從那裡取得生活費？井筒客棧的老闆娘……雖然跟村長似乎因緣頗深，但連她也不知情。」

磯川警部彷彿心頭一驚，直瞪著金田一耕助的側臉。

「可是……可是……」警部欲言又止，最後壓低嗓音說：「以前聽『龜之湯』的老闆娘提過，放庵先生在神戶還是哪裡有親戚，生活費就是從那邊寄過來……」

「是啊，到三年前爲止是這樣沒錯……不過，那位親戚在昭和二十八年去世，所以生活費應該已中斷，這一點我一直覺得很不可思議。依井筒客棧老闆娘的說法，村長的生活費本來就不需要太多，或許是有些儲蓄。只是，放庵先生是會未雨綢繆存錢的人嗎？」

「金田一先生！」磯川警部終於忍不住爆發，「這麼說……這麼說……你的意思是，這村子裡有人偷偷供養放庵先生嗎？」

磯川警部的鄉音脫口而出。

金田一耕助正要回答，一名便衣刑警東張西望地找了過來，一看到磯川警部，立刻大剌剌地走近。

「警部，我問過村裡的豆腐店，昨天他們的確賣了油豆腐給放庵先生，不過只賣兩塊……」

目前警方在調查草庵裡發現的稻荷壽司是哪裡來的。從壽司的外觀來看，應該不是在壽司店買現成，而是買油豆腐回家自己做。這麼說來，放庵一定從某個地方買了油豆腐。

然而，根據警方的調查，放庵只在村裡的豆腐店買了兩塊油豆腐，而這兩塊油豆腐已和蕨菜一起做成醬燒料理，那麼稻荷壽司的材料呢？

「哈哈哈……」金田一耕助似乎覺得很滑稽，忍不住笑了出來。「警部，終於發現古怪老太婆遺留的東西了，就是那些稻荷壽司……啊，現場勘驗結束了。」

看到走出草庵的便衣刑警手上的物品，金田一耕助不禁吃了一驚，眼睛瞪得大大地等他走近。那是金田一耕助以爲被古怪老太婆拿走的信件。

「警部，找到了，是從神戶寄來的……信的內容跟您剛才講的一樣。」

磯川警部接過，抽出信紙大致讀了一遍，不發一語地遞給金田一耕助。金田一耕助粗魯地搶過信，如飢似渴地讀著內容。然而，其實沒必要再看第二次，這封信的確就是七日下午金田一耕助造訪草庵時，放庵給他看的那封阿鈴寄來的信。

這到底是怎麼回事？對那個古怪的老太婆而言，這封信是比什麼都重要的證據，應該無論如何都會帶走。

「警、警察先生，這、這是在哪裡找到的？是不是藏在很難發現的地方？」

「沒有啊……跟其他信件、明信片一起放在信箱裡。」

金田一耕助頓時有種丈二金剛摸不著頭腦的混亂感，心裡有些退縮。他原本以爲這是經過周延計畫的案子，然而，爲何這麼重要的僞造信件會遺留在現場？

「警、警部，那、那個信封請給我看一下……」

的確是金田一耕助看過的同一個信封。之前他就是按照這個信封上的寄信人住址，來寫收信人的住址和姓名。

金田一耕助陷入沉默，盯著眼熟的筆跡，又不經心地把信封翻過來，看一下正面。這時，他深深發出「唔……」的聲音，似乎有所發現。

「金、金田一先生，你、你怎麼了？」

「警、警部！」金田一耕助不禁激動起來，隨即控制住情緒，解釋：「之前代筆回信的時候，因爲沒必要留意信封正面，我馬上翻到背面看寄件人的資料。可是，這個郵戳……」

磯川警部看了一眼郵戳，不由得挑高眉毛，沉吟著咬緊嘴唇。

這個郵戳顏色很淡，不甚清楚，像用手指摩擦過，十分模糊，無法清楚看出日期。然而，應該是3的第一個數字，令人意外地竟然是2。換句話說，這封信不是在今年昭和三十年寄出，而是在昭和二十年代的某一天寄出！

# 第九章　還活著？或者死了？

如同之前說過的，要不是磯川警部來到這個村子，就算金田一耕助再熱心，多多羅放庵一案只會被視爲是一名隱士的失蹤案件，輕易被世人遺忘，即使草庵裡殘留吐血的痕跡。

然而，對昭和七年一案非常關心的磯川警部，剛好來到鬼首村，加上當時的重要證人——放庵離奇失蹤，以及在這失蹤案件背後一連串的奇異狀況，使得搜查當局非常重視此案。

在磯川警部的要求下，八月十二日下午，決定在「龜之湯」公共宿舍的娛樂室設搜查總部。之後直到傍晚，岡山縣警察總部和轄區警署的偵辦人員紛紛趕達。

對磯川警部而言，這無非是一項賭注。或許這根本不是案件，勞師動眾的結果可能是小題大作。大家忙成一團，搞不好放庵會突然從某個地方沒事人似地出現。

如果最後發現這其實不是案件，磯川警部就得扛下全責。然而，警部已有覺悟，即使那樣也無所謂。警部年齡不小了，萬一被追究責任，大不了引咎退休。但如果確實是昭和七年一案的延伸呢？恰巧金田一耕助這名天才偵探來到此地，並且對這個案件產生興趣與關心。若能順利偵破，然後順水推舟，讓昭和七年的案子跟著眞相大白……

考慮到這點，磯川警部認爲，即使賭上自己的職涯也值得。事實上，此刻磯川警部下的決心，後來幫了很大的忙。

話說，這件案子的搜查主任是一位姓立花的警部補，他是從距離鬼首村約四十公里、一個叫江見的市鎭過來的。負責偵辦的警方人員當然是開車來，但一般從江見到鬼首村，必須先搭姬津線，也就是連接姬路與津山的一條鐵路支線到姬路，再轉搭巴士前往總社，最後翻越仙人嶺才能抵達鬼首村。

或許有人會問，爲什麼要這麼麻煩？總社那邊不是也有警察嗎？然而很不巧，總社是隸屬兵庫縣，這一點也是這次案子在偵辦上的不便之處。

搜查總部全員到齊的時間，約莫在八月十二日下午五點。

在「龜之湯」的娛樂室裡，一行人享用過老闆娘莉香親手做的晚餐之後，以立花警部補爲首，開始針對此案重新進行討論。

「這麼說……」聽完磯川警部和金田一耕助的概要說明，立花警部補皺起那看上去非常聰敏的眉毛。「金田一大師的意思是，前天——也就是十日晚上，下大雷雨的時候，草庵裡很可能發生命案，是嗎？」

「喔，不……」金田一耕助以幾乎快滑下來的姿勢，慵懶地坐在椅子上，雙手交互敲著扶手。「目前還不能肯定，這部分有賴諸君調查……」

「金田一先生，」磯川警部立即從旁插嘴：「都這種時候了，請你有話直說吧。」

「有話直說……？」

「你比我們早一步接觸這件案子，想必有一些偵辦上的建議吧，像是最好從哪一點著手調查比較好。所以，是不是能提供你的意見，給立花老弟參考？」

「是啊，大師，拜託了。」

立花警部補很有精神地應道，露出試探般的眼神。

立花警部補大概四十歲左右，身材高大，肌肉渾厚，體格看起來相當結實，一副精悍的模樣。以關西地方的講法，他看起來是個馬力很強的人。

聽了磯川警部的介紹，立花警部補想起戰後岡山縣發生過的「獄門島」、「八墓村」，以及「海市蜃樓島」等案件，得知金田一耕助就是偵破那些困難的離奇案件的人，他頓時心生敬畏。然而，無可否認的，親眼見到這位仁兄土裡土氣的外表，難免湧起「就憑這傢伙！」的想法，燃起鬥志，這也是身爲一名警部補理所當然的反應。

「唔……」金田一耕助還是老樣子，眨著看似很睏的眼睛，心不在焉地搔著雞窩頭。突然間，他微微一笑，在椅子上坐直身子，從懷中取出記事本，再抽出兩、三張摺成四折的信紙。「搞不好是我多管閒事，不過我將目前爲止想到的事條列出來了。若不嫌棄，請看一下。」

金田一耕助似乎有點不好意思。

「當然、當然。」警部補的眉宇間滿是精悍之氣，他傾身向前。

「唔……我只是把想到的事隨便列出來而已，有點雜亂無章，不過或許能夠提供一些參考……」

「請別這麼說，這可是大師的意見啊……」

說著，立花警部補粗魯地從金田一耕助手中搶過信紙，打開一看，上面的字跡卻像鉛字般工整，與眼前這位大師懶散的外表極不搭調。信紙上列出以下幾項：

一、放庵先生是活著，還是死了？若還活著，人在哪裡？若是死了，凶手把屍體藏在哪裡？凶手又爲何要把屍體藏起來？

二、阿鈴女士是活著，還是死了？

三、假設阿鈴女士死了……阿鈴女士過世，放庵先生事前到底知不知情？

四、神户的町田家，到底有沒有寄阿鈴女士的死亡通知給放庵先生？

五、阿鈴女士那封希望重修舊好的信，是在昭和二十年代的什麼時候從神户寄出？

六、誰最先讀了前述這封信？

七、八月十日晚上，越過仙人嶺來到村子、自稱阿鈴的到底是誰？

八、放庵先生和假扮阿鈴女士的人對坐超過兩小時，沒發現對方是假冒的嗎？如果一直沒發現，原因爲何？

九、昭和二十八年之後，放庵先生的生活費從何而來？

十、放庵先生是何時把山椒魚弄到手？目的何在？

金田一耕助列舉的就是以上十項。立花警部補看完第十項，不由得瞪大眼睛，擔心地朝金田一耕助的雞窩頭看了一眼。不過他旋即緊閉雙唇，深吸了一口氣。

「的確，一項項列出來就一目瞭然，我們一看就知道必須先從哪裡著手。」立花警部補輕輕笑了笑，「那麼，金田一大師，我們逐項討論吧。警部，請您……也協助一下。」

這名警部補似乎習慣把「您」這個字的發音拖得長長的。

「呵呵，其中幾項滿有趣的。」

讓磯川警部露出微笑的可能也是第十項吧。不過他雖然笑了，仍好奇地瞅著金田一。

「我們從第一項開始吧。『放庵先生是活著，還是死了？』嗯……想釐清這一項，還需要再努力。」

「是，首先必須找到屍體才行。」

「沒錯，光靠那麼一點吐血和汙穢物的痕跡，根本不足以斷言發生過命案。」磯川警部隨即附和。

「不過，金田一大師……」

「是。」

「從您……將這個疑點擺在第一項來看，似乎……不是十分肯定放庵先生已遭殺害，是嗎？」

「唔，這就是疑點之所以爲疑點嘛，哈哈哈……」

立花警部補的眼神中似乎帶了一絲厭惡，直瞪著金田一耕助那滿不在乎的側臉好一會，不過他很快把視線移回信紙上。

「『若還活著，人在哪裡？』嗯……這是很理所當然的疑問。接著是，『若已死了，凶手把屍體藏在哪裡？凶手又爲何要把屍體藏起來？』這個意思是……？」

「這個嘛，立花老弟……」磯川警部柔和的語氣，像是和藹的叔叔在哄一個氣呼呼的小孩撒嬌。「這就是大師的作風。追查、探究所有的可能性，是金田一大師一路走來的行事風格。所以這次的案子，除非找到放庵先生的屍體，明確斷定發生凶殺案，否則必須考慮放庵先生還活著的可能性，而這方面也必須滴水不漏地加以調查才行。這應該就是金田一大師的想法吧。」

「原來如此，不過……」立花警部補用力咬了咬下唇，「如果多多羅放庵還活著，現場的狀況又該如何解釋？」

「那種程度的現場，若有心僞裝，並非難事。」

「僞裝……？」立花警部補那十分有威嚴的眉毛，明顯地大大抽搐了一下。

好一會，立花警部補不發一語，輪流看著磯川警部和金田一耕助。然而，他的大腦似乎很快理解，這起案子的謎團裡潛藏著各種複雜的可能性。他睜大眼睛，重新玩味這十項。

「好，那麼……」立花警部補彷彿想擺脫令人窒息的氣氛，咳了一聲。「接著看第二項吧。『阿鈴女士是活著，還是死了？』這個意思是……？」

「只是隨興寫下來罷了。這一項和第四項詢問神戶的町田先生，立刻就能知道答案。」

「原來如此。那第三項『假設阿鈴女士已過世，放庵先生事前到底知不知情？』……這又是什麼意思？」

「立花先生，」金田一耕助一臉嚴肅地說：「十項當中，最重要的就是這一項。我們幾乎可認定阿鈴女士已死，應該錯不了，因爲井筒客棧的老闆娘阿糸去參加了她的葬禮。但愼重起見，仍有必要跑一趟神戶。只不過，有過這樣的事……」

於是，金田一耕助向警方說明爲放庵代筆寫信的過程，再度提及當時放庵像孩童般欣喜雀躍。「這麼一來，該注意的就是第五項和第六項。」

「『阿鈴女士那封希望重修舊好的信，是在昭和二十年代的什麼時候從神戶寄出？』意思是……這並非剛寄出的信？」

立花警部補拿起桌上那封信，重新檢查信封上的郵戳。然而，如同之前提過的，郵戳相當模糊，除了知道是在昭和二十年代的某天投寄之外，完全看不出頭緒，寄件者還忘了寫下日期。

「不過，只要向神戶的町田家詢問一下，應該就能釐清。」

「沒錯。所以，立花老弟，金田一大師關切的應該是下一項，也就是第六項。」

「『誰最先讀了前述這封信？』……這是什麼意思？」

「立花老弟，仔細看看那個信封的封口部分。」磯川警部把金田一耕助的放大鏡遞給他。

立花警部補吃驚地拿起信封，翻到背面。這的確是一個女用信封，但不是一般的橫式，而是縱式信封。封口處有剪刀俐落剪過的痕跡，不過封口上寫的不是「緘」字，而是裝腔作勢地橫向寫著英文「Seal」。

立花警部補透過放大鏡仔細一看，發現「Seal」字體的紫色墨水有點模糊，明顯是接觸到蒸氣所致，並且「Seal」這個封緘文字的上下部接合狀況，確實有極小的偏離。

立花警部補像鯨魚噴出水柱般，大大吐了一口氣。

「原來如此。這封信在到達多多羅放庵手中之前，有人冒領偷看過。然後，這個人保管著這封信，想辦法將封口恢復原狀，最近再若無其事地拿到放庵先生那裡。毫不知情的放庵先生，以爲收到剛寄來的信，興高采烈……」

「不，如果是那樣，事情就好辦了……」

「咦？」立花警部補大吃一驚，轉頭望向磯川警部。

「金田一大師的意思是，也有這種可能性：放庵先生早在去年就收到這封信，剪開封口、讀了內容，然而他無意重修舊好，便沒做任何回應。他想以後若有必要或許可利用這封信，也就是僞裝成一封被拆過又封回的信。因此，他故意接觸蒸氣打開封口，隨後又封回去。他的目的，可能就是要誤導警方的偵查方向……」

「可是……可是……」立花警部補充滿血絲的眼眸一閃，「這個剪開的痕跡怎麼解釋？看起來是最近留下的痕跡啊。」

「金田一大師的解釋是，剪刀什麼時候都能使用。去年剪過的封口，只要再剪一次，看起來就會像新的痕跡，並非難事……」

「可惡！」

「立花先生，我只是說明事情的可能性而已。」

「好了，金田一大師的意思是，必須考慮到這種可能性啦，至少在找到屍體之前……繼續看下一項吧。」

立花警部補的呼吸變得紊亂，額上冒出黏巴巴的汗液。他以手背擦汗，連忙翻開下一張信紙。

「第七項，『八月十日晚上，越過仙人嶺來到村子、自稱阿鈴的到底是誰？』……」

「這一項同樣有兩種可能性。金田一大師是這麼說的：假設放庵先生眞的上了那封假信的當，很可能是一個他意想不到的人假扮成阿鈴女士前來。但若一切都是放庵先生的計謀，冒牌阿鈴就是放庵先生的同夥，或者根本就是放庵先生本人，畢竟沒人看到她的臉，又只是聽到她低聲嘟囔。金田一大師無意間問過井筒客棧的老闆娘，得知放庵先生年輕的時候熱衷參與業餘戲劇，滿愛演戲的。」

立花警部補的眼睛愈瞪愈大，聽得滿頭霧水。金田一耕助有點同情地眨了眨眼。

「立花先生，我不是故意要把案子搞得很複雜，我只是告訴警部，這起案子的背後飄盪著一股可疑的氣息，才促使我思考各種不同的可能性。」

「喔，嗯……」

「這一項就先討論到這裡。立花老弟，接著看下一項吧。」

「是。第八項，『放庵先生和假扮阿鈴女士的人對坐超過兩小時，沒發現對方是假冒的嗎？如果一直沒發現，原因何在？』」

「這個嘛，如果冒牌阿鈴和放庵先生是同夥，或者其實是放庵先生一人分飾兩角，答案就很簡單了。問題在於，如果兩人並非同夥呢？」

「究竟是爲什麼……？金田一大師，針對這一項你有什麼看法？」

「嗯，我也還沒有頭緒……只不過，這一項也有兩種可能性。其一，放庵先生是眞的絲毫沒察覺。其二，他發現了，但基於某種理由原諒了對方。」

「你是說，他原諒了對方，然後兩人把酒言歡的時候，被對方毒死？」

「哈哈哈……照理來講，就是這麼一回事吧。」

「怎、怎麼可能有這種蠢事！」

立花警部補的口吻很不客氣。若是如此，堅持單一可能性的人所說的話，不就通通不足採信了嗎？想到這裡，警部補對金田一耕助愈來愈沒好感。

「好啦、好啦，立花老弟，用不著那麼生氣，繼續看下一項吧。」

「是。第九項是『昭和二十八年之後，放庵先生的生活費從何而來？』……」

這一項在磯川警部補充說明之後，警部補再度露出訝異卻嚴肅的表情。他低聲問：

「警部……的意思是，多多羅放庵以昭和七年那件案子爲把柄，向某人敲詐？」

「不，是不是放庵先生主動敲詐不得而知，或許是被抓到把柄的某人，自願支付生活費，想堵住他的嘴。果眞如此，第九項就是連結這次案件與昭和七年一案的關鍵之鏈。」

「瞭解。那麼，我們針對這項進行嚴密的調查吧。」警部補在這一項上圈了三層圓圈，

「那麼，金田一大師，最後一項『放庵先生是何時把山椒魚弄到手？目的何在？』這是什麼意思？」

「這個嘛……」金田一耕助又拚命搔著雞窩頭，「只是附帶寫上去。只有九項總覺得數字不大好看，乾脆湊成十項。」

「你、你說什麼？」

警部和警部補異口同聲地喊了出來，兩人都是一臉目瞪口呆。

「喔，還有，那條醜怪的山椒魚，似乎象徵著這次的案件。」

「什麼跟什麼嘛！」立花警部補惱怒不已，從鼻孔哼了一聲，直瞪著金田一耕助。然而，他很快冷靜下來，低頭行了個禮：「唔，還是很感謝您……多虧有這些建議，我們釐清了偵辦方向。總之，盡快找到多多羅放庵的屍體，一切就好辦了。」

「對對，這是首要之務。放庵先生到底是活著，還是死了……」

金田一耕助眼神陰鬱地低喃著，彷彿不寒而慄地縮起肩膀，但立花警部補不再理睬他。

「加藤、加藤！」

聽起來警部補的肺活量很大，他呼喚著在隔壁房間待命的部下。就這樣，立花警部補充滿幹勁的偵辦工作揭開了序幕。

# 第十章　用枡來量，用漏斗來喝

青年團的團員擔心的事終於發生了。

就在隔天八月十三日——

原本預定從這天傍晚起，要連夜舉行大空由佳利的個人義演暨盂蘭盆舞會暨歌唱大會，然而，立花警部補卻要求他們協助搜查直到傍晚。因爲十三日早上，放庵仍下落不明，搞不好已被殺害，而屍體沉在食人沼澤底下的可能性也愈來愈高。

食人沼澤的面積大約六百坪。傳說，沼澤底部暗藏許多湧泉口，不管乾旱有多嚴重，這個沼澤從未枯竭，可說是鬼首村極爲珍貴的蓄水池。另一方面，食人沼澤非常深，一不小心掉下去就永遠爬不上來，所以同時也是令人恐懼、如魔鬼般的古沼澤。儘管面積如此廣大，除了偶爾能看到教人毛骨悚然的山椒魚蠕動，不見其他魚類棲息，這一點也很不可思議。

這一天，警方和青年團成員就在這個令人作嘔的古沼澤，進行水底搜索。搜索人員乘坐小船，一面擠開沼澤上盛開的菱花一面前進。他們抛下網子，用細長的竹竿到處戳找沼澤底部，然而這天的搜索行動毫無收穫。

其實，主要是協尋的青年團不夠熱心所致……不過，想想也是無可厚非，充滿活力的青年，對放庵那樣的老頭的生死沒興趣，最重要的是，沒有證據可證明，放庵的屍體被丟進沼澤。

這麼一來，十日晚上的大雷雨，對凶手而言——如果眞有凶手的話——可說是最大的幫手，因爲草庵外頭所有的痕跡，全被那場猛烈的大雷雨沖刷得一乾二淨。

儘管打撈屍體的工作失敗，立花警部補充滿幹勁的偵辦工作卻逐步取得不少成果。

首先，他們將草庵裡遺留的汙穢物送到縣警的鑑識課，化驗報告在十三日傍晚前送達搜查總部。根據化驗結果，汙穢物中含有一種名爲山梗菜鹼（lobeline，化學式：$C_{22}H_{27}NO_3$）的劇毒生物鹼，而且名爲半邊蓮的桔梗科植物，全株均含有這種生物鹼。

半邊蓮——

就是在這一帶被稱爲「毒殺村長草」的植物，事實上，在食人沼澤周圍也到處簇生著。這麼說來，放庵果然是中了「毒殺村長草」的劇毒，遭到殺害了嗎？

第二個成果則是，昨晚被派往神戶的加藤刑警，在十三日傍晚帶回來的報告。

報告內容證明，栗林鈴已死亡。今年四月二十七日，她在神戶市兵庫區西柳原町二之三十六、町田幸太郎經營的紅屋飯館逝世。加藤刑警去見了塡寫死亡診斷書的醫師，得知死因爲腎臟癌。

另外，町田幸太郎確實寄了阿鈴的死亡通知給放庵。町田幸太郎激動地表示，給放庵的明信片，是和給井筒客棧老闆娘阿糸的明信片一起寄出，井筒那邊順利寄達，放庵那裡應該也會寄達。

同時，阿鈴那封希望重修舊好的信，是町田幸太郎的女兒──達子代筆。一看到加藤刑警帶來的信，達子立刻表示那是自己代筆的信，但不記得正確的日期，只記得大概是在去年，也就是昭和二十九年的炎夏，八月或九月寫的。總之，那段期間，阿鈴翹首盼望著鬼首村捎來回覆的模樣，令達子十分同情，結果卻石沉大海，毫無音信，阿鈴只好放棄。此後，她突然很快地衰老下去。達子含淚向刑警說明經過。

儘管如此，讓阿鈴徹底失望的這封信，卻在一年之後，散發著莫名詭異的妖氣忽然出現。

阿鈴寄出的信，和通知她死亡的明信片，是否都沒寄到放庵的手裡？或者，其實都寄達了，放庵基於某種理由置之不理？

另外，立花警部補搜查上的一大進展，是關於放庵的生活費之謎。

「依我所知……」十二日傍晚，被搜查總部傳訊的「龜之湯」老闆娘青池莉香，鄭重地向警方做出以下陳述：「村長在神戶有個外甥……名字應該是吉田順吉，據說是村長妹妹的兒子，戰後似乎就是這個外甥寄生活費給他。可是，昭和二十七、八年，順吉過世，村長還特地去神戶一趟，商談往後的生活費問題，但談得不大順利，回來只聽他一直說『眞傷腦筋，眞傷腦筋』……」

「他一直說『眞傷腦筋，眞傷腦筋』……？」

「是啊，不過他也沒有多傷腦筋的樣子。有次我試著問了他這件事，他很高興地說，順吉有一個弟弟，又繼續寄生活費給他了。」

「弟弟叫什麼名字？」

「唔，我不大清楚……」

「那麼，吉田順吉住在哪裡？」

「啊，主任，我這裡剛好有一封信，署名是吉田順吉……」

從旁出聲的是乾刑警。他從草庵查封的信箱中抽出一疊信件，其中夾雜幾封寄件人爲吉田順吉的信，地址是「神戶市須磨寺町二丁目」，也寫了電話號碼。

「是這個人沒錯。那就麻煩你派人去查一下吧，到了那裡之後，自然會找到他弟弟的住所。」

「知道了，這件事交給我來辦。」

然而，一直到十三日傍晚，乾刑警都沒從神戶回來。不過，不用等到乾刑警回來，放庵對莉香說的那番話，已足夠可疑。

因爲警方調查了負責投遞鬼首村郵件的鄰近郵局，發現從昭和二十八年十二月之後，並無寄送現金給多多羅放庵的紀錄。至於銀行方面，總社鎮上有M和S兩家銀行，都沒有匯款給放庵的紀錄，也查不出放庵有任何存款。

綜合看來，如果放庵從某處獲得生活費，一定不是從村外，而是從村內的某處得來。而且有關生活費的來源，放庵對青池莉香撒了謊……

「金田一大師，」立花警部補顯得相當興奮。單就這點，他是不吝於向金田一耕助表達感謝之意的。「託您……的福，沒想到這麼快就能查出放庵不爲人知的一面，果然事有蹊蹺。」

「接下來就是查出，到底是村裡的誰在供養他了。」

磯川警部也非常興奮，感覺與昭和七年一案的關聯愈來愈強了。

「或許有必要再找『龜之湯』的老闆娘來問話，你覺得如何？可以問她這個村子裡，跟放庵先生交情最深的是誰……」金田一耕助建議。

「對，沒錯。木村，去請老闆娘再來一趟。」

「是！」

接到木村警員的傳喚，莉香很快來到搜查總部。聽完立花警部補的提問，她回答：

「您是想問，誰跟村長最要好嗎？嗯……他那麼通達寡欲，卻又交際廣泛，是個講起話很有意思的人，所以大家有空都會去串串門子。不過，要好的朋友應該一個也沒有吧。」

「換句話說，他只有泛泛的交往，無所不談的知己卻沒半個？」

「嗯，可以這麼說……」

「那他和仁禮家老爺的交情呢？嘉平先生似乎也挺有意思的……」磯川警部插嘴。

「這麼一提，他們碰面的確都聊得十分愉快，不過鮮少主動拜訪對方……」

「妳的意思是，從來沒主動拜訪對方吧？」

「是啊，枡斗店的老人家還比仁禮先生……」

「『枡斗店的老人家』指的是……？」金田一耕助反問。

「啊啊，不好意思，我指的是由良老太太。這一帶每家每戶都有個屋號。」

「我想起來了，由良家的老太太名叫五百子，據說今年高齡八十三歲……」

「金田一大師，你還真清楚啊。」磯川警部輕笑。

「嗯，前幾天井筒客棧的老闆娘提過。照妳這麼說，放庵先生常造訪由良家嗎？」

「是的，老人家會找他去。這也難怪，村長是全村家世最好的，而且他們年齡相近，比較聊得來吧。所以，由良家有什麼稀奇的東西或是美味的料理，敦子夫人都會送去村長家請他品嘗。其實我們家也一樣，總是會盡量多關照一下村長……」

由良敦子過世的丈夫——也就是卯太郎，正是引發昭和七年案件的人物，因此，這部分或許有什麼不爲人知的內情。眾人的腦海裡，首先浮現這個想法。

「那位老人家高齡八十三歲，身體狀況如何？虛弱到無法自由行動了嗎？」

「不，她相當健朗，常到寒舍來泡湯。雖然她的腰彎得像弓，直不起來，但不管眼力或聽力，都好到令人無法想像她已八十三歲……」

雖然莉香誠懇地回答，卻難掩「爲什麼要問這些事」的疑惑，輪流看著在場的三人。莉香是屬於京都女子中常見的，那種在冷豔中隱含著深謀遠慮與沉穩特質的類型。

「謝謝。或許以後還會請教妳其他問題，到時候再麻煩多多幫忙了。」磯川警部很貼心地慰問她的辛勞。

「好的。那麼，我先告退了……」莉香謙恭行禮後離開了。

「警部，多多羅放庵和由良家的關係，我認爲有必要再做一次調查。」

「就調查一下吧。」磯川警部點點頭。

就這樣，偵辦工作順利進行，唯一的障礙，就是至今仍無法掌握稻荷壽司的來源。那些稻荷壽司是古怪老太婆遺留的證據，卻始終查不出來歷。

那似乎是自家包的而非買現成品，可是就算如此，也應該有人去買油豆腐才能做。現場共留下十個稻荷壽司，至少得用五塊油豆腐。然而，鬼首村自然不在話下，連鄰近鄉鎮的豆腐店都一家一家徹底清查，儘管查到有一次賣出五塊以上油豆腐的店，也弄清購買客人的身分，卻沒有疑似古怪老太婆的人。

「沒關係，反正把買了五塊以上油豆腐的人全記下來，按順序一個一個查就是了。」

於是，以多多羅放庵的失蹤案件爲中心，警方逐步展開偵辦工作。另一方面，村子裡的年輕男女緊鑼密鼓地準備盂蘭盆舞會。事後回想，那個不祥的惡魔殺人計畫，正是穿梭於這兩項工作的間隙，周到又陰險地一步步執行。

「警部，偵辦工作就交給立花先生，我們去看看盂蘭盆舞會吧。」

金田一耕助和警部對坐，喝了兩瓶啤酒，吃完晚飯已八點。擴音器傳來盂蘭盆舞曲的唱片音樂，或許受到風向的影響，聽起來彷彿就在近處，十分熱鬧。

「哈哈哈……怎麼連金田一大師也對性感女郎有興趣？」

「『連』是什麼意思啊？……眞是太失禮了。話說回來，是誰用性感女郎當誘餌，把我引來這裡的？」

「哈哈哈……也對。那麼，我們就去拜見一下性感女郎的臉蛋吧。」

「警部，你實在是跟不上時代耶。」

「什麼意思……？」

「提到性感女郎，一般是不會討論臉蛋的。臀部怎麼樣？胸部幾吋？通常不都寫得清清楚楚嗎？」

「哈哈哈……這麼說就變成是去拜見臀部了?真是太難得了啊……」

兩人穿著浴衣打哈哈，一邊走出「龜之湯」，時間已過八點。之前提過，從「龜之湯」到鬼首村中心地帶，徒步約有一小時的路程，所以他們快走到兵營遺跡的時候已將近九點。由於鄰近鄉鎮有許多人前來參觀，四周相當擁擠。

「哇，人還眞多。」

「金田一先生，我們抄近路吧。」

自從來到鬼首村，金田一耕助不曾走往這個方向，所以是由磯川警部帶路。兩人走在一條丘陵和森林圍繞的荒涼小徑上，過一會，終於看到遠處有座燈火通明的高台，下方人群像螞蟻似地攢動。

「警部，我們來的正是時候。在台上唱歌的不就是由佳利嗎?」

金田一耕助想加快腳步，警部卻突然拉住他的袖子。

「等一下，金田一先生。」

警部低聲制止，以下巴示意他看向前方約五、六公尺的地方。

咦，什麼啊?

金田一耕助不由得心跳加速，往警部所指的方向一望。這一帶特有的大赤松樹底下，依稀可見兩名女子的背影，她們彷彿想避開耳目似地佇立在那裡。兩人都穿著浴衣，不過其中一人包著頭巾，只露出眼睛，頭巾垂到肩上。

「警部，那是誰？」金田一耕助詫異地瞇起眼。

「『龜之湯』的里子，你沒見過她嗎？」

「沒有，一次也沒有……啊，另一個是女傭阿幹。里子爲什麼要包頭巾呢？」

「她的頭部到全身都布滿紅斑，要不是有這個缺陷，其實滿可愛的……金田一先生，我們裝成沒看到，直接走過去吧，不然她會很難爲情……」

然而，兩人正要邁開腳步，兵營遺跡那邊突然有四名男女鬧哄哄地走來。里子一看到他們，慌忙想往林子裡躲藏，可是早就被發現了。

「哎，這不是里子嗎？用不著躲嘛。」

這是勝平的聲音。另外三人似乎是歌名雄、五郎和仁禮文子。

「喔，里子，妳也來啦？」歌名雄的語氣有點過意不去，「對了，阿幹，妳有沒有看到泰子？接下來輪到泰子和文子出場，可是泰子不曉得跑去哪裡。」

阿幹指著林子深處，回答了一些話。

「妳說什麼！」五郎冒失地喊出聲，「她跟著一個老太婆，不曉得往哪裡走？那是怎樣的老太婆？」

阿幹再度回話，勝平驚呼：

「喂，歌名雄，會不會就是跑去村長家的那個老太婆？」

話聲剛落，磯川警部和金田一耕助已衝到這群人面前。

「阿幹，」磯川警部留意著說話的聲調，避免嚇到對方，一邊問：「你們在談什麼？有個老太婆帶走泰子小姐嗎？」

阿幹表示，她和里子途中跟泰子擦肩而過。當時，泰子與一名身子幾乎彎成九十度的老太婆走在一起。對方用布巾包住頭，穿著褲裝和短草鞋……

「阿幹，妳沒向她們打聲招呼嗎？」金田一耕助問道。

「沒有。因爲里子說想躲起來，於是我們就躲到樹的後方，等她們離開。」

里子不發一語地別過臉，纏住臉的頭巾只有眼睛的部分開了洞。

「這麼說，對方沒注意到妳們？」

「對。」

「當時泰子小姐是什麼表情？看起來很害怕嗎？還是……？」

「唔，看不出是不是很害怕，不過總覺得她似乎十分訝異。」

「歌名雄老弟，」磯川警部依然留意著自己的聲調，「不好意思，可不可以請你們分頭去找一下泰子小姐，也派人跑一趟由良家，看看泰子小姐是不是回家了？如果泰子小姐還沒回家，請立刻去派出所和『龜之湯』，請警方人員過來好嗎？」

警部的聲音在顫抖。

尋人的騷動漸漸擴大。盂蘭盆舞會結束，所有村民都加入搜索行動，然而這個晚上終究不見泰子的蹤影。

她的屍體是在隔天清晨發現的。這時，枡斗店的女兒——由良泰子的模樣，如同那首手毬歌的描述，用枡來量、用漏斗來灌著水。

2 PART

第二部

# 第二隻麻雀是這麼說的

# 第十一章　爐邊故事

從放庵居住的草庵沿著食人沼澤走上緩坡，前進約五十公尺的地方有一座瀑布。說是瀑布或許稍嫌誇張，那一帶的地層形成兩公尺左右的落差，清泉水便順著裸露的崖壁滴落下來。

當地的人把這處清泉稱爲「甕子瀑布」。

之所以會如此稱呼，是因爲瀑布的中央一帶，突出一塊像甕子的岩石。清泉水首先會落進這個甕子石的凹坑，積滿後才溢出，流入下方的瀑潭。

瀑潭爲直徑兩公尺左右的不規則半圓形，深度約有六十公分，清泉經由這個瀑潭再形成一道細流，注入食人沼澤。放庵都是來這座瀑布取水。

枡斗店的女兒——由良泰子的屍體，就是在瀑潭裡被人發現。她以石爲枕，仰面躺在淺潭裡，同時，這具屍體呈現一種難以言喻的異樣景觀。

仰面躺著的泰子，口中插著直徑約二十公分的大型玻璃漏斗，甕子石上則擺著三升大的木枡盛滿上方滴落的清泉水。換句話說，瀑布的水注滿木枡之後，便從稍微傾斜放置的木枡一角溢出，注入泰子口中的漏斗。

對於沒聽過鬼首村流傳的手毬歌的人而言……不、不，即使是曉得手毬歌的人也一樣……眼前的景象簡直如遭電擊般驚人。凶手爲什麼要刻意呈現這麼一幅奇怪的構圖？凶手想要暗示什麼？或者，想要誇耀什麼？起初無人能理解其中的意義，所以橫亙在這起案件深層的恐怖、陰森與烏黑的不祥預感，無情地挖刺著觀者的臟腑，令人膽戰心驚。

凶手比照手毬歌的歌詞，對枡斗店的女兒用枡量、用漏斗灌著瀑布的水。然而事實上，泰子並非淹死，她是在被勒死之後，再擺放成如此詭異的構圖。

話說，發現這具屍體的是「龜之湯」的歌名雄和五郎。

由於徹夜尋找泰子仍毫無結果，青年團的團員認爲搞不好她已慘遭殺害，屍體被丟進食人沼澤。於是，他們決定分頭在食人沼澤周圍進行搜索，就在這個時候，五郎發現這具屍體。

以下是五郎針對當時的情形，向立花搜查主任所做的陳述。

「我們採納小勝，不，青年團團長仁禮勝平的意見。各自搜索不知道什麼時候才找得到，我們決定兩人一組，進行比較有系統的搜索。之後，大家從村公所出發，時間大概是接近五點。我和小歌……就是『龜之湯』的歌名雄一組，分配到搜索食人沼澤的西岸，所以路過這一帶。突然間，我發現瀑潭裡有東西在發亮，納悶地走過去，看到那個漏斗。當時太陽剛好從對面山上升起，漏斗反射陽光才會發亮。接著，我不經意望向瀑潭……」

說到這裡，五郎又縮起肩膀，吞了一口口水。

「我心想，那到底什麼玩意？起初根本丈二金剛摸不著頭腦，仔細一看才發現，咦，那不是泰子嗎！我嚇了好大一跳……然後我想叫小歌過來，但舌頭黏在上顎，張不了口。」

「歌名雄老弟，你沒注意到屍體嗎？」立花搜查主任問。

「嗯，我一心留意著沼澤那邊，所以……我超前走了一段距離，才發現五郎不見了，於是回頭一看，發現五郎站在這裡，指著瀑潭，發狂似地拚命向我招手。」

如此回答的歌名雄，表情十分僵硬，不見平日掛在臉上的微笑。難怪他細緻的肌膚會發冷似地豎起汗毛，睡眠不足的雙眼充血，吊著眼角。

後來，歌名雄四處奔走，通報這起離奇案件的叫喊聲，從一山迴響到另一山。在他把村民們都叫來的同時，轟動全日本的鬼首村手毬歌殺人事件，就此揭開了序幕。

屍體被發現的時候，金田一耕助和磯川警部在成立搜查總部的「龜之湯」公共宿舍娛樂室裡，靠在椅子上打盹。聽到發生命案的消息，兩人嚇得跳起來。金田一耕助揉著惺忪睡眼和警部一同趕到現場，只見附近已是人山人海。

推開人群來到瀑潭前，那一瞬間，金田一耕助的背脊一陣顫慄。看著眼前這番景象，金田一耕助和磯川警部發出憤怒的沉吟，之後便像被漿糊黏住，僵在原地。

不，僵在原地的不只是金田一耕助和磯川警部。比他們早趕到現場的搜查主任立花警部補、負責偵辦的所有警方人員，還有圍繞在瀑潭四周的村民，全都沉默不語，著魔似地盯著這幅不祥的惡魔構圖。

這個景象的確恐怖至極，奇妙的是，呈現的構圖卻美麗而充滿誘惑感。

泰子整個人幾乎浸在瀑潭裡。受到瀑潭水流的牽動，包裹她身體的浴衣袖子與下襬也翩翩晃動。清洌的水中，浴衣上的朱紅色與藍色鮮艷地舞動，這幅奇妙的情景強烈地烙印在人們的視網膜上。

由於被大漏斗擋住，幾乎看不見泰子的臉。玻璃漏斗溢出的水，分成好幾道水流，沿著漏斗邊緣流到泰子的臉上。而在漏斗的上方，也就是在凳子石上，還擺著老舊不祥的三升大木枡。

滴落到木枡裡的瀑布，化成細小的水滴四處彈跳，在朝陽的斜照下，在宛如黑暗洞穴的瀑潭深處，形成一道美麗的七色彩虹……

多麼充滿童話氣氛的情景，然而，這終究是一樁殘酷、令人不寒而慄的命案。

「凶手到底……」立花搜查主任嚥下一大口口水，終於出聲：「到底是出於什麼心態開這種玩笑！這個木枡，還有漏斗，算哪門子的符咒啊！」

那憤怒的質問，彷彿衝著金田一耕助而來。

金田一耕助只能感傷地搖頭，但聽了立花警部補的話，磯川警部如夢初醒般開口。
「立花老弟，這部分我們再一步一步來調查，總之先拍下這個現場吧。攝影組的人員到了嗎？。」
幸好由於放庵的案件，昨天攝影組的人員已抵達鬼首村，事實上他們也來到了現場。攝影組一開始動作，警方在瀑潭周邊的搜查行動頓時顯得積極許多。
爲了不妨礙現場勘驗，金田一耕助和磯川警部閃避到瀑潭邊，然而，兩人仍目不轉睛地盯著那奇妙的恐怖景象。
金田一耕助在瀨戶內海一個名叫「獄門島」的孤島上，目睹過類似的案件。在那裡，三名女孩慘遭殺害，每具屍體都呈現奇特的構圖，而且在獄門島的案例中，這些奇特構圖皆隱藏著惡魔般的含意。那麼，眼下這起案件又是如何？
當時磯川警部和金田一耕助一起涉險，想必腦海裡也浮現同樣的記憶。然而，這個記憶除了使得兩人愈加亢奮，也令他們陷入一種難以名狀的不安。
「金田一先生，」警部直盯著耕助，喉嚨似乎不大通暢，以乾涸的嗓音說：「泰子這個女孩，不可能是在這種狀況下淹死吧。」
「不可能……要讓一個活生生的人淹死並不簡單。若在海裡或河裡，倒是另當別論……」

「那麼，木枡和漏斗究竟是……？」

「警部，」金田一耕助回頭望向磯川警部，眼裡閃著一種鬼火般令人恐懼的光芒。「這讓我想起獄門島的案件了，哼……」

金田一耕助低笑一聲，不等警部回應，馬上呼喚在前方人群中的歌名雄。於是，歌名雄、勝平和五郎一起走過來。這三人總是同進同出。

「大師，有什麼事嗎？」

歌名雄完全喪失了平日的穩重與親切，那隱含著憤怒的話聲，彷彿衝著金田一耕助而來。

金田一耕助有些詫異地注視著他，應道：

「歌名雄老弟，木枡和漏斗上都有奇妙的圖案，就畫在山形符號下面。那是不是砝碼？」

金田一耕助提出的問題，其實磯川警部也注意到了。玻璃漏斗的表面，以瓷漆類的塗料畫著一個圖案，老舊的木枡側面也有同樣的印記。

「是，這個……」

歌名雄有些慌張地轉頭看五郎，似乎想向五郎求助。然而，今天五郎一反常態，相當謹慎，對歌名雄的舉動刻意置之不理。

「關於那個圖案，歌名雄老弟，你有沒有什麼印象？」

「喔，那個啊……」這時插嘴的是勝平，一副嫌麻煩似的口氣。一夜沒睡又遇到這件慘案，勝平顯得無精打采，一臉憔悴。「那是我們家的標記。」

「是貴府的……？」

「對，沒錯。我們家從以前就有個屋號叫『秤店』，那個

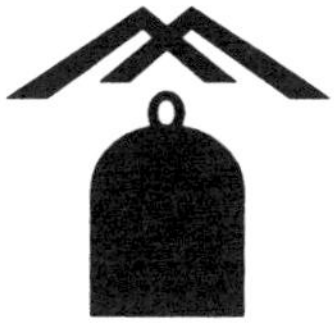

圖案就是秤店的標記。據說是由曲尺和砝碼組合而成，我們家所有器具上都有這個標記。」

「話雖如此，警部……」歌名雄立刻出聲袒護勝平，「不管是木枡或漏斗，誰都能輕易偷拿出來。五郎，對吧？」

「你的意思是……？」

「小勝，你自己說吧。這種事得好好跟警方說清楚才行。」

「嗯。」勝平用力點了個頭，「戰爭期間，我們家釀過葡萄酒……從這裡看不見，不過越過山丘，就看得到那邊有一座釀酒廠。雖說是葡萄酒，其實也沒多道地，不過是把葡萄榨汁再加以蒸餾，就裝瓶供應給軍隊或其他地方，戰後有段時日賣得相當好。不過，現在酒類選擇那麼多，沒人想喝那麼酸的酒。話說回來，我們不能直接讓工廠關門歇業，所以多少還是繼續在生產，算是半歇業的狀態。那個木枡和漏斗都是工廠裡備置的工具，所以就像歌名

雄說的，若眞的想偷，誰都能把這些東西偷出來。」

「而且，要怪就怪擔任廠長的是我家老頭。」五郎縮起脖子，吐著舌頭說道。

磯川警部不由得與金田一耕助互望一眼。

「那是什麼意思？」

「我那個老爸啊，在村裡小有名氣。他總是喝酸葡萄酒喝到酩酊大醉，頂著紅鼻子到處晃蕩。像那種木枡和漏斗，工廠裡有一大堆，就算少一、兩個，我家老頭也不會發現。啊，說曹操曹操到，我老爸來了。」

聽五郎這麼說，回頭一看，只見三名男子彎過前方崖壁的轉角，快步走來。其中一人金田一耕助也認識，就是勝平的父親——嘉平老爺。

嘉平老爺似乎剛起床就接到消息，他斜戴著一頂麥稈草帽，浴衣下襬摺進腰帶裡，匆匆趕來。

小步跟在嘉平老爺的後面的人，應該就是五郎的父親吧。年紀大約四十五、六歲，個子不高但身體結實，穿著工作服，鼻頭果然通紅。之後才知道，他名叫辰藏。沒錯，正是春江的哥哥。

另外，推著腳踏車的是本多醫師，年紀和辰藏差不多。

這三人走近的時候，圍繞瀑潭的村民，自然地往兩旁讓路。嘉平老爺來到瀑潭前，看了一眼，那對大眼珠像是突出來，有些上氣不接下氣。他擦著額上的汗，旋即走到金田一耕助旁邊。

「金田一大師，這到底是怎麼回事？殺害泰子的凶手，爲什麼要做這麼詭異的事？」

「這個問題我正想請教您呢，老爺。」

「咦？」

「不曉得從前這一帶，是不是曾有這樣的拷問方式？」

「拷問……？」連磯川警部也詫異地皺起眉頭。

「我剛才突然想起一部外國小說，哈哈……」

此時金田一耕助想起的外國小說，很可能是柯南．道爾（註一）所寫的《爐邊故事》。根據其中收錄的首篇〈皮革漏斗〉（註二）的內容，在路易十四時代的法國，會將犯人緊緊捆綁起來，令其仰面朝天，然後往口中插上漏斗，從上面灌水，強行逼供。

目睹瀑潭裡的這一幅惡魔構圖，金田一耕助不禁想起這種拷問方式。

「聽說這一帶從前是某個小諸侯的根據地，說不定曾有這樣的拷問方式……」

**註一**—Sir Arthur Conan Doyle（一八五九～一九三〇）英國推理作家，名偵探福爾摩斯的創造者。

**註二**—即一九〇八年的作品《Round the fire Stories》內收錄的〈The Leather Funnel〉。

「這個嘛……」嘉平老爺納悶地歪了歪頭，「我從沒聽說過……對了，這方面放庵先生頗有研究……」說到這裡，他似乎驚覺自己說了不該說的話，滴溜溜地轉著那大大的眼珠子。「聽說放庵先生也出了意外，金田一大師，這到底是怎麼回事？」

說著，嘉平老爺大大嘆了口氣。

這時，辰藏搓著紅鼻子，裝模作樣地歪著頭說：

「這麼一提，老爺，我遇到一件滿奇怪的事……」

「遇到怪事……？」

「昨天傍晚，我幹完田裡的活，要回家前，經過這條路，於是順道去了一下工廠。當時有點口渴，我就在瀑布喝了些水。那個時候，這裡確實沒有木枡或漏斗之類的東西，不過……」

「不過……？」

「我進了工廠，喝了一小杯酸葡萄酒，再度沿著這條路走下來……對了，您應該曉得，前幾天那場大雷雨之後，懸崖塌掉，另一頭的路不通，我只好重新沿著這條路走下來。走到這裡，我又口渴了，於是走近瀑布想喝水，卻發現凳子石擺著奇怪的東西。我心想這什麼玩意啊，伸手去摸，結果是木枡和漏斗。」

「啊，等一下。」立花警部補機伶地打斷他的話，「那大概是幾點？你發現木枡和漏斗的時刻……」

「嗯……我回到家已九點，所以，大概是八點半左右。那時候天完全黑了嘛。」

「你沒理會那個木枡和漏斗，直接回家了嗎？」

「不，我拿回家了。」辰藏漫不經心地說。

就在這時，被害人的母親和大哥迎面趕來，現場頓時瀰漫著緊張的氣氛。

# 第十二章　搶女婿

在眾人環視下，走近命案現場的由良卯太郎遺孀——敦子，大約六十歲左右。根據井筒客棧老闆娘阿糸的說法，她是個所謂的「八幡女士」。的確，以這個年紀的日本女性標準來看，她的身材算是高大，約莫五尺二寸（相當於一六〇公分），體型滿有分量。頭髮雖然半白，卻梳理得相當整齊，看不到一根紛亂的髮絲，的確稱得上是一位「居治不忘亂」的婦人。不過，儘管穿了一件灰色的小千谷縮麻質和服，也好好纏上一條偏細的博多腰帶，仍看得出她與青池莉香不同，總覺得在和服的裝扮上有些散漫之處。

她的容貌似乎與女兒泰子不怎麼像，然而造化之神是很不可思議的，即使並非俊男美女的夫婦，有時也會生下大美人。卯太郎夫婦和泰子之間，或許就屬於這種例子吧。之所以會這麼說，是因為泰子的哥哥敏郎跟泰子也不怎麼像，那彷彿青腫的外貌，教人想起戰後都市裡那些營養不良的人。敏郎的體格與母親相似，算是結實，身高卻和母親差不多，加上行動遲緩，跟他的容貌一樣一無可取，令人聯想到一頭遲鈍的牛。

敦子在眾人環視下，並未驚惶失措或失去理智。她以穩重的步伐走近瀑潭，眼神卻變得像針一般尖銳。敦子先是目不轉睛盯著女兒沉在瀑潭裡的詭異姿態，沒多久，她吸了一大口氣，回頭望向嘉平老爺。儘管剛才沒看嘉平一眼，她仍曉得嘉平在場。

「嘉平先生，」她指著瀑潭，彷彿在威嚇對方，低聲問：「這是你幹的好事吧？」

聽到這句話，連嘉平老爺這麼一號人物，似乎一時也無法理解對方在說什麼。他愣在當場，直盯著敦子。敦子以比剛才還要高的聲調，加重語氣：

「聽好，嘉平先生，我在問你，這是不是你幹的好事！」

「妳、妳在說什麼啊？」

嘉平老爺顯然在毫無防備下，狠狠挨了一擊。他一臉狼狽，目瞪口呆地回望對方，應道：

「我爲什麼非得將泰子……妳少說一點蠢話吧！」

「不，嘉平先生，」敦子像是想壓制對方，冷冷回答：「你一直覺得泰子很礙事，我清楚得很。嘉平先生，我再問你一次，這是不是你幹的好事？」

這時嘉平終於重整姿態，那蔑視對方的目光中，似乎憐憫的成分大過於憤怒。

「不是的。敦子女士，不是我幹的。」

「喔，是嗎？」

敦子突然別開臉，約莫是被嘉平老爺憐憫的眼神傷到自尊心了吧。回想一下，其實兩人過去還鬧過緋聞。再者，如果幾天前嘉平老爺在澡堂裡跟金田一耕助講述的是事實，敦子便是被他拋棄的女人。

「喔，是嗎……」敦子恍惚地低聲重複一遍，「那就好。很抱歉說了失禮的話，還請原諒。好了，小敏。」她回頭望向那像鈍牛的兒子，「請村子的人幫忙把泰子抬出來，帶她一起回家吧。我先回去做一些準備。」

「啊，由良夫人！」立花警部補喚了她一聲。

然而，敦子裝作沒聽到，把該說的話說完，便快步折返原路。看著她挺直背脊、端正前行的模樣，不難想像她是個不喜歡暴露弱點的人。正因如此，金田一耕助反倒強烈地感受到她此刻悲壯的心情。恐怕就連表現出喪女之痛，她都認爲十分可恥吧。在曾背叛自己的人——嘉平老爺在場的時候，更是如此。

當這簡短的插曲結束，瀑潭周圍的群眾突然有所行動。看到先前這一幕，驚愕地傻在當場、互使眼色的村民，在敦子的身影消失之後，紛紛說著：

「總之，先把泰子的屍體抬上來吧，一直泡在水裡太可憐了。」

「沒錯、沒錯！」

眾人紛紛表示贊同，剛好現場的拍照取證工作也告一段落。

「那麼，青年團的團員們，就麻煩各位把屍體抬上來吧。」

立花警部補一聲令下，隨即嘩啦嘩啦走進瀑潭的是「龜之湯」的歌名雄。他從泰子口中拿起那個可憎的漏斗，用力塞進三升大的木枡裡，接著就把濕透的泰子屍體抱了起來。勝平和五郎趕上前去幫忙，都被他推開了。從瀑潭上來之後，歌名雄說：

「各位，難道你們要我把泰子的身體放在泥土地上嗎？」

這時，環視四周的歌名雄，眼神充滿怒氣，很不尋常。

金田一耕助不由得吃了一驚，和磯川警部互看一眼。然而，兩、三名青年團的團員馬上跑開，沒多久便從放庵居住的草庵拆下一塊門板搬過來。

在門板送來之前，歌名雄緊緊抱住泰子的身體，即使工作服濕透也毫不在意。那道身影，令金田一耕助留下深刻的印象。

穿著工作服的歌名雄身前，水滴像瀑布般啪噠啪噠不停滴落。那明亮而憤怒的目光，逐一瞪視圍觀的村民。當他的視線落在嘉平老爺的臉上時，突然停了下來。

面對那強烈無比的凝視，即使是嘉平老爺也不禁流露畏怯之色，但他不甘示弱地反瞪回去。

相互較勁的四個瞳眸漸漸增溫，周圍的人們不由得緊張起來，眼看雙方就要爆發衝突，幸好青年團的團員們及時把門板扛過來。

在立花警部補和本多醫師一干人的要求下，歌名雄終於不情願地將泰子的屍身放到門板上。圍繞著門板的人群中，突然冒出一陣風掃過腳邊般沙沙作響的騷動，因為泰子的喉嚨上，留下細麻繩之類的繩子纏繞過的痕跡，映入人們的眼中。

「泰子，是誰做了這麼狠毒的事！」

哥哥敏郎衝上去想摟住泰子的屍身，一名警員立刻上前將他拉走。本多醫師從容地進行驗屍。

只要稍微看看屍體的狀態，不必等到驗屍結果出爐，就能得知是被勒斃。

這時，金田一耕助轉頭望著辰藏。

「您是辰藏先生吧？我想繼續請教您剛才講到一半的事……」

「咦？」辰藏回過頭，「嗯，什麼事？」

他詫異地皺起眉，注視金田一耕助的雞窩頭的眼神裡，明顯有著濃厚的猜疑。

「啊，辰藏老弟，」磯川警部立即插話：「這位是金田一耕助，是有名的私家偵探，所以希望您對他提的每個問題，都能據實以告。」

磯川警部沒有要大肆宣傳的意思，不過他有著關西人獨特的高八度嗓門，所以包括「龜之湯」的歌名雄，所有在場的人都詫異地回頭，臉上浮現些許不悅之色。

「喔，這樣啊……」辰藏也有些驚惶失措，用左手背搓著通紅的鼻頭，問道：「那麼，您要問我什麼事？」

「您剛剛說把木枡和漏斗都帶回家了，這些東西還在家裡嗎？」

「這個嘛，我昨晚扔到廚房……應該還在吧。五郎，你沒看到嗎？」

「嗯，我……沒特別注意……」五郎擦拭著額頭的汗水。

夏天的陽光愈來愈猛烈。

「如果貴府那組木枡和漏斗還在，那麼現場的東西應該是凶手再次從工廠偷出來的。」

「應該是吧，因為這種東西全長一個樣。」

「您剛剛說，從這條路走下來，發現木枡和漏斗大概是在八點半。那麼，先前您大概是幾點從這裡走上去？」

「唔……」辰藏微微歪著頭，「我不記得正確的時間，不過大概是七點到七點十五分之間吧，因為天色漸漸暗了。」

這一帶比東京約慢半小時日落，在白晝最長的日子忙完農事回到家，有時甚至都過八點了。然而，如果在八月中旬，日照時間明顯縮短，七點天色已微暗。

「那麼，當時您也在這裡喝了水，但沒看到木枡或漏斗之類東西，對嗎？」

「是的，跟我剛剛說的一樣……啊！」

辰藏像是想到什麼，突然瞪大了眼睛，視線自然地望向這條路的上方。

「辰藏老弟，怎麼了？」

發問的是立花警部補。他發現這邊的談話內容似乎比較有趣，便離開圍著門板的那群人，走了過來。

「沒什麼……唔，好像……」辰藏露出驚愕的眼神，焦慮地掃視所有人。「從這個沼澤再過去一點，有個叫『六道十字』的十字路口……我沿著坡道走到那裡，看到有人慌慌張張地躲進路旁葡萄園……當時我不覺得有什麼可疑……大概有人把東西忘在園裡了吧。可是現在回想，那個人拿著一個發亮的東西，很像是玻璃漏斗……」

「對方是男是女？」立花警部補立刻問。

「嗯，這個嘛……因為天色相當暗，看不出到底是男是女，就是個人影而已……」

辰藏似乎愈說愈起勁，不停以手背擦著額上的汗水。

「可是，辰藏先生，對方手裡拿的東西，您說很像是玻璃漏斗？」

「是啊，那個……那個時候沒太留意，現在回想，應該是漏斗沒錯……」辰藏直到這時才縮起肩膀，渾身顫抖。

「警部，不如請辰藏先生帶路，我們去探個究竟。」

「喔，好。那麼，辰藏老弟，麻煩帶路吧。」

「好，沒問題……」

立花警部補臉上浮現些許不安，或許是還摸不清金田一耕助吧。他不悅地皺起眉頭，視線旋即從這三人的背影移開。

走了一會，坡路漸漸偏離沼澤，來到比剛才陡的坡道。回望坡道下方，右側是食人沼澤，左側是整片的葡萄園，空氣中傳來舒服的馥郁果香。

「對了，辰藏先生……」

「是。」

「剛才由良家的夫人不是講了一些話嗎？她似乎認爲仁禮家的嘉平老爺跟這件命案有關。」

「嗯，我也聽到了，眞是胡說八道。」

「不過，她不小心說出嘉平先生嫌泰子小姐礙事之類的，眞有這回事嗎？」

鄉下和都市不一樣，所謂的祕密是不大守得住的。當敦子說出那段話的同時，幾乎在場所有人都聽懂背後的意思，金田一耕助看得出來。

「嗯，那應該是指歌名雄的事吧。」

「您說的是『龜之湯』的歌名雄？」

「沒錯，就是剛才從瀑潭把泰子屍體抱上岸的小伙子……」

「可是，這和歌名雄老弟有什麼關係？」

「歌名雄是個滿有出息的小伙子，儀表又出眾，村子裡每個女孩都喜歡他。另一方面，說到村子裡首屈一指的漂亮女孩，當然就是泰子。所以，歌名雄似乎對泰子也有那麼點意思，相信您從剛才歌名雄那副模樣看得出來……」

「這麼說來，由良夫人本來打算把泰子嫁給歌名雄？」磯川警部蹙緊了眉頭。

「沒錯。傳言由良家和『龜之湯』的老闆娘將這門婚事談得差不多了……」

「可是聽說這一帶，傳統上有點輕視經營溫泉療養所的家族，不是嗎？」

「話雖如此，大人，這都是過去的事了……戰爭結束後，大家都以人品爲第一考量，家世門第現在已不算什麼。況且，枡斗店已不復往日雄風，繼承家業的兒子敏郎又那副德性，您剛才也看到了嘛。」

「嗯，原來如此。」金田一耕助立即應道，「您說由良家和『龜之湯』的老闆娘原本已將這門婚事大致談妥，後來怎麼了？」

「秤店老爺從中攪局啊。」

「從中攪局……？」

「秤店有一個跟泰子同年紀的漂亮女兒，名叫文子。秤店老爺遊說『龜之湯』老闆娘，想把女兒嫁過去當媳婦。」

「於是『龜之湯』老闆娘改變心意了？」

「不，還沒到那種程度，不過老闆娘似乎有點心動。這也難怪，因爲枡斗店家道中落，沒什麼錢財勢力，另一方面，秤店正如日中天。」

這麼看來，嘉平老爺頻繁前往「龜之湯」作客，請老闆娘彈三味線給他聽，並不是爲了老闆娘的美色，而是去談女兒的婚事。想到這裡，金田一耕助才發現自己當初猜錯了。

「啊，大人，就是這邊……」

辰藏停下腳步的地方，是夾在葡萄園之間的狹窄十字路口。從此處往下望，剛好可望見食人沼澤的盡頭。金田一耕助走過這條路一次，從十字路口往右走到盡頭，會通到「龜之湯」的後門。這十字路有個名字叫「六道十字」，則是今天初次聽聞。

「您看見的那個人，躲到哪裡的葡萄園？」

「嗯，就是那裡……」

辰藏指的是左側的葡萄園。成串的葡萄果實相當大，看上去就像一整片琥珀色的寶玉。辰藏說的沒錯，躲到底下就完全看不見蹤影了，更何況是在七點過後，天色漸暗……

「那個人是從什麼方向來的？」

「當然是從上頭走下來的……」

「不過，其實您無法肯定嗎？」

「是啊。當時我低著頭走路，聽到腳步聲才抬頭，於是看到那個人影拿著發亮的東西躲到葡萄園裡。」

「這個十字路往左會通往哪裡？」

「通到櫻花。」

「櫻花？」

「是那一區民家聚落的通稱，因爲那裡有座被稱爲『櫻花大師』的佛堂。對了，那條路也會經過秤店的後門。」說到這裡，辰藏似乎興奮了起來，卻壓低聲音說：「而且啊，這一帶的葡萄園全屬於仁禮家……」

辰藏帶著畏懼的眼神，來回看著金田一耕助和磯川警部。

金田一耕助搔著雞窩頭，恍惚凝視往左的小路。

「對了，葡萄酒工廠就在上面，是吧？」

「是的。從那個山丘的拐彎處左轉，沿著坡道往下走就到了。」

「警部，不如順便請他帶我們去看一下工廠吧。」

# 第十三章　無聲電影解說員．青柳史郎

從被稱爲「六道十字」的十字路口往上坡前進大約六十公尺，來到一座小山丘前。在山丘地帶往左拐個大彎，眼下的山谷裡，就是秤店的葡萄酒釀造工廠。當然，只是一幢老舊的木板棚屋，但電力似乎有接到這裡，附近電線桿林立。其中一根電線桿傾斜得相當厲害，是前幾天那場大雷雨造成懸崖坍方的緣故。

剛剛用了「山谷」一詞來形容工廠所在地，這是從食人沼澤沿坡路走上來才會有的感覺。事實上，從這裡放眼望去，零星分布著鬼首村的民家聚落，由此可知，目前所在位置比較接近村子的中心地帶。

辰藏在前頭，沿著相當陡的坡道往下跑。

「請看一下，左邊就是『櫻花大師』佛堂。旁邊還有一棟特別大的房子，對吧？那就是仁禮老爺的宅邸。這一帶的山坡地全屬於仁禮家。」

「櫻花大師」佛堂位於這個聚落的盡頭，從此處俯瞰那一區，不大卻非常莊嚴的佛堂，以及看守佛堂的小屋，就位在大概二十級石階的上頭。兩棟建築物的屋頂，在兩、三棵苦櫧樹的葉間若隱若現，靜靜坐落在那裡。跟佛堂境內等高的地方，可看到嘉平老爺的大宅屋頂，屋頂的斜度相當大，而且結構複雜，的確是一棟宏偉的建築，在附近找不到能匹敵的房屋。

「從這裡看不到由良家嗎？」金田一耕助問道。

「啊啊，由良家是在那一邊。您看，前面有一個滿大的貯水池，對吧？那個貯水池的左邊是兵營遺跡，不是有一所學校在那裡嗎？由良家在那所學校再過去一點，所以從這裡看不見。」

「這麼說來，那裡才是村子的中心，是吧？」

從那裡過來，估計有十五丁（約一六五〇公尺）的距離吧。

「沒錯、沒錯。再怎麼說，枡斗店的房子確實比秤店的房子古老。小時候，秤店的房子大小跟我們家差不多，都是簡陋的小屋，可是包括上一代的仁平老爺和現在的老爺，秤店連續兩代都出了傑出的人物，房子才會蓋得那麼大。」

「順便請教一下，放庵先生的老家是在哪一帶？」

「喔，村長的老家，跟您同行的這位大人也曉得，就是現今的村公所。您瞧，就在那所學校的左邊。」

「在那邊啊。這麼說，昭和七年，案發當時村長的老家，如今已消失無蹤？」

「是的。唔，那大概是什麼時候？就是村長因爲家道中落，賣掉老家的房子，是什麼時候的事？」辰藏反倒向磯川警部問道。

「我記得是在二二六事件發生的那一年，也就是昭和十一年。」

「對、對，就是日中戰爭發生的前一年。」

「之後，村長就搬去現在住的地方了嗎？」

「不，不是的。他在老家附近那個貯水池旁蓋了棟小房子，到戰後爲止一直住在那裡。那個時候他的第八任老婆——名叫阿冬，還跟他住在一起。不過就在去年，阿冬女士也離家出走，村長無可奈何，只好搬到現在住的地方。那座草庵，本來是個尼姑的居所。唉，當時他實在不幸到極點。」

辰藏一副感慨良深的表情，磯川警部不發一語，只是不停點頭。

「最後再請教一個問題，辰藏先生，可不可以告訴我，您的家在哪一帶？」

「什麼？我家？我家小得跟什麼一樣……」

「可是，您的外甥女不是蓋了一棟豪宅嗎？」話一出口，金田一耕助才驚覺自己失言，慌忙訂正：「對不起，我是說您的妹妹。」

然而，辰藏似乎完全不介意。

「哪有，那是千惠子爲爺爺奶奶蓋的房子，跟我根本八竿子打不著。」他不屑地說：「這件事就別提了。大人，要不要進工廠看一下？」

辰藏難掩語氣裡的不悅，金田一耕助不由得和磯川警部對望一眼。

對於外甥女，辰藏似乎有種自卑感。

工廠裡空蕩蕩，沒半個人影，中央擺著一個類似蒸餾鍋的東西，像野菠蘿般伸出好幾條管子向四面八方延伸。前方角落放著大概是釀酒用的巨大木桶，容量不曉得有多少。近處的牆邊有一些啤酒桶狀的木造桶子，堆成三角形的小山，沿著壁面也有數千個空瓶子堆成好幾座小山。整個工廠內部瀰漫著強烈的刺鼻酸味。

辰藏走出工廠，不一會端了個托盤回來，上頭擺著三個杯子。接著，他扭開木桶栓，刺眼的紫紅色液體咕嘟咕嘟流出來。辰藏裝滿三個杯子說：

「大人、金田一大師，要不要喝一口試試？」

於是，金田一耕助和磯川警部拿起杯子，淺嘗一口。然而，兩人都立刻皺起眉頭，放下酒杯。

「哈哈哈……現在這個時代還喝這種玩意的，可能只有我了吧。不過，不要小看它，這很容易醉的。」

儘管嘴上這麼說，連辰藏也無法一口氣喝光，只見他慢慢啜飲著。

「工廠現在休息中嗎？」

「正是、正是，應該說是開店停工吧。事實上，決定秋天要重新上工了。不過，老是生產同樣的酒可不行，所以在跟老闆商量是不是從甲州請技師過來，好好振作，釀出真正的葡萄酒。畢竟這是趨勢，再怎麼講，嘉平老爺真的非常傑出能幹，繼承家業的直平先生更是個有抱負的人。」

這時辰藏終於喝完一杯酒，接著端起磯川警部方才放下的酒杯。

「如果能實現就太有意思了。可是，春江這個混帳東西，實在自私。」

他的話沒頭沒尾，金田一耕助不由得笑道：

「辰藏先生，您在說什麼啊？」

「您不懂嗎？本來我是想叫千惠子出點錢，讓我們投資新事業，可是那混帳東西就是不同意，動不動就把『稅金』兩個字掛在嘴邊，偏偏又蓋了那麼一棟沒意義的豪宅，真是丟人現眼。」

「哈哈哈……」金田一耕助忍不住笑了出來，「辰藏先生，您相當有野心嘛。」

「那當然了，金田一大師。」辰藏說著，端起金田一耕助的酒杯。「人沒有野心是不行的。況且，不管是性感女郎也好、肉感女郎也罷，那種工作根本不可能持久。大家都心知肚明，應該趁現在趕緊去投資一些能賺錢的事業才對。可是我再怎麼拚命說服，那個混帳東西啊……難不成是被那個吃軟飯的姘頭洗腦了吧？」

「您說誰是吃軟飯的姘頭？」

「一個叫日下部是哉的傢伙，等於是千惠子的經紀人。」

「喔，就是他發掘和栽培由佳利小姐……」

「是不是他發掘栽培的我不知道，那母女倆啊，我看是完全被牽著鼻子走了。聽說那傢伙是從滿洲回來的，大概也不是什麼好東西……」

「從滿洲回來……」磯川警部立刻追問：「那個人大概幾歲？」

「嗯，這個嘛，大概是五十多……五十二、三、五、六左右吧。他是個挺有魅力的中年紳士，長得相當帥，春江可能被迷住了吧。」

「他在滿洲是做什麼的？」

雖然看似漫不經心地問，磯川警部的聲音卻像是卡在喉嚨深處。

「據說是在一家叫『滿映』的電影公司工作。至於實際上做的是什麼工作，我就不清楚了。不過，既然是在滿洲搞電影的，大概就曉得他是怎樣的人，不是嗎？」

磯川警部的眼神銳利地一閃，看了金田一耕助一眼。

警部一直心存懷疑。

昭和七年的秋天，在放庵老家的離屋裡被殺害的人，眞的是「龜之湯」的次男源治郎嗎？搞不好，那個容貌難辨的被害人，其實不是源治郎，而是被視爲凶手的騙子——恩田幾三，眞正的凶手是青池源治郎本人。換句話說，會不會是源治郎殺了那個騙子，並搶走騙子搜刮來的錢遠走高飛？莫非「龜之湯」全家人都知道實情，爲了袒護源治郎，便指認那具屍體就是源治郎……

這就是二十多年來一直困擾著磯川警部的疑問。如果這是事實，雖然不知道會採取哪種途徑，但源治郎應該遲早會回到這個村子——這是磯川警部唯一抱持的希望。

現下有一來歷不明的人出現在這個村子，而且年紀是五十歲左右。昭和七年青池源治郎是二十八歲，如果還活著就是五十一歲。謠傳凶手很可能逃去滿洲了，現下出現在村子裡的那個來歷不明的人，恰恰是從滿洲復員回來，並且……並且……

「辰藏老弟，」磯川警部壓抑著興奮的心情問：「您記不記得昭和七年『龜之湯』的次男源治郎被殺害的那件命案？」

「大人，我當然記得啊，多虧那個凶手，千惠子才能誕生，哈哈哈……」

好幾次扭開酒桶栓盛取酸酒的辰藏，喝得相當醉，鼻頭也愈來愈紅。

「話說回來，大人，聽說這次的命案搞不好是昭和七年那個案子的延續，是眞的嗎？」

「是誰這麼說？」

「唔，秤店老爺在趕去瀑潭的路上，跟本多醫師這麼說的啊。」

「原來如此。」磯川警部瞄了一眼金田一耕助，繼續問：「對了，辰藏老弟，當時您是幾歲？」

「那一年是我接受徵兵體檢的隔年，應該是二十二歲吧。」

「那麼，您記得青池源治郎長什麼樣子嗎？」

「咦？」辰藏詫異地看著磯川警部，「大人，源治郎大我六歲，所以我上小學的時候，他剛好從小學畢業。而且，他小學一畢業馬上就去了神戶，我幾乎不記得他的長相。」

「那在他回來之後呢？」

「哎，大人，您也知道的，他回來不到一個月就發生那件命案。何況，我家和『龜之湯』分別位在這個村子的不同角落，根本沒和他打過照面。不過，他帶著老婆小孩回村裡的事，我倒是有所耳聞。」

「青池源治郎這個人……」金田一耕助插話，「回鄉之前，在神戶做過什麼工作？」

「啊，」磯川警部似乎吃了一驚，「金田一大師，這部分我還沒告訴大師嗎？」

「是啊，你只說他在神戶和大阪做過很多不同的工作而已……」

「喔……辰藏老弟，那您聽說了嗎？源治郎在這些大都市做了些什麼事？」

「這倒是聽說了。他在神戶當過無聲電影的解說員，不過有聲電影打進市場之後，他就遭到解僱……」

「無聲電影解說員……？」金田一耕助不由得瞪大了眼睛。

辰藏這麼一提，金田一才想到，由於受到有聲電影打入市場的影響，在那個年代，電影解說員與伴奏的樂手們一個接一個失業。

「是啊，不過我忘了他的藝名，好像取了一個很有美男子感覺的名字，女性和兒童觀眾都非常迷他。」

「他的藝名叫青柳史郎，有一陣子在神戶的新市街可說是紅遍半邊天。」

「對對對，是青柳史郎，我想起來了、我想起來了。」

辰藏喝得酩酊大醉，哪怕是一件微不足道的小事都能令他開心。

（原來是這樣啊，所以才……）

金田一耕助點點頭。

這麼一來，終於可以理解磯川警部興奮的原因。青池源治郎曾擔任無聲電影的解說員，換句話說，就是從事電影相關工作的人。如今出現在這個村子的那名來歷不明的人物——日下部是哉，也是從滿洲回來，從事過電影相關工作。因此，警部可能將日下部是哉和青池源治郎連結在一起。然而……還是有點奇怪。

假設警部的揣測是正確的，等於是青池源治郎把恩田幾三這個騙子殺了之後遠走高飛。如今源治郎竟然和當初殺害的人的情婦及女兒一道回故鄉，實在有點怪。假設春江不認識源治郎，不，連辰藏都不認識源治郎了，他妹妹春江自然也不可能認識這號人物。即使如此，源治郎巧遇春江這件事……不，不只是巧遇，他還將春江與恩田所生的女兒，栽培成爲紅遍半邊天的藝人，這樣的發展會不會太戲劇化……？

「對了，辰藏先生。」

「是、是……」辰藏又扭開酒桶栓，杯子裡紫紅色的液體裝得滿滿的。聽到金田一耕助的呼喚，他雙手各拿著一個杯子，搖搖晃晃地走回來，腳步相當不穩。

「您見過恩田幾三嗎？」

「見過好幾次……這個人很會說話，連我老爸也被他騙得團團轉。所以，當我發現受騙的時候，我還跟著老爸到枡斗店大吵大鬧，由良老爺那副驚惶失措的模樣，簡直是……和您剛剛見到的敏郎那張青腫的臉沒兩樣。看到我們找上門，他的臉色愈來愈鐵青……」

辰藏可能喝到對酒的酸味麻痺了，只見他咕嘟咕嘟大口喝著刺眼的紫紅色液體，一邊說道：「話說回來，金田一大師、警部，這世間眞是可笑。得知春江懷著那個既是騙子又是殺人凶手的孩子，老爸大發雷霆，老媽大哭大叫，現在卻是多虧這個不道德的女兒才得以悠哉度日。所謂『因果循環，報應不爽』，多麼出乎意料的情節啊。好了，全篇故事到此結束，劇終！」

不愧是丑角五郎的父親。

辰藏兩手拿著酒杯，以無聲電影解說員的口吻表演完這一場之後，左一口右一口全部喝光，這樣倒還好，不料他喝完還恭恭敬敬地鞠躬行禮，身體頓時失去平衡，摔了個四腳朝天，最後竟然倒下，呼嚕呼嚕睡著。

之後，金田一耕助和磯川警部在工廠內部東看西看，繞了一圈，發現隔壁附屬倉庫的架子上，排放著一大堆相同的木枡和漏斗，而且緊鄰倉庫的一面玻璃窗被打破了，內側的搭扣也是打開來的。

這麼一來，的確任誰都能夠輕易偷走木枡和漏斗。問題在於，凶手爲何特意使用木枡和漏斗？

金田一耕助和磯川警部沒叫醒辰藏，直接步出工廠。來到工廠外，再次俯瞰名爲「櫻花」的民家聚落。雖然看得不是很清楚，但崖頂一帶的電線桿傾斜得那麼厲害，應該是懸崖坍方的關係吧。

因此，昨晚在工廠喝酒的辰藏，沿原路走回食人沼澤是理所當然的。只不過，他爲何不乾脆在六道十字轉往「櫻花大師」佛堂的那條近路？儘管那條路被苦櫧樹葉擋住有些隱密，但似乎近得多。

沒多久，金田一耕助和磯川警部再度回到凳子瀑布，大概有十五、六個村民在議論紛紛，然而屍體已不在現場，也不見立花警部補的蹤影。

又過半個小時，兩人回到「龜之湯」。立花警部補已在公共宿舍娛樂室的搜查總部裡，正要向里子及女傭阿幹進行偵訊。

# 第十四章　紅斑女孩

「啊，警部，您……回來的正是時候，我想向她們深入請教昨晚的事，勞煩您……也一起聽吧。」

滿口方言的立花警部補邀請磯川警部列席。

「那麼，金田一大師，你也一起來吧。」

磯川警部原本只是想放個假、好好休養，才來到這個村子，卻發生這麼一件案子。既然縣警總部遲早會派人過來，其實磯川警部早已打算主動接下這項任務，所以案發當天他便與岡山的警察總部通過電話，商量的結果，正式決定由磯川警部負責本案。

言歸正傳，如果用劇本的方式描寫這場偵訊，應該可以這麼寫：

時間：昭和三十年八月十四日早上十點。

地點：「龜之湯」公共宿舍的娛樂室。這是一個約十二張榻榻米大的鋪木板房間，擺著很沒情調的桌椅。陽光斜照進房裡。

人物：里子（二十三歲）、阿幹（二十八歲）、

立花警部補、磯川警部、金田一耕助、
另外兩名刑警，其中一名已準備好做紀錄。

進行偵訊之前，金田一耕助第一次正眼看到里子這個女孩。然而才看了一眼，由於實在是太過悽慘，他不由得移開視線。

以容貌來說，里子相當漂亮，跟泰子和文子不相上下，一般情況下，村裡的小伙子都會為她熱血沸騰吧。只是，上天未免太捉弄人，里子清秀端正的臉龐上，一大片刺眼的紅斑像地圖般遮掩半張臉。而且，這些紅斑不僅出現在臉上，還從脖子往下布滿全身，連露出浴衣袖口的手背，都爬滿地圖般的刺眼紅斑。

她原本就是肌膚白皙細膩的女孩，但正因如此，與紅斑形成強烈的對比。何況她還這麼年輕，那悽慘悲哀的程度更是令人感慨良深，相信任誰也不忍心正眼盯著她瞧吧。

地方上有一個傳說，如果懷孕的母親看到火災那般熾烈的火，生出來的嬰孩身上就會有紅斑。莉香懷著里子的時候，目睹一頭栽進地爐、被火燒到面貌難以分辨的丈夫的臉。就是在那個時候受到強烈打擊，影響到胎兒，里子身上才會布滿紅斑吧？——這個說法成為村民茶餘飯後的話題。

里子為此感到非常羞恥，平常都把自己深鎖在土牆倉庫裡。要是非得在人前出現，便會用一種只露出眼睛的自製布巾包起臉，即使在夏天也戴著手套。

但這天早上，里子似乎打算豁出去了。她脫掉布巾和手套，將悽慘的紅斑暴露在人前。她的這個舉動，或許是嘗試對殘酷的命運進行一種悲愴的抵抗。儘管直接承受著立花警部補的視線，她仍態度堅決，處之泰然，那眼神說明了一切。

「里子，不用害怕，只要誠實回答主任的問題就行了。」

磯川警部體貼地安撫道。

「是，謝謝。我明白。」

她向警部行了個禮，毅然轉向立花警部補，彷彿在表示她已準備回答問題。

「喔，好的。那麼……」反倒是警部補感到炫目似地眨著眼睛，「首先想請教，妳們昨天是幾點從這裡出發？」

「應該是接近八點。阿幹，是吧？」

「是、是啊……」阿幹比里子還惶恐，她畏畏縮縮地回答：「我收拾好客人的飯桌才跟里子一起出門，所以大概是快要八點的十分鐘或十五分鐘前……」

金田一耕助和磯川警部走出「龜之湯」，約莫是八點五分，當時送他們到玄關的只有莉香。

立花警部補再度把視線移到里子身上，「那麼，妳們是在哪裡遇到泰子和古怪的老太婆……？」

「是在『櫻花大師』佛堂再過去一點的地方，就在嘉平老爺家的竹林旁。」

「好，可不可以請妳再詳細說明當時的情形？」

「好的……」里子還是忍不住發抖，然而她仍直視著警部補說：「我們走到嘉平老爺家的竹林旁，發現前方有人走過來，我和阿幹便躲到竹林裡，於是……」

「啊，等一下，爲什麼要躲到竹林裡？」

「是。那是因爲……我不太想見到人。」

里子不以爲意，仍直視著警部補，反倒是警部補顯得有些慌亂。

「這樣啊，後來呢？妳和阿幹躲進竹林之後……」

「我們看到泰子和古怪的老太婆急急忙忙地走過去。」

「從哪裡來、往哪裡去？」

「她們是……從兵營遺跡那邊過來，往『櫻花大師』佛堂的方向走去。」

「當時妳沒看到那個古怪老太婆的臉嗎？」

「沒有，因爲她背駝得很厲害，而且包著頭巾。」

「阿幹，妳有沒有看見那個古怪老太婆的臉？」

「沒有，我跟里子一樣沒看見。」阿幹簡短地表示同意里子的話。

「那麼，當時泰子有沒有恐懼或害怕的模樣？」

「沒有，完全沒有，反倒像是泰子一直在催促老太婆……對了，她似乎提到村長。」

「村長……？」

立花警部補自然不在話下，連金田一耕助和磯川警部也不由得緊張起來。在一旁記錄的刑警也吃了一驚，抬頭看著里子。

「關於村長，她說了什麼？」

「其實……聽得不太清楚，我只記得泰子提到村長而已。」

在場眾人緊張地互望，磯川警部馬上靠近問：

「阿幹，妳有沒有聽到泰子說村長什麼事？」

「這個嘛……」阿幹脹紅了臉，緊張不安地環視所有人。「這麼一提，我也想起來，泰子小姐似乎是說『村長在哪裡等我們？』……」

「阿幹！」儘管在這種狀況下也是情有可原，但立花警部補插話的語氣相當粗魯。「妳難道沒聽說有個古怪的老太婆去找村長，結果村長到現在都行蹤不明嗎？」

「是，眞的對不起，我……我聽說了，沒想到會是那個老太婆……」

阿幹縮起肩膀，垂頭喪氣，臉頰像著火般通紅。要是再逼問一句，她肯定會當場哭出來。

立花警部補懊惱極了，目不轉睛地瞪著阿幹的側臉。話說回來，爲此責備阿幹有點苛刻。

恐怕當時阿幹相當心急，只想快點到兵營遺跡去親眼瞧瞧，讓歌名雄那樣的老實人如癡如狂的可恨性感女郎大空由佳利，到底是怎樣的女孩。更何況，她和里子一路上只要遇到人，就得玩躲貓貓遊戲，內心又更焦急了吧。所以，如果只因那一瞬間，阿幹的腦海不曾浮現村長和古怪老太婆的消息就譴責她，未免太委屈了。

「里子，剛剛提到村長失蹤的事，妳之前也聽說了嗎？」磯川警部像要緩和尷尬的氣氛，開口問道。

「不，警部，我是後來才從哥哥那裡聽到這件事，之前完全不知情。我眞的嚇了一大跳……早知道我就不會那樣讓泰子走了……想到這一點，我就覺得對不起哥哥……」

里子又激烈顫抖起來，長長的睫毛前端沾著淚珠。

「里子，妳剛才說對不起哥哥，是什麼意思？」

這是金田一耕助提出的問題。里子悄悄看了他一眼，旋即低下頭。

「哥哥喜歡泰子，泰子也喜歡他。泰子的媽媽一直希望哥哥能娶泰子，而且……而且……」

「而且……？」

「我媽媽也說泰子一定會是好媳婦，很樂見這門婚事，沒想到竟然發生這種事……」

里子終於按捺不住，以浴衣袖子摀著眼睛，低聲哭了起來。

阿幹彷彿受到感染，突然自責地說都是自己的錯，因爲自己當時發愣才會發生這起命案，責任全在她一個人身上，哇哇大哭。於是，警方的偵訊不得不中斷。

立花警部補不悅到了極點，但他也知道，年輕女孩一開始哭，只能等待時機再繼續問話。只見他一臉不高興地等著。

好不容易等到兩個人都停止哭泣，首先提問的是金田一耕助。

「對了，阿幹，妳們遇到泰子小姐和古怪老太婆的時候，大概是幾點？」

「您問我幾點，我也……」阿幹抽抽噎噎地說：「後來我們直接前往兵營遺跡，剛到沒五分鐘，歌名雄他們就找來……」

她們與歌名雄一行人碰頭，察覺事情不妙的時候，約莫是九點十五分。假設她們五分鐘前抵達大赤松樹下，也就是在九點十分走到兵營，若她們在快八點的十分鐘前從「龜之湯」出發，總共是花了一小時又二十分鐘才到達兵營遺跡。儘管女人家走路速度比較慢，時間似乎也太長了點。不過，里子不願與人打照面，必須沿途避開，或許花上這麼多時間也不足爲奇。

金田一耕助和磯川警部比她們晚了約十五到二十分鐘從「龜之湯」出發，但並未在途中遇到泰子和古怪的老太婆。從這一點來看，老太婆應該是利用那條通過「櫻花大師」佛堂後側的小路，行經六道十字，把泰子帶去瀑潭。

話說回來，兩路人馬先後到達兵營遺跡的時間僅僅差了五分鐘，那麼，如果金田一耕助和磯川警部腳程快一點，或許就能遇到泰子和老太婆。這樣一想，老太婆把泰子帶到那條小路的時間，和金田一耕助與磯川警部到達「櫻花大師」佛堂的時間，不就是毫髮之差？

金田一耕助不禁起了雞皮疙瘩，一股顫慄竄過全身。

「這麼說來，里子，是不是可以想成，那個古怪的老太婆是受村長之託來接泰子？」磯川警部問。

「是的，我當時是這麼以爲。」里子擦乾眼淚，彷彿又想起當時的情景，激烈顫抖著。

「阿幹，那妳呢？」

「是的，我也一樣……」

阿幹有氣無力地回答，一副垂頭喪氣的模樣。由於剛才大哭了一場，她到現在還抽抽噎噎。

眾人不由得安靜下來，面面相覷。

放庵到底是活著，還是死了？前天金田一耕助提出的這個疑問，突然成爲全體辦案人員的重要課題。像是被人用冰冷的手撫摸著脖子、教人不寒而慄的氣氛，一步一步侵襲在場所有人……

「混帳！」

立花警部補猛地咂嘴出聲。

「不，不是在說妳們。」

他慌忙安撫里子和阿幹，隨後又執拗地追問，是不是還留意到什麼特別的事，卻無法從兩人身上得到更多資訊。

不久，立花警部補就讓兩人離開。然後，他挑釁地望著金田一耕助說：

「金田一大師，這到底是一樁怎樣的案子？我實在愈來愈不懂了！」

「哎，其實我也完全搞不懂。事到如今，除了耐著性子繼續偵辦下去，別無他法。」

「我明白，可是現在這樣，根本連該從哪裡著手都不清楚。」

「總之，得先徹底調查放庵先生的行蹤，不管他還活著或是死了……」金田一耕助的聲音相當低沉。

接著，磯川警部說明在秤店的釀酒工廠發現木枡和漏斗的事，立花警部補聽了之後，益發迷惑和混亂。

「警部，這到底是怎麼回事？凶手預先在瀑潭準備好木枡和漏斗，卻被辰藏在毫不知情的情況下拿回家。於是，凶手又去工廠拿別的木枡和漏斗……金田一大師，是這樣嗎？」

「如果昨晚辰藏拿回家的木枡和漏斗仍原封不動地放在他家廚房裡，應該可以這麼說。」

「可是，金田一大師，凶手到底為什麼要做那種愚蠢的事？」

「好了、好了，立花老弟，你那麼激動也沒用啊，就算是金田一大師，也不是每件事都看得透。你不如趕緊派人去辰藏家，確認木枡和漏斗還在不在吧……」

由於警部這個中肯的忠告，立即有一名刑警前往辰藏家。在此順便報告一下結果，辰藏帶回去的木枡和漏斗，原封不動地放在廚房的櫃子上。事後回想，其實這是凶手致命的失誤。

話說，前往辰藏家的刑警離開後，阿幹又來到娛樂室。

「嗯……警部、金田一大師……」

「阿幹，有什麼事嗎？」

「老闆娘很擔心，她說兩位都沒用早餐，需不需要我端過來？還是，兩位想回房用餐？」

兩人的確都還沒吃早餐，一看表已十點半，金田一耕助突然餓了起來。

「警部，我們在房裡慢慢用餐吧。而且，飯前我想好好泡個澡……」

「好，就這麼辦。可不可以麻煩妳幫我們準備一下早午餐？」

「那麼，我準備好就給兩位端過去。」

阿幹離開沒多久，本多醫師騎著腳踏車來到「龜之湯」。

「立花先生，我帶來驗屍報告。詳細結果要等解剖之後才能確認，不過我父親說現在這樣就差不多了……」

「啊，這麼迅速，眞是感謝……」立花警部補看著驗屍報告說：「死因果然是勒斃，被繩狀的東西勒斃……驗屍時間是十四日上午九點，推定被害人死後約過了十二個小時，所以行凶時間是在昨晚九點左右。」

「多半錯不了。不過愼重起見，我還是請父親參與驗屍。對了，有打算要解剖吧？」

「嗯，我想在案發地點進行解剖。剛剛和縣警總部商討過，醫學院的緒方教授會火速趕來。對了，這件事我還沒向警部報告……」

「嗯，動作眞快。對了，本多醫師，令尊還好吧？」

「是，他的身子相當硬朗。我跟他說磯川警部到村子裡來了，他馬上露出懷念的神情，請您務必找個時間去看看他。」

「啊，當然……昭和七年的案子，就是請令尊寫驗屍報告……」

「是啊。父親說從那件命案之後，睽違許久又在這個村子寫驗屍報告。」

「倒是沒錯。」

金田一耕十分感興趣地在一旁聆聽，就在這時，阿幹來通知說洗澡水準備好了。

# 第十五章　可恨的電影《摩洛哥》

金田一耕助和磯川警部洗完澡坐到飯桌前，已過十一點。

儘管飯桌上只有滑菇味噌湯、鹽烤香魚、醬燒蕨菜油豆腐和一個生雞蛋，是一頓極爲簡單的料理，然而味噌湯的美味卻滲入兩人的胃。

伺候他們吃飯的是阿幹。阿幹收拾好飯桌離開，老闆娘莉香端著一盤水蜜桃進來。

「昨晚眞的辛苦了，兩位一定都累了吧？」

她上了淡妝，也換了一套較體面的衣服，不過氣色當然是不大好。

「喔，老闆娘。眞是的，發生這麼糟糕的事……妳要去弔唁嗎？」

「是的，剛剛先去露個臉，問候過了，現在要過去正式弔唁……」

「歌名雄老弟呢？」金田一問。

「嗯，歌名雄一直待在那邊沒回來……」莉香顯得有些感傷。

「我想起來了，歌名雄老弟和那個叫泰子的女孩，不是曾論及婚嫁嗎？」

「是的，不過還沒成定局……」

「可是，聽說由良家對這門婚事滿積極的。」

「嗯，都戰後了，婚事最要緊的是本人的意願，由良夫人也是同樣的看法。」

「而且，歌名雄老弟應該也有這個意思吧。」

「好像是這樣……他受到很大的打擊，非常頹喪，眞是太可憐了。」

莉香終於忍不住拿手帕按住眼睛。

「唉，發生這麼不幸的事……對了，老闆娘，剛才在瀑潭前，由良夫人對仁禮老爺說了相當重的話，妳聽說了嗎？」

「唉，這事已傳遍整個村子……不過，應該是夫人想太多，那位老爺怎麼可能做出那樣殘酷的事……」

「是啊，我也這麼認爲。只是，她那番話倒是不能聽過就算，所以我向村裡一些人請教，結果……怎麼講……仁禮家有個女兒叫文子，他們也希望歌名雄老弟娶她。」

「是的……」莉香縮起肩膀，神情悲戚到幾乎要昏過去。

「這件事後續的發展呢？問這種問題，聽起來像是要干涉妳的家務事，但有任何可疑的地方，我們都得弄清楚才行。」

「大人，我眞的覺得很慚愧。」

「妳說很慚愧是指……？」

「我們做父母的在這種時候的確會猶豫。泰子小姐和文子小姐可說不分上下，都是漂亮的女孩。既然如此，如果關係到兒子的將來，接著考慮的自然就是家世背景。」

「那是當然的。結果呢，那一邊比較有希望？」

「嗯，本來跟由良家已大致談定，可是……在這個節骨眼，仁禮老爺也來提親……」

「於是，妳猶豫了？」

「是的。之所以會這樣，大人，其實有另一個理由。」

「另一個理由……？」

「大人，您也知道，我們家里子是那副樣子。不管做父母的口頭上再怎麼偏袒自己的兒女，老實說她不大可能嫁得出去，我相當煩惱，但仁禮老爺說：『如果妳肯接受文子當媳婦，里子就是我那可愛女婿的妹妹了，說來也算是我的女兒，我絕對不會置之不理，一定會讓她有個好歸宿。』這麼一聽，我不禁猶豫。像仁禮家老爺那樣的人物，想必會遵守約定。從這一點來衡量，由良家似乎不大可能幫忙安排里子的婚事。」

聽了莉香這段冗長的說明，金田一耕助深感同情。磯川警部也拚命點頭，神情凝重地聆聽。

「更何況，歌名雄是個疼愛妹妹的好哥哥，如果告訴他仁禮老爺對里子的承諾，他是不是就會答應這門婚事？……我實在猶豫不已。」

「照妳這麼說，其實妳還沒跟歌名雄老弟提起仁禮家開出那樣的條件嗎？」

「是啊，如果說得太直接，里子未免太可憐。別看里子那樣，她自尊心很強。」

說到這裡，莉香一面嘆氣，一面吸著鼻子。

「不管怎麼說，像我這般優柔寡斷是不行的……話說回來，爲此誣賴仁禮老爺，也太荒謬了。」

「確實，仁禮老爺想必看得出妳的猶豫吧。」

「是啊，而且仁禮老爺根本不可能用木枡和漏斗，對屍體做出那種惡作劇。」金田一耕助不經意地補了一句。

於是，莉香好像也想到什麼。

「對了，金田一大師，那到底是什麼詛咒？今天早上我從歌名雄那裡聽說，大師曾接觸許多案件，您聽過那樣的事嗎？」

「不，我也是第一次遇到。往昔本地有沒有類似那種情況的傳說或習俗？」

「唔，我不是本地出身的，所以不太清楚。不過說到這一類的事情，就要請教村長……」

說到這裡，莉香的眼中突然浮現驚懼之色。

「對了，剛聽阿幹說，帶走泰子小姐的那個老太婆，就是村長派來的……？」

「不，還不確定。不過，老闆娘，妳認爲村長是活著，還是死了？」

莉香驚訝地看著磯川警部和金田一耕助，不一會，像是想到什麼，她顫了顫肩膀說：

「唔……連兩位都無法明白的事，我這種人更不可能懂。只是……」

「只是……？」磯川警部立即催促她繼續說。

「這個嘛……」莉香猶豫著是不是該說出來，最後仍開了口：「如果村長還活著，請您不要講出去。簡單來說，我總覺得村長有點可怕。」

「所謂『可怕』指的是……？」

「嗯，該怎麼說……我並不認爲他是壞人，不過，由於他遠離塵世，冷眼旁觀世人，自然就有一種瞧不起一般人、把所有事都放在心裡的感覺。一般人會毫無隱瞞地說出一些無關緊要的事，那個人都藏在心底，暗暗嘲笑……他就是那樣的人。換句話說，雖然不能說他黑心腸，但總覺得他居心叵測。就拿昭和七年的命案來說……」

「拿昭和七年的命案來說……？」

「是的。嗯……金田一大師曉得這件案子吧。」

「我已大致聽聞……」

「那個時候……我才剛開始跟村長有所接觸，對於他本人和那件案子都不大清楚……後來，時間愈久愈覺得，或許村長知道很多關於恩田幾三的事情。」

「譬如怎樣的事？」

「要說是怎樣的事……畢竟村長不可能被我這種凡庸的人看透，不過，僅有一次，他說過一段話……我想起來了，談到恩田幾三的時候，他說『哪怕是我說溜一句，馬上就能讓現在村裡風光至極的那個人顏面全失，待不下去……』，接著哈哈大笑。」

「他口中的那個人，是男的還是女的？」

「這我也問了他，但他就是不肯說。」

「老闆娘，那是什麼時候的事？」

「是他搬到這邊……就是搬到現在住的地方之後的事。搬到這邊之後，他常來泡湯，比較有機會聽他說話。之前，雖然住在同一個村子裡，但兩邊隔著將近四公里的距離，不大有機會見面。」

「村長是什麼時候搬到現在住的地方？」

「我記得是在去年五月底，梅雨季節還沒開始。」

「聽說之前那裡住的是一個尼姑？」

「是的，那個尼姑在昭和二十三年左右過世，房子沒人整理，朽壞得相當嚴重，村長就自己……其實也找了歌名雄等人幫忙整理，並打掃乾淨，才搬進去。那時由於老婆阿冬離家出走，他變得更加遠離塵世。對了，剛剛不是提到，如果他說溜嘴會有人無法待在村子裡嗎？他說這句話的時候啊……」

「那時候怎麼了？」

「他還說了一句可怕的話。」

「可怕的話？他說了什麼？」

「他說啊，『若有必要，我會把所有的事抖出來，讓整個村子大亂。』那時候他臉上恐怖的神情，我到現在都記得一清二楚。」

「可是，他沒說出具體的內容吧？」

「是的，不過他倒是有說跟恩田殺害我丈夫的事無關。」

井筒客棧的老闆娘阿糸也提過，關於昭和七年的那件命案，村長一定掌握一些不爲人知的事。村長究竟知道什麼祕密？金田一耕助和磯川警部各自陷入沉思。

現場一片沉默，然而不曉得想到什麼，金田一耕助突然微笑著說：

「對了，老闆娘，直到剛剛我才得知，您過世的丈夫從前做過有點特殊的工作，是吧？」

「啊，嗯。」

冷不防被問了這麼一個問題，莉香似乎有點措手不及，臉一下紅了起來。

磯川警部連忙解釋：

「金田一大師直到剛才都不知道……妳丈夫當過無聲電影解說員這件事。」

「嗯……」

莉香很顯然不大願意談到這個問題，金田一耕助卻不管三七二十一，一派輕鬆地笑道：

「老闆娘，方才聽警部提到這件事我才想起來。說到昭和七年，當時我二十歲，前一年剛從故鄉的中學畢業，然後進了東京一所私立大學，只不過我不常去學校，整天待在神田的租屋無所事事。大概就是那個時期，有聲電影開始流行，無聲電影解說員一個接一個失業……」

金田一耕助神情輕鬆地談著這件事，莉香似乎也不知不覺受到吸引。

「那麼，金田一大師，您應該記得一部叫《摩洛哥》（註二）的電影吧？」

「嗯嗯，我當然記得，就是史登堡導演，賈利古柏和瑪琳黛德麗主演的……」

「沒錯，那部電影是昭和六年在神戶首映。看了這部電影以後，我們夫婦覺得這下全完了。」

「因爲這是有聲電影初期很有名的一部作品。」

「那的確是一部名作，不過我想說的重點是，這是派拉蒙公司第一次在電影裡使用疊印字幕的手法。在那之前，即使是有聲電影，聲音也非常小，仍需要電影解說員的說明。然而，這部《摩洛哥》票房不是大賣嗎？之後，不只派拉蒙，其他公司也開始製作有疊印字幕的電影。這麼一來，解說員這一行便完全沒落了。」

「對老闆娘而言，《摩洛哥》是非常可恨的電影吧？」

「沒錯，正如您所說。也就是因爲這樣，當史登堡在戰後來到日本，以安納塔漢島爲背景拍了一部奇怪的電影（註二），而且評價不是很好的時候——我是在報紙上看到這則消息——眞的是暗自竊喜，有種報了一箭之仇的感覺。」

「哈哈哈……老闆娘實在是很有鬥志的人啊。」

「在大師看來，或許是一件滿可笑的事，但當時我感到非常悲哀。我丈夫在歌名雄出生那一年好不容易當上主任解說員，正當我們雀躍不已的時候，就遇到有聲電影強勁的攻勢。如果有聲電影沒誕生，我們也用不著回故鄉。要是沒回故鄉，我丈夫就不會慘死。想到這裡，我不禁痛恨起有聲電影。」

看到莉香的眼裡盈滿淚水，金田一耕助也不禁有些感傷。

「抱歉，我失言了。不過，妳丈夫原本打算在這裡從事什麼工作？種葡萄嗎？」

「不，其實……雖然他是在本地出生，但畢竟在城市工作那麼久，從事農業有困難。所以，他只是回來跟父母商量，是不是可以讓我暫時寄住在這裡。」

「莉香女士，讓妳寄住在這裡，源治郎先生打算要做什麼？」

---

**註一**——原片名爲《Morocco》一九三〇年出品，由約瑟夫·馮·史登堡（Josef Von Sternberg）導演，賈利·古柏（Gary Cooper）與德國女星瑪琳·黛德麗（Marlene Dietrich）領銜主演。

**註二**——這裡指的是電影《安納塔漢傳奇》（*The Saga of Anatahan*），一九五三年出品。

這件事磯川警部似乎也是第一次聽到，驚訝地轉頭看著莉香。

「是的，他打算……」莉香似乎想起當時的事，眼裡再度盈滿淚水。「我丈夫準備要去滿洲。」

「去滿洲……？」磯川警部往金田一耕助的方向瞥了一眼，「可是，莉香女士，妳從來沒跟我提起這件事……」

「是嗎？約莫是大人沒問到這個問題，其實這沒什麼好隱瞞的啊。」

「嗯，也是。然後呢？」金田一耕助向磯川警部使了個眼色制止他，接著催促莉香繼續說下去。

「因爲我懷孕了，他打算獨自先去滿洲，等安頓好再接我過去，才會讓我寄住在這裡。雖然是丈夫的老家，我卻是第一次造訪，相當不自在。」

「喔，那個時候他是第一次帶妳回來？」

「是的……其實還不只如此，由於我們是自由戀愛結婚，老早就聽說兩位思想傳統的老人家非常不滿。」

「很抱歉，想問妳一個問題。結婚之前，妳是做什麼工作？」

聽到這個問題，莉香一時說不出話來，只是一直看著金田一耕助。

「我在曲藝場工作。」

「曲藝場……？」

「對，是穿插大眾藝能節目的曲藝場。我不知道在關東怎麼稱呼，我們稱爲『女道樂』，就是五、六個年輕女孩一同出場，叮咚叮咚彈著三味線，一面輪流唱博多民謠或是民俗歌謠等等。我從高等小學畢業後，十六歲就開始做這份工作。」

莉香凝視著金田一耕助，此時眼裡已無淚水，卻充滿無限的哀愁。金田一耕助再度感染到她的悲傷。

「唉，我就是這樣一個女人，難怪兩位老人家不喜歡我。幸好，歌名雄那時候是虛歲三歲，正值孩童最可愛的年齡，加上大哥大嫂沒有小孩，看在孫子的份上，老人家慢慢接納了我，答應讓我們住下來，直到我生產爲止。所以，如果當初事情一決定，我丈夫立刻出發前往滿洲，就不會遇害，可惜沒那麼順利……」

「沒那麼順利……怎麼說？」

「滿州是人生地不熟的他鄉，總不能空著手去。雖然『青柳史郎』這個名字，在當時的確滿響亮，我也經常去大阪替他加油打氣。他和大阪最有人氣的里見義郎不分高下，非常受歡迎，收入也很好。不過做這一行花費相當大，回故鄉的時候，可說是一貧如洗。由於我們母子要寄住在這裡，說不出口連去滿州的資金也要老人家援助。磨磨蹭蹭之際，出了那起意外……」

好似吐著蠶絲，莉香流暢而清楚地慢慢訴說著她的故事。這應該是宛如刀割般的痛苦回憶，但莉香纖細澄澈的嗓音，搭配適當的抑揚頓挫娓娓道來，聽著有種莫名的快感。

金田一耕助想接著問發生慘劇的那個晚上的事，不巧阿幹走了進來。

「老闆娘……歌名雄等您很久了……」

莉香吃了一驚，慌忙直起身，說道：

「啊，我是怎麼搞的……眞是的，一講就講這麼久……」

一問之下，得知歌名雄打算騎腳踏車載莉香趕去由良家，已在外頭等她。一看表已十二點半。

莉香急忙要起身，又突然想到什麼似地說：

「對了，大人和金田一大師，昨晚有沒有見到由佳利小姐？」

「還沒……昨晚完全沒有閒暇。由佳利小姐怎麼了嗎？」

「不，我要講的不是由佳利小姐，而是她的經紀人，叫什麼來著……？」

「是不是叫日下部是哉？」磯川警部銳利的眼神盯著莉香。

「對、對……這麼說，兩位也還沒見過他吧。」

「是啊，還沒。日下部這個人怎麼了？」

「沒什麼，只是聽歌名雄說，他是從滿州回來的。」莉香認眞地看著磯川警部和金田一耕助好一會，旋即移開目光。「沒事……我是怎麼搞的，眞的很抱歉。那我先告退了。」

莉香像是要逃開這兩人充滿疑惑的眼神，快速走出房間，穿過緣廊離去。

# 第十六章　父親死亡的祕密

送走莉香，金田一耕助請阿幹幫忙鋪好棉被，香甜地睡了一覺。醒來之後，房間青竹簾子外頭，梧桐樹上的蟬鳴正傳來夏天的涼意。

轉頭看了看身旁，原本和他並枕一塊休息的磯川警部已不見蹤影，瞄一眼枕邊的手表，已過五點。金田一耕助悠閒地抽完一根菸，趴在榻榻米上拍了個手。

沒多久，從緣廊傳來腳步聲。

「剛醒來嗎？您睡得真熟啊。」手搭在門檻邊緣、低頭行禮的阿幹，拉起簡便夏服上的半身圍裙，擦著汗說道。

「託妳的福，睡得很好。對了，警部呢？」

「喔，剛才派出所的木村先生來接他，兩人一起出門了，好像是有位德高望重的醫師從岡山來到本地。」

「這樣啊。那大概是幾點？」

「兩點左右。」

那麼，磯川警部幾乎等於沒睡。

「那個時候也叫了您，可是您實在睡得很熟，警部就說算了，等您醒來，請您馬上過去。我們這裡有腳踏車，您會騎嗎？」

「哈哈哈，當然會騎。那麼，遺體會在哪裡解剖？」

「聽說是在本多醫師家的手術室。不過，大師……」阿幹側身坐著，彷彿一邊喘著氣，一副精疲力竭的模樣。「驗屍是在做些什麼啊？」

「阿幹，還是別問比較好，聽完吃不下飯可不妙。好，我也起身出發吧。」

他從棉被上一躍而起，換上一件相當破舊的白底藍紋綿衫。

「對了，老闆娘和歌名雄老弟呢？」

「中午過後，他們一起去由良家，還沒回來。」

「是嗎？那麼，今晚他們大概會留在那邊守靈。」

「應該是吧。可是，如果要驗屍……」

「沒問題，在那之前會結束，死因明顯是勒斃，驗屍只是例行公事。對了，里子在家吧？」

「在啊，她在土牆倉庫裡。不過，泰子小姐的守靈夜，她也得去一趟才行。這麼一來，屋子裡只剩我一個人……」

阿幹眼看就快哭出來。

「不用擔心啦。沒事的，沒什麼好怕的。」

金田一耕助露出令人安心的神情，安撫著她。然而，仔細想想，剛發生那件命案沒多久，如此偏僻又寬敞的房子裡只剩一個女人，也難怪她會不安。更何況，這裡又是離放庵居住的草庵最近的地方，他不禁同情起阿幹。

金田一耕助用冷水洗了把臉，回到房間，只見阿幹一臉不安地收拾著被褥。

「阿幹，從後門過去好像比較快。不好意思，可不可以請妳幫我開一下後門？」

「好的，剛好腳踏車也在後面倉庫裡。」

倉庫裡有整套農具，歌名雄似乎是個愛乾淨的人，各式各樣的工具整齊排列，沒有一絲雜亂，看上去很舒服。腳踏車有兩輛，一輛男用，一輛女用，大概是里子的吧。腳踏車以外，還有三輛獨輪斗車，占了倉庫滿大的空間。

在近代建築業者使用的器具裡，也有一種叫獨輪斗車，不過這一帶所謂的獨輪斗車不大一樣，是一種木製的手推獨輪車，不管再怎麼狹窄的田間小路都能夠通過。只要習慣操作方法，哪怕是女人和小孩也能用來搬運重物。

金田一耕助請阿幹幫忙，把放在比獨輪斗車更裡面的腳踏車拉了出來。走出倉庫時，恰巧里子透過土牆倉庫的窗戶望著這邊。她沒拿布巾包住臉，金田一耕助對她笑了笑，她默默低頭行禮。

金田一耕助正要從後門出去，阿幹問：

「大師，您今天的晚飯怎麼辦？」

「唔，還不曉得，不過就算回來吃，也是簡單的茶泡飯就行，不必擔心。」

金田一耕助從「龜之湯」後門出發的時間，剛好是五點半。

從這裡到六道十字雖然是上坡路，但從六道十字到「櫻花大師」佛堂後側，卻是一道頗有斜度的下坡，腳踏車可一路滑行，比繞行山腳的村道快許多。

一想到昨晚那個古怪的老太婆和泰子就是從對向經過這道斜坡，金田一耕助不由得全身起雞皮疙瘩。奇怪的是，爲什麼之前辰藏沒選擇走這條近路回家？

到達「櫻花大師」佛堂後側之前，有一道綿延將近三、四十公尺的堅固土牆，土牆裡有一扇木製後門，門旁掛了一個罩著鐵絲網、像是紙座燈的氣派門燈。門燈旁掛著一個木牌，上頭寫著：

「仁禮家便門」

這一道土牆的頂面鋪了瓦，外觀構造看上去相當穩重有威嚴，象徵著仁禮家的富裕與權勢。

金田一耕助穿過隱身苦櫧樹樹葉之間的「櫻花大師」佛堂後側，來到村道上。與佛堂旁的崖壁隔著這條狹窄村道，有一座小竹林，就是里子先前藏身時利用的地點。

換句話說，從這裡開始，路分成四條，一條是金田一耕助走的小路，一條是往上坡、通向秤店的釀酒工廠的路，另外兩條則是連結村子中心地帶和「龜之湯」的村道。站在路口往丘陵望去，可清楚看到因懸崖塌陷而受阻的道路。村道的一側地面比較低，是一整片寬廣的田地。田地裡的稻棵根深蒂固，可以想見相當豐饒。

本多醫院就位在村公所與兵營遺跡旁。門口聚集許多看熱鬧的村民，便衣刑警和警官也在醫院門口進進出出。村民大概都跟阿幹一樣，對於驗屍這件事感到十分好奇吧。

金田一耕助在加藤刑警的帶領下來到候診室時，磯川警部正神情緊張地與被害人的哥哥敏郎談事情。

「警部，抱歉我來晚了。」

「啊，金田一大師，來的正是時候……」

「驗屍結束了嗎？」

「還沒，還在對面的手術室裡……」磯川警部努了努下巴，示意他望向看診室。因爲是鄉下的醫師，不分外科或內科都得看診。「大師也要參與驗屍嗎？」

「不，不用了，請容我謝絕。雖然聽起來很膽小……」

「別這麼說，我們也一樣。那種工作嘛，哈哈……」

他撫著毛髮稀疏的腦袋，有點難爲情地笑了。然而，他很快恢復一本正經的表情，有所顧忌地放低聲音：

「對了，金田一大師，我得到一件重要的證據。」

「重要的證據……？」

金田一耕助受他影響，不由得也放低音量。

「大師應該知道吧？這位是被害人的哥哥，敏郎先生。」

「是，今早在瀑潭旁邊見過您……請節哀順變……」

金田一耕助低頭行禮，敏郎嘴裡不知嘀咕些什麼，一面說著語焉不詳的話，一面像鈍牛慢呑呑地低頭行了個禮。他仍穿著工作服，這時金田一才注意到他的脖子簡直粗短到不行。

「敏郎先生發現這件東西，便拿來給我……」

磯川警部說著，從翻領襯衫的口袋裡掏出一張半紙（註）。當金田一耕助把這張摺了八折、相當皺的半紙在膝上攤開時，不禁屛住呼吸。

這張紙上寫著：

註—一種八裁的日本白紙，長約二十四～二十六公分，寬約三十二～三十五公分。

泰子小姐：

如果想知道令尊過世時的祕密，今晚九點，請到「櫻花大師」佛堂後方。我會告訴妳一個重要的祕密。

放庵

「敏郎先生是在哪裡發現的？」

「他想找找看是不是能發現跟這件命案有關的證據，於是到泰子的房間裡搜了一下。這麼一搜，發現桌上的電影雜誌裡，這張紙摺成八折夾在裡面……」

「只有這張半紙嗎？還是，另有信封什麼的……？」

「喔，嗯……只有那張半紙……」

敏郎像牛在反芻，慢吞吞地在嘴裡小聲嘟囔。

金田一耕助的視線再度回到半紙上。由於這是一張日本紙，文字當然是用毛筆寫的。然而，這些字像是出自酒精中毒的人之手，字跡非常醜。不僅歪歪扭扭地抖動，字的線條有的地方很粗、有的地方細得跟線一樣，非常難以辨讀。

金田一耕助和磯川警部互望一眼。此時，他腦海清楚浮現放庵那比起左手，退化得十分嚴重、老是不停抖動的右手。

「敏郎先生，聽說令尊是在昭和十年過世，他得了什麼病？」

「腳氣病……引發心臟功能不良……」

「那麼，他的主治大夫是……？」

「就是這裡的醫師……現在的大醫師……」

「如果是腳氣病引發心臟功能不良，臨終前一定相當痛苦吧？」

「是的，眞的是……拚命抓著榻榻米……大醫師為他打了好幾針，還是……」

敏郎講話總是沒頭沒尾，而且習慣在嘴裡嘀咕，慢吞吞又含糊地說完，眼珠子會上翻瞅著對方。這個小動作，令人覺得在那鈍牛般的外表背後，隱藏著不能掉以輕心的一面。

「警部，敏郎先生口中的『大醫師』，就是剛才請本多醫師傳口信給你的人嗎？」

「沒錯，所以我打算等解剖結束，去請教大醫師一些問題。不過，敏郎先生，你認為呢？令尊的死，背後眞有什麼祕密嗎？」

敏郎遲緩地搖著頭說：

「我從沒……想過那樣的事……不過，他死的時候很痛苦……」

敏郎回想當年的情景，似乎心生些許懷疑。然而，他還是一樣嘀嘀咕咕、沒頭沒尾地說著話。另一方面，他像是有點在意，偷偷瞄著金田一耕助膝上的那張半紙。

「令尊是在昭和十年的什麼時候過世？」

「唔，這個月十日就是父親的忌日……」

「那麼，就是在天氣最熱的時候……」

「是啊。聽說那種病，天氣熱的時候很危險……」敏郎扭扭捏捏好一會，接著說道：

「嗯……警部。」

「什麼事？」

「泰子的遺體怎麼辦？今晚我們想爲泰子守靈……」

「沒問題，驗屍快結束了。等驗屍完畢，應該就會把遺體交還給你們。」

「喔……」敏郎一樣慢呑呑地轉著那粗短的脖子，「嗯，關於這一點，母親要我傳口信給警部……」

「哦，什麼事？」

「嗯……」敏郎上翻著眼珠，瞅著金田一耕助，一面說：「她從『龜之湯』的阿姨那裡，聽聞這位大師的事……希望兩位今晚來我們家一趟……雖然沒什麼可以招待你們的，不過想請你們吃頓便飯……而且，她想告訴你們一些事情……」

磯川警部迅速和金田一耕助交換一個眼色。

「這樣啊，實在感謝……那麼，等這邊的事辦完，我們馬上登門拜訪。不過，我們的穿著不大得體，請多多包涵……」

「沒關係，兩位都是出門在外……那我先回去，跟母親報告這件事……驗屍結束，請派人通知一聲，我會馬上來接你們。」

看著敏郎矮胖的背影慢吞吞地走出本多醫院玄關，金田一耕助和磯川警部不由得互望一眼，加藤刑警立即靠上前來：

「警部，事態嚴重。案情到底會擴大到什麼地步呢？」

他亢奮得雙頰都紅了起來。

金田一耕助再度仔細檢視那張寫在半紙上的短信。

「從這張半紙的摺法看來，應該不是郵寄。不過，如果是使用橫式信封，就另當別論……」

「加藤老弟，可不可以請你馬上去搜一下放庵先生居住的草庵，看看裡面是不是有一樣的半紙？」

「是，我知道了。不過，我記得有二十多張類似的半紙……」

加藤刑警出去之後，金田一問：

「警部，立花先生呢？」

「他也去旁觀驗屍了……不愧是年輕人，精神眞好。」

說曹操、曹操到，話聲剛落，立花警部補從手術室走出來，果然是臉色發白，眉頭深鎖。只見他急急忙忙衝進廁所，恐怕是身體發冷，突然想吐吧。

驗屍結束，時間剛好六點半。

驗屍結果毋庸贅言，其實只是要確認死因是勒斃而已。緒方博士和他的助手解剖結束後，便返回岡山了。由於要把泰子的遺體搬運出去，現場有點混亂。這時，金田一耕助第一次被引見給大醫師。

本多大醫師年過七十，一頭白色長髮梳攏到後面，看起來有點像橫山大觀（註）。大醫師很高興見到久違的磯川警部，一副懷念不已的神情。然而，當警部拿出那張半紙短信，大醫師頓時瞪大了眼睛，目光一亮。

立花警部補也大吃一驚，露出猜疑的眼神，輪流看著磯川警部和金田一耕助，一邊執拗地追問警部是怎麼弄到這封信的？是誰帶來的？這位搜查主任似乎有點誤會金田一耕助的爲人了。

「大醫師，關於這封信，您的看法如何？」磯川警部隨便打發了立花警部補，視線轉向大醫師。

「我的看法？磯川先生，你是指卯太郎先生的死因嗎？」

「是……我剛剛聽他兒子說，他是因爲腳氣病引發心臟功能不良，這點錯不了吧？」

「磯川先生，你這麼說話，就算我跟你是老朋友，也會很不愉快。錯不了！就是腳氣病引發心臟功能不良。本來他們家族就代代心臟都不太好，那個叫敏郎的年輕人臉色上又青又腫，就是心臟不好的緣故。話說回來，這眞的是放庵的筆跡嗎？」

「大醫師，您的看法呢？放庵先生那隻右手能握筆嗎？」

「嗯，這個嘛，能握是能握，不過他的左手看來是正常的，所以不會去用右手吧。與其用不方便的右手，不如用左手寫要來得快。」大醫師將信遞還給立花警部補，「總之，磯川先生，卯太郎的死因確實是腳氣病引起心臟功能不良，絕對錯不了。原因你也知道，恐怕就是昭和七年的那場大挫敗，導致他憂慮過度，心臟的機能更是每況愈下。」

「大醫師覺得放庵先生這個人怎麼樣？」

「唔……」大醫師似乎很困擾，皺起眉頭。「我不喜歡批評別人，眞要坦白說，不知怎地我就是不太喜歡他。他大我五歲，一副達觀的模樣，不過總覺得他老是斜睨著別人的缺失。雖然在過去那個年代，或許可以理解他爲何那麼憤世嫉俗，但應該跟他的個性也有關係吧。」

**註**—日本畫畫家，一八六八～一九五八年。

本多大醫師的見解，跟井筒客棧的老闆娘阿糸，和「龜之湯」的老闆娘莉香大同小異。

總之，放庵似乎是個不好對付、不能掉以輕心的人。

# 第十七章　八十三歲的老太太

金田一耕助和磯川警部踏進由良家的大門，是在八點半左右。這時，由良家的客廳擠滿趕來弔唁的客人。

這一帶的住家，有一種稱爲「三間流」的構造，就是在屋子南側接連隔出三個房間，大小分別是十張、六張、六張榻榻米大，北側與南側只用紙門或木門隔開，同樣接連隔出三個房間，大小則分別是八張、六張、六張榻榻米大。住在這種「三間流」的屋子，是這一帶居民的理想。

由於屋子構造如此，平日生活起居用的北側房間即使在白天也很陰暗，但優點是有什麼活動時，可撤掉紙門和木門，打通成一個四十多張榻榻米大的大廳。

由良家除了這棟三間流建築，還有一棟傍主屋另建的離屋。那棟離屋和北側的八張榻榻米大房間以一條遊廊相接，半引退的老太太——五百子就住在離屋。

今晚，由良家把南側三間房打通，靈壇則設在十張榻榻米大的房間壁龕前，泰子的遺體便頭朝北安置在靈壇旁。房間的末座聚集三五前來弔唁的客人，或許這些客人自認是輕聲交談，但由於這一帶居民特有的高亢嗓音，席間其實相當吵雜。

由良家擺出盛滿稻荷壽司的大盤子，和盛有切碎滷拌黃瓜的大碗，供前來弔唁的客人隨意食用。不愧是顯赫的世家，餐具器皿等相當齊全。

儘管由良家是屬於戰後沒落的上流階層，但他們與都市中的沒落上流階層不同，並未經歷過食物或是住宅短缺等困境，也因如此，還不至於悲慘到把餐具和家具都變賣掉。不管是酒壺酒杯，或是分置各處盛菜用的漆盤、香菸盤等器具，都十分高級。

在娛樂不多的鄉下地方，他人的喪事似乎也成了一種慰藉。和這些喜歡聚在一起吃吃喝喝的村民住在一起，婚喪喜慶都得花上一筆錢。

金田一耕助和磯川警部在八點左右進來的時候，和尚已結束誦經，大夥正要開始喝酒。然而，看到兩位出現，眾人都心頭一驚，面面相覷。

在敏郎的妻子榮子的帶路下，磯川警部和金田一耕助走進玄關，沿著緣廊來到安置遺體的十張榻榻米大房間。兩人先在靈前上香，隨後磯川警部將兩人聯名的奠儀交給敦子，敦子惶恐地答謝。

守在泰子遺體旁的，除了三名眞言宗的和尚之外，還有敦子與敏郎夫婦、看來應該是敏郎的妹妹和她的丈夫，以及他們的兩個小孩。另外，有一位滿臉皺紋、身形枯瘦的老太太，手裡不停數著佛珠，這動作引起了金田一耕助的注意。這位想必就是現今仍支配著由良家族的八十三歲老太太，也就是敦子的婆婆五百子吧。雪白短髮上束著一個小髻，儘管臉上布滿皺紋，仍是一位有著淺黑色肌膚的美麗老太太。當然，家族每位男性都穿上印有家徽的和服禮裝，女性則都穿上喪服。

「我們想招待金田一大師和磯川警部在別的房間吃飯，不過還在準備，請兩位再稍等一下。」敦子非常鄭重地說道。

敦子喪服內裡的白領子若隱若現，由於她的體格高大，不禁令人強烈感受到她畢竟是這個世家的堂堂女主人。

「真不好意思，麻煩你們了……」

穿著短褲的磯川警部很拘束地端正跪坐，不停搧著手裡的扇子。雖然他的穿著不太得體，但他是特意在本多醫師家泡了澡，洗去身上的臭汗才過來。

金田一耕助簡單表達悼念之情後，悄悄環視這個二十二張榻榻米大的宴會廳，並與每一個認識的人以眼神致意。

由於發生過早上那件事，嘉平老爺不方便出現在這個場合。然而仔細一瞧，現在正和小本多醫師、辰藏等人一起喝酒的，不就是繼承嘉平老爺家業的公子、大家公認非常傑出的直平嗎？他魁梧的身材與父親嘉平很像，年僅三十六歲，卻令人覺得是個沉穩的人。

他的頭髮整齊地往左梳，身上穿著白底藍紋的和服，再披上一件單薄的黑色夏季用外褂。辰藏在他耳邊嘀嘀咕咕說了一些話，他那搖著白扇子的手便停了下來，然後笑嘻嘻地向金田一耕助輕輕點頭，打了個招呼。金田一耕助慌忙回禮。果然是直平沒錯。

直平的弟弟勝平，則是和歌名雄、五郎等人一起坐在最末座待命。這些人一直忙進忙出，無法在位子上久坐，大概有許多雜事必須處理吧。

然而，唯獨歌名雄從未離開位子。他早已脫掉工作服，換穿乾淨的翻領襯衫，搭一條褲線筆直的軋別丁（註）質料的褲子。無論是五尺七寸的勻稱體格，還是眉清目秀的五官與清晰的輪廓，在席間都是鶴立雞群的美男子，他卻一臉恍惚，應該是失去泰子的強烈悲痛使然。

「警部和大師都來了啊。」

突然有人向磯川警部和金田一耕助問候，回頭一看，原來是歌名雄的母親莉香。她兩手都拿著酒壺，親切地微笑。

「喔喔，老闆娘，辛苦了。」

「請別這麼說，實在是招待不周啊……夫人現在正為大師和警部準備餐點，不嫌棄的話，請先喝一杯吧。敏郎先生，麻煩給兩位酒杯……」

「啊，抱歉，失禮了……」

敏郎把扣在漆盤上的酒杯拿給兩人，榮子則是將醋拌黃瓜盛在小碟子上，端了過來。

莉香為兩人斟酒，把酒壺放回漆盤上說：

「那麼，敏郎先生，請先在這裡作陪。大師和警部請慢用……」

十六歲就在曲藝場工作的莉香，果然很懂得應對進退。

「嗯，謝謝……」

警部放下酒杯說：

「老太太，好久不見，您氣色相當不錯，真是太好了。」

警部突然開口向五百子問候，這位八十三歲的老太太愣了一下，注視著他。

「對不起，請問你是哪位？」

「哈哈哈，難怪您不記得，都是二十三年前的事了。昭和七年發生那椿命案的時候，我們見過面，敝姓磯川，當年還只是警部補。」

「喔喔……」

儘管高齡八十三歲，不愧是至今仍支配著由良家族的人，五百子的記憶力相當好。

「這麼一提，我也想起來了，你就是那個時候的……對了，聽說你常去『龜之湯』？哎呀，真是令人懷念。你的氣色看起來不錯，很好、很好。」

「哎，老實說，老太太，我自認滿健康的，但其實很多地方都出了毛病，已是不良

註—原文gabardine，爲一種製作外衣常使用的斜紋防水布料。

品。」

「呵呵呵……」五百子噘起那又小又皺的嘴，笑了起來。「別說那麼沒出息的話，跟我比起來，你年輕得很。今年多少歲數啊？」

「老太太，我們就別談年齡的事了，總之到一百歲還有很長的路要走。」

「是啊，我也是這麼想。」五百子老太太精神奕奕地回話，緊接著問：「對了，磯川先生，你身旁的年輕人是哪位？」

聽到自己被稱爲年輕人，金田一耕助不禁苦笑。不過，在八十三歲的五百子老太太眼裡，金田一耕助這種年紀的人的確算是年輕吧。

「喔，老太太，這位先生叫金田一耕助，是有名的私家偵探。老太太說不定沒在報紙上看過，但他是戰後把岡山縣的獄門島和八墓村等地發生的連續殺人案，全都漂亮偵破的名偵探。金田一大師，這位是五百子老太太。」

「啊，您好……」

在全場的注目下，金田一耕助難爲情地紅了臉。他恭敬地向五百子鞠躬行禮。

儘管五百子的聽力還很好，但顧及對方是老人家，磯川警部不由得提高嗓門，因此在場的人都聽得清清楚楚。

「哎呀、哎呀。」五百子目不轉睛看著金田一耕助，「那些事我倒是聽敦子說過，都是一些很可怕的案子啊，全是這位先生……？」

「是啊，全被這位大師偵破了。有道是『人不可貌相』，別看他這個樣子，他一眼就能看出哪個人是凶手，可說是日本第一的名偵探。所以，老太太……」磯川警部不動聲色地環視在場所有人，大概是在確認他說的話帶來的心理影響吧。他故意提高音調：「這位先生一定也會將殺害您孫女的凶手逮捕歸案，您儘管放心。」

金田一耕助難為情地搔著雞窩頭，有些在意地環視四周。但他在意的並不是磯川警部的話造成的心理影響，而是分置在大廳各處的大盤子……不，應該說是盤子裡大量的稻荷壽司。

自從十日那天有個自稱阿鈴的古怪老太婆來到村子，放庵就下落不明，留在現場的是十個稻荷壽司。由於不知稻荷壽司的來源，當初推測是古怪老太婆帶來的禮物。然而，剛才據敏郎說，十日這一天正是他父親卯太郎的忌日，當然得辦法會。而且，今晚守靈宴上，也出現大量的稻荷壽司。依此判斷，十日的法會當天，應該也準備了稻荷壽司。

「抱歉，由良太太……」金田一耕助拉住這個家的媳婦榮子問：「不好意思，想請教一個唐突的問題，這些稻荷壽司是貴府自己做的嗎？」

「嗯，是啊，怎麼了……？」

榮子一副莫名其妙的表情。

「或許這樣問很失禮……這麼多油豆腐，不曉得是在哪裡訂購的？」

「咦？唔……」榮子覺得愈來愈莫名其妙，「這些也是我們自己家裡做的，坐在那裡的奶奶很會做這種東西。」

磯川警部聽懂了金田一耕助的問題，嚇了一跳，直往大盤子上瞧。

「我問這種問題，妳一定覺得很莫名其妙……」

於是，金田一耕助說明放庵居住的草庵裡，遺留十個來路不明的稻荷壽司。

「哎呀，這可怎麼辦！」榮子一聽，發出尖銳的叫聲。「那些稻荷壽司，就是那天村長從我們家拿回去的啊！」

「村長從貴府……？」磯川警部緊張地盯著榮子。

「是啊。十日那天是父親的忌日，所以我們爲來參加法事的客人準備許多稻荷壽司。村長那天也來了，他很高興地說有位神戶的客人今天要去他那裡過夜，奶奶便吩咐母親和我用竹皮把稻荷壽司包起來，他就拿著那些稻荷壽司回家了……」

「請問一下，由良太太，你們包了幾個稻荷壽司給村長？」

「奶奶說一人份大概是準備六個，所以母親和我各包了六個給他。奶奶，沒錯吧？」

「是啊，我孫媳婦說得一點也沒錯。不過，那些稻荷壽司怎麼了？」

「沒有，沒事、沒事。」金田一耕助很高興似地搔著雞窩頭，磯川警部的眼裡卻充滿懷疑。

遺留在草庵的稻荷壽司有十個，照理講，應該有兩個被吞進放庵或是古怪老太婆的胃裡。而且，從草庵殘留的嘔吐物化驗出的山梗菜鹼毒，據說在這一帶群生的半邊蓮——俗名「毒殺村長草」的植物中，便含有此毒。另外，放庵疑似接受村裡某人祕密提供生活費。說得更直接一點，他有敲詐某人的嫌疑。被害者對他心懷殺意，是很合理的。

「由良太太，那些稻荷壽司是妳和妳婆婆兩個人，用竹皮包起來送給放庵先生的嗎？」

「是的，奶奶用筷子一個一個夾給母親和我。」

「老太太，」磯川警部的眼裡滿是難以掩飾的好奇，他看著嬌小的八十三歲老太太問：「聽說您和村長十分要好？」

「哎呀，磯川先生，到了我們這種年紀，周圍知道從前事情的人愈來愈少了，不是嗎？村長和我年紀相近，自然比較談得來。那個人雖然遠離塵世，跟我倒滿合拍的，所以常來找我聊天。話說回來，磯川先生，村長到底發生什麼事？」

「這個嘛，目前爲止還是完全沒頭緒……」

磯川警部目不轉睛地盯著五百子。直到現在他才終於深刻體會，確認放庵到底是活著還是死了有多重要。

「老太太，我想請教一個問題……」金田一耕助從旁插嘴：「這一帶生長著一種叫『毒殺村長草』的植物，是吧？」

「是啊。」五百子的視線轉向金田一耕助，不知爲何眼眸一亮。

「『毒殺村長草』這個名字取得眞是奇妙，是不是有什麼特別的理由？」

「喔喔，就是這類的事情嘛。」五百子像是想到什麼，身體稍稍往前靠。「就是因爲可以一起聊這種事情，村長和我才很合得來啊。金田一大師，據說，村長的祖先裡有一位特別多嘴的人，當地的諸侯很討厭他，就下毒把他給殺了。當時那諸侯使用的毒藥，是從一種植物提煉而來，之後這種植物就被取了『毒殺村長草』這個名字……村長跟我講過這個故事。對了，金田一大師……」

五百子又挪膝向前。

「我小時候啊，這一帶流行過這樣一首手毬歌。」

五百子銳利地盯著金田一耕助的眼眸，以微弱又顫抖的聲音唱起歌：

我家的後院裡
來了三隻麻雀
有一隻麻雀是這麼說的
俺是本地村長名叫甚兵衛

「奶奶、奶奶……」就在這時，五百子老太太的一個曾孫跑進來，突然抓住她的肩膀說：「奶奶，呼……呼……來了啊，來了，大空由佳利……」

「哎呀，由佳利小姐來了嗎……」

於是，難得聽奶奶唱手毬歌的孫媳婦榮子，和敏郎的妹妹同時站起，五百子的歌聲也不得不中斷。後來回想才發現這眞是一件千古憾事，如果在這個時間點，金田一耕助能夠好好把五百子老太太唱的手毬歌從頭到尾聽完……

話說，就在滿場議論紛紛中，藝名由佳利的千惠子、文子與里子，從玄關走進緣廊。這三名同窗舊友，和千惠子的母親春江，一同來到泰子的守靈夜。

# 第十八章　私生女

「哎呀，里子！」

當金田一耕助看到曾在報章雜誌、電視電影上見過的大空由佳利，和文子及里子一起走進緣廊的時候，內心也感到一種難以言喻的恐懼。然而，青池莉香的恐懼中摻雜著一種悲壯的情緒，站在金田一耕助身後的她，兩手提著酒壺驚訝得僵立原地。

後來回頭想想，其實這三人基於不同的理由，都成了人們議論的對象。藝名由佳利的千惠子自然不用說，泰子被殺害，文子瞬間成爲人們懷疑和感興趣的話題，雖然不知道她對歌名雄抱有多少好感，但歌名雄是村裡所有女孩嚮往的羅密歐，眾人也都清楚，文子並沒有不中意歌名雄，所以今晚的主角泰子，應該曾是文子的情敵。

至於里子也基於另一個理由，受到村民的議論。她是二十三年前那件命案被害人的女兒。不，她不僅是被害人的女兒，大家認爲她正是命案的直接受害者。村民相信，將里子的美貌無情摧毀的那些紅斑，就是懷著她的母親目睹丈夫被殘酷地燒爛的臉時，受到的強烈打擊所致。再加上，平常爲這些紅斑感到羞恥、絕不讓人看到臉的里子，今晚卻毫無掩飾，甚至一副完全不在意的模樣。

難怪她的母親莉香會發出如此悲慟的叫聲。

「哎呀，里子！」

話說，在全場的注目下，從緣廊被帶進十張榻榻米大房間的四個人，首先由別所春江在靈前上香，她以低沉的嗓音向敏郎與榮子致哀。

在昭和七年虛歲十七歲的春江，今年應該是四十歲，然而怎麼看都覺得她不過三十五歲。除了天生麗質，或許她所處的世界那種充滿活力的氣氛，也令她不易衰老。

春江的個頭算是嬌小，但身材穠纖合度，並不會給人矮小的印象。無論臉頰或下巴的肌肉都很勻稱，雙眼清澈透明，與其說她是美人，倒不如說她有張令人感到親切的臉蛋。

她的女兒千惠子，同樣有著一張親切的臉蛋。如果美人的定義是眉清目秀、五官端正，那麼，守靈夜的主角泰子無疑是在千惠子之上的美人。然而，若是以能否立刻予人親切感來看，不管是泰子或文子，都差了千惠子一大截。

儘管是從體型嬌小的母親肚子裡出生，千惠子骨架卻滿高大的，約有五尺四寸，身材也相當勻稱，黑色晚禮服十分得體，約莫是在舞台上穿慣了吧，她不愧被稱為性感女郎，一舉手一投足，連一個小小的眼神，都令人感受到大膽露骨的一面。其實，她的本性跟母親一樣，只是個普通的女孩，金田一耕助一眼就看出來。

「千惠子小姐，謝謝妳過來。」

跟在母親後面上過香的大空由佳利，來到敏郎一家人面前致哀時，榮子不知為何感動到哽咽。

「來、來，請到這邊。春江小姐也請到這邊。」

榮子以關西人特有的誇張口吻招呼著，一邊騰出空位。如此一來，金田一耕助和磯川警部都不得不往後退。

「不，由良太太，我坐末座就行了。」

看來春江也沒準備喪服，她穿著黑色的縐綢和服，繫上樸素的腰帶，似乎很過意不去。

「千萬別這麼說，跟千惠子小姐一起來這邊坐啊，這樣泰子一定會很高興。」榮子還是用誇張的口吻招呼客人和挪位子，可是當她發現還在緣廊門檻邊欠著身的文子和里子時，連忙說：「哎呀，文子小姐和里子小姐也快來上香，然後請跟千惠子小姐一塊坐在這裡陪泰子吧，畢竟妳們和泰子都是好朋友。」

文子和里子只是彼此互望，禮讓對方上香，最後文子先走到靈壇前坐下。大概是來不及放大照片，靈壇上擺的是一張小小的照片。文子一看到照片，肩膀微顫了一下，金田一耕助清楚地看到她的反應。

「文子，要不要來這邊坐？」

文子上過香，向敏郎一家人行了禮，坐在末座的哥哥直平開口。他溫暖的語氣中，有著安慰之意。

「哎呀，是直平先生啊，請別那麼說。您也過來這邊吧，難得她們三人聚在一起……」

「這樣啊，好吧，文子妳就坐那邊。話說回來，眞的很高興妳也來了。」

「嗯，是里子邀我一起來的……」文子微弱地說道，縮著身子來到千惠子身旁坐下。以文子的立場，她一定很想坐到不顯眼的末座。

「然後，文子，妳就邀了千惠子和大姊一道過來嗎？」坐在最末座的六張大榻榻米房間那區，直起身子發問的是勝平。

「不是的，勝平先生，我們是在門口遇到的。三個人都到齊眞是太好了。」春江代替文子回答。

接在文子後面上香的里子，在向敏郎一家人默默行禮之後，來到文子旁邊坐下。和頭垂得低低的文子相反，里子毫不遮掩那慘不忍睹的紅斑，神情嚴肅地面向正前方端坐，在場的人都不忍正視。

如此一來，在這個安放遺體的十張榻榻米大房間裡，雖然不是那麼規則排列，也形成以靈壇爲中心，相向的兩排座席。靠近緣廊的最上座，首先是三名和尚，接著是春江、千惠子、文子和里子。對面是敏郎、五百子老太太、孫媳婦榮子、敏郎的妹妹和她的丈夫，金田一耕助和磯川警部則稍微退到紙門旁，但青池莉香不曉得上哪去了，不見蹤影。可能是不忍心看到女兒的紅斑吧。

「千惠子，不如唱首歌來助興吧。」

辰藏喝得相當醉，找碴似地向既是外甥女也是妹妹的大空由佳利，大聲嚷嚷。

「呵呵……」由佳利——也就是千惠子聽見，只笑了笑，不予理會。

「妳笑個什麼勁啊，別那麼裝腔作勢行不行。這是專程去總社迎接妳的泰子的守靈夜，妳不唱首歌爲死者祈求冥福嗎？」

「今晚不太適合唱歌吧。」

「爲什麼不行？」

「請不要那麼大聲，嚇了我一跳，這下唱不出來了。」

「妳說什麼？」辰藏誇張地裝出生氣的模樣，沒多久又笑了出來，用濃厚的腔調說：「大家都聽到了嗎？春江眞是教導有方，女兒連逃避的藉口都是一流的。瞧瞧，我實在甘拜下風。」

在場的人都被他惹得大笑。

「由佳利小姐……」然而，笑聲平息之後，坐在末座的歌名雄開口。由於聲調跟平常不大一樣，眾人都吃驚地回頭，只見歌名雄一臉沉痛地說：

「關於剛剛辰藏叔叔的要求……」

「是。」這下連千惠子的表情也嚴肅起來。

「可不可以請妳考慮一下？泰子是妳的忠實歌迷。」

所有人都轉過頭看千惠子會怎麼回答。

「抱歉，我失禮了。」她露出酒窩笑了，「那麼，待會來唱吧，請容我再休息片刻……由於趕著過來，現在還喘著氣……」

「沒關係，妳回去之前唱就行了。」

金田一耕助不禁深深覺得，由佳利是個很聰明的女孩。

身爲電影演員的由佳利，爲了說出沒有夾雜鄉音的標準語，一定受過嚴格的訓練，然而，她知道標準語說得太漂亮，很可能引起村民的反感，所以她並沒有忘記在回答歌名雄的話語中，摻雜一些當地的方言。

「喔，這個好、這個好。泰子啊，妳在黃泉路上一定會很高興吧。」

「會高興的人，應該不是在黃泉路上的泰子。五郎，我看應該是你吧。」從剛才就一直顧慮歌名雄的心情而顯得很拘謹的勝平，也開始有點興奮。

「可是，奶奶……」由佳利似乎是顧慮到五百子，微微歪著頭喚了她一聲。由佳利剪齊的劉海蓋住額頭，頭髮沒紮起來披散在肩上。她將一頭亮麗的黑髮撥到背後，露出那神似女演員京眞知子的清爽臉蛋問：「我眞的可以在這裡唱歌嗎？」

「可以、可以，妳儘管唱。就算是守靈，也不能光是哭哭啼啼啊，妳就盡情地唱吧。」

五百子老太太的心還是很年輕的。

「我明白了，謝謝您。」

「話說回來，千惠子小姐……」

「是。」

「妳長得眞漂亮啊。」

「奶奶，您就別尋我開心了……」

「哎唷，我是說眞的。在我還年輕的時候大家都說，長得漂亮嗓音就不好，嗓音好的沒一個漂亮。可是，妳雙方兼備，實在很有福氣。」

「奶奶，您這麼說，我都不知道該怎麼辦了。」

沉著穩重的大空由佳利，在這位老太太出其不意的突襲下，不由得滿臉通紅，引得眾人哄堂大笑。然而就在這時，青池莉香走進來，低聲在磯川警部耳邊說了些話。

「喔，是嗎……金田一大師，她說那邊準備好了。」

金田一耕助和磯川警部盡量不引人注意，悄悄走到紙門後方。那是一個八張榻榻米大的房間，北側有緣廊，連接一條往北延伸的遊廊，最後通往離屋，也就是五百子老太太住的地方。這棟離屋有三個房間，分別是八張、六張和四張半榻榻米大。

青池莉香領著兩人到那個八張榻榻米大的房間。

「那麼，夫人，有什麼事請拍手叫我一下。」

「好的，辛苦妳了……來、來，警部和金田一大師，請到這邊坐。」

壁龕前擺上兩套正式的日本料理，夏季用的坐墊也已鋪好，彷彿等著客人。

「謝謝夫人，眞是不敢當。」

「哎唷，眞的沒什麼好招待的。把兩位找來，想必給你們添了不少麻煩吧？實在過意不去。來、來，請先喝一杯。」

金田一耕助和磯川警部一坐下來，敦子馬上拿起酒壺。

緣廊的拉窗和隔間用的紙門都打開了，與其說是爲了通風涼爽，倒不如說是怕有人偷聽。八張、六張、四張半榻榻米大的三個房間全部打通，而且每個房間都點著明亮的燈，看來也是爲了防範有人躲在暗處。

房間青竹簾外的風鈴叮叮噹噹響著，熏蚊香的煙靜靜升起。

「不愧是世家大族啊，剛剛在大廳那邊的時候就一直覺得很佩服，眼前這套正式的日本料理未免太豪華了。」

警部說著，馬上拿起筷子享用鹽烤香魚。其實，磯川警部和金田一耕助今天都只吃了一餐，兩人餓得很。

「別這麼說，這些只是普通菜色，很不好意思……對了，聽說今天『龜之湯』那邊上的餐也是香魚……」

「哈哈哈……如果是這麼美味的香魚，一天三餐都吃也不成問題。」

「哎唷，警部眞是會說話……來、來，金田一大師也請用。」

「好的，那我就不客氣了，謝謝。」

「對了，夫人，妳不是請人帶話說有事想告訴我們嗎？是什麼事？」

「這個嘛，」敦子爲磯川警部倒酒，「是件難以啓齒的事。」

她刻意猶豫了一番，恐怕是爲了表現女性拘謹的一面吧。

「那倒是。夫人，像這次的命案，的確有很多事是難以啓齒的。可是，如果妳不願意說，我們就難辦事了。若事情難辦，我們就永遠無法逮到殺害泰子小姐的凶手。所以，妳要說的到底是……？」

「我也這麼認爲，不過……」敦子顧忌旁人耳目似地環視四周，低聲說：「警部和金田一大師，你們都聽到今天早上我在凳子瀑布對嘉平先生說的話了吧？」

「嗯，聽是聽到了……」

「兩位一定都認爲我是個粗鄙的女人，而瞧不起我吧？不過，我會那樣有很複雜的理由。」

「嗯，請妳告訴我們吧。」

「好的。」敦子輪流爲磯川警部和金田一耕助斟酒，一邊說：「其實，泰子和『龜之湯』的歌名雄的婚事，我們兩家幾乎百分之九十都談妥了。」

「這件事我們聽說了。就在這個節骨眼，仁禮家從旁阻撓，希望歌名雄能娶文子嗎？」

「是啊、是啊，兩位還聽到什麼？」

「『龜之湯』的老闆娘猶豫了……」

「那麼，警部，您認爲『龜之湯』老闆娘爲什麼會猶豫？」

敦子似乎話中有話，金田一耕助和磯川警部都吃驚地看著她。這時，敦子的嘴角泛起極爲邪惡的微笑。

「夫人，這是什麼意思？」

「這個嘛……」說到一半，敦子像是突然發現什麼：「哎呀，壺裡的酒只剩一杯的量……請稍待一會，我馬上端酒來。」

敦子藉故離開，可能是想整理一下思緒。除此之外，也可能是她認爲有必要再確認周遭是否有人偷聽。

隔開六張榻榻米和四張半榻榻米房間的紙門後面，頻頻傳來熱水的滾沸聲，似乎擺著溫酒的器具。過沒多久，敦子端著盛滿約四百毫升的大酒壺回來。

「來來來，兩位儘管喝，請邊喝邊聽我說。」

「喝酒當然好，不過剛剛說到一半……」

「唔……金田一大師……」

「嗯。」

「秤店和我們家，如今有著天壤之別。」

「天壤之別……？」

「對，我指的是家產。這種事本來我不太想說，其實，我們家愈來愈窮了，秤店卻正是旭日東升，氣勢如虹。這麼有名望的家族，低聲下氣地表示，希望歌名雄把他們家的漂亮女孩娶回去，『龜之湯』的老闆娘爲什麼會猶豫呢？」

「夫人，當然是因爲『龜之湯』那邊重視跟你們家的約定啊……」

「警部，現在不時興這一套了。」敦子撇著嘴，語帶嘲諷：「如果已交換訂婚聘禮還沒話說，但我們之間只有口頭承諾……」

「夫人，妳是指『龜之湯』的老闆娘會猶豫，有其他理由？」

「沒錯，正是如此。把文子娶進門，他們家的經濟狀況一定會改善，文子應該會帶著很多陪嫁金過去，但相對地，他們家卻會變成全村的笑柄。」

「妳的意思是……？」

「那個女孩……名叫文子的女孩，她是個私生女。」

「私生女……？」

聽到這句話，磯川警部差點嗆到，而本來嘴裡咬著紅燒香菇的金田一耕助，也是一半香菇掛在嘴外，啞口無言地看著敦子。

「是啊，您去問村子裡的人，這件事可是無人不知無人不曉。只不過，大家都怕秤店的勢力，不敢在大庭廣眾下說罷了。其實，大家都在背後傳這件事。」

「妳的意思是，文子不是嘉平的親生女兒？」

「沒錯，金田一大師，文子她啊……」

說到這裡，敦子不由得停了下來，因爲遠處傳來大空由佳利悠揚的歌聲。

染紅的枯葉飄落在原野的盡頭
逝去的夏日沒有留下任何痕跡

這似乎是一首名爲《枯葉》的法國香頌。

# 第十九章　揭露祕密的第一夜

「咦……」

敦子說到一半不禁停了下來，屏息傾聽那優雅的歌聲。

「這是千惠子小姐的歌聲吧？」敦子的眼神彷彿有話想說，輪流看著金田一耕助和磯川警部。

「應該是由佳利吧，那樣的歌聲不會是一般人。」

「這麼說，由佳利小姐來了？」

「喔，她剛才和仁禮家的文子、『龜之湯』的里子一起來弔唁，她的母親春江也來了。」

「天哪！」她驚訝地看了看兩人，沉默地繼續聆聽。

然而，這時金田一耕助發現，不知爲何，敦子的眼底中邪似地燃起火焰。

帶點沙啞的歌聲的確充滿魅力，十分適合守靈夜。

由佳利用日語唱了一遍，隨即又用法語再唱一遍。她一唱完，原本靜悄悄的大廳立刻響起如雷的掌聲與歡呼。敦子聽到掌聲，肩膀忽然劇烈顫抖起來。

「太好了，眞是太好了。」

她從喪服袖口拉出中衣袖子，頻頻按住眼角即將流下的淚。從這反應看來，大空由佳利的歌似乎令敦子相當感動。

「我完全不曉得由佳利小姐、文子小姐，還有里子小姐都來了……」敦子邊說邊抽泣。

「『龜之湯』的老闆娘大概還沒告訴妳，她們三位來了吧……」

「是的，還沒聽她說……」

「是歌名雄老弟請她唱歌的，他希望由佳利爲死者獻上一首歌。」

聽到這句話，敦子突然咬住袖子激烈地啜泣，金田一耕助和磯川警部不由得互望一眼。

直到剛才都不見一絲淚痕的女強人，是什麼打動她的心？大空由佳利的歌聲，眞的能讓這位八幡女士感傷到這種程度嗎？還是……

「那孩子青梅竹馬的好朋友每一個都那麼有朝氣，爲什麼只有我們家泰子，偏偏遇到這樣的事？一想到這裡，我好不甘心、好不甘心……」

敦子一邊抽泣，一邊斷斷續續說出的話，是否能夠完全相信？

不管答案爲何，面對這個太過突然的轉變，金田一耕助和磯川警部的表情都有點僵，一時之間，他們只能盯著敦子劇烈顫抖的肩膀。當然，身爲死者的母親，這樣的反應是理所當然的，但是……

敦子哭了一陣子，好不容易把眼淚擦乾。

「對不起，我失禮了。年紀一大把了，還這麼看不開，兩位一定很瞧不起我吧……」

「那裡的話，站在夫人的立場，會如此悲嘆是人之常情，不傷心才奇怪。不過，夫人……」

「是。」

「在妳這麼傷心的時候，實在不應該問妳這樣的問題。妳剛才提到的事，也就是關於仁禮家的女兒文子……這部分可不可以請妳再說得詳細一點？」

「是。」敦子的臉上畢竟還是浮現了猶豫之色，「文子小姐本人已來到這裡，跟兩位講這種事是很殘酷的。不過，恐怕我不得不講吧。」

「是啊，請妳說來聽聽。而且，好不容易說到一半，沒說完妳也會不太舒坦。」

「是……不過，要從哪裡講起比較好……」

「警部，你看這樣如何？」金田一耕助立即插嘴：「由警部一一提出問題，然後夫人針對每個問題來回答。夫人，妳覺得呢？」

「嗯，可以的話，就照金田一大師講的方式吧……」

「這樣嗎？好的，就這麼辦。金田一大師，請你也幫忙提問。」

「我知道了。」

「那麼，夫人，首先想請教的是，妳剛剛說文子不是嘉平先生的女兒，這意思是不是說，嘉平先生的夫人有婚外情？換句話說，就是她有了情夫……可以這樣解釋嗎？」

「不，不是那樣的。」敦子慌忙否定，「我的意思是，文子小姐不是嘉平夫婦的親生女兒，僅僅如此。」

「那麼，她到底是誰的女兒？」

「唔……文子小姐的生父是誰，我不是很清楚，不過生母倒是曉得。嘉平先生有個妹妹名叫咲枝，也就是上一代主人仁平最小的女兒。她嫁到鳥取縣去了，不過村裡每個人都知道，其實文子小姐就是她的親生女兒。」

「原來如此。」磯川警部看向金田一耕助，繼續問：「那麼，完全不曉得生父是誰嗎？」

「關於這一點……我聽過奇妙的傳聞……」

「奇妙的傳聞？」

「仁平老爺有六個孩子，老大就是嘉平先生，而咲枝小姐我剛剛也說過了，是他最小的女兒。因為是六個兄弟姊妹中最大和最小的，雖說是兄妹，實際上兩人相差將近二十歲。咲枝小姐從總社的女校畢業後，前往神戶繼續升學，就讀J學院的專門部，一方面也是因為嘉平先生最年長的妹妹嫁到神戶，咲枝小姐便寄住在那裡念書。可是，過沒多久，咲枝小姐就懷孕了，不知道是誰的種。」

「原來如此，後來呢？」

「後來啊……」敦子十分猶豫，臉慢慢紅了起來。「由於不是在村裡，而是在神戶懷孕，實在不清楚對方到底是誰，不過，有一次聽村長說……」

「嗯，村長怎麼說？」

「搞不好對方就是恩田……」

「恩田？」

磯川警部忍不住複誦，但他的嗓門大得跟雷聲一樣，響徹離屋的三個房間。他似乎也被自己嚇著，慌忙張望四周，接著用小到不行的音量問：

「妳說的恩田，該不會是那個殺害『龜之湯』的源治郎，逃之夭夭的大騙子吧？」

「是的，就是那個人。」敦子直截了當地回答。她眼裡的淚水已乾，此時意志如鋼鐵般堅固。

現在的敦子，已不是剛才那個不停啜泣、令人鼻酸的敦子，而是再怎麼殘酷的話語都能毫不在乎地說出口的敦子。那銳利無比的眼神便足以說明這一點。

「請問一下……」緊張又沉重到令人透不過氣的沉默持續好一會，金田一耕助終於開口。他的嗓音像是好不容易清乾淨喉嚨深處。「村長會那麼說，只是他的臆測，還是有所根據的結論？」

「其實，村長也有親戚住在神戶。聽說有一次，村長從姬路搭火車前往某個地方，恩田和咲枝小姐恰巧坐在同一車廂，兩人當然都裝作不認識對方。可是，後來有一次在神戶，村長又偶然看到兩人一起走在街上。所以，村長認爲，可能是咲枝小姐回家探親之後，在回神戶的火車上認識恩田，於是兩人關係慢慢升溫。那傢伙眞的非常會說話，咲枝小姐那樣的女孩想必很容易就被他騙到手──村長笑著這麼說。」

「夫人應該滿熟悉恩田這個人吧？聽說有一陣子他借住在貴府……」

「是的……不過只是短暫的期間……這個人確實很會說話，大家都被騙得團團轉……」

「這麼說來，嘉平先生約莫也知道，文子小姐的父親就是恩田幾三吧？」

「是，應該沒錯……」

說到這裡，金田一耕助突然想起一件事。他在「龜之湯」的浴場第一次遇到嘉平的時候，嘉平的語氣似乎是希望能夠重新調查昭和七年的案子……

嘉平恐怕很在乎恩田幾三的底細吧。他把這個人的女兒當成親生孩子扶養長大，當然會想知道恩田幾三的來歷。

話說回來，恩田幾三到底是何方神聖？昭和六年秋天忽然在這個村子出現，製造許多話題之後，隔年秋天犯下一件血腥的案子，旋即消失蹤影，而且沒留下任何足以查出他的來歷與底細的證據。另一方面，他讓別所春江懷了千惠子，又讓仁禮咲枝懷了文子……

金田一耕助還想起總社的井筒客棧老闆娘阿糸的話：

「其實，我覺得恩田不像會做出那種傷天害理的事情的人，不過畢竟年輕力盛，確實造了一些孽。」

這麼說來，阿糸一定也曉得這件事，就像恩田和春江在井筒客棧幽會一樣，或許咲枝也曾在井筒客棧和恩田會面。因此，從井筒客棧這條線來看，村長極可能早就知道恩田和咲枝的關係。這部分絕對有必要再問一下阿糸……

「那麼，夫人……」聽到令人大感意外的祕密，磯川警部的表情變得十分茫然。「現在來到這裡的大空由佳利和文子，不就是同父異母的姊妹了嗎？」

「是的，可以這麼說。」

敦子字字鏗鏘地回答，那直截了當的態度和僵硬的表情絲毫沒有改變。

「那麼，當事者和村裡的人都曉得這件事嗎？」

「應該不曉得吧。每個人都知道文子小姐不是嘉平先生的女兒，而是外甥女，但恐怕想像不到竟然是恩田的孩子，嘉平先生也不可能主動告訴文子小姐這種事。」

「那麼，他怎麼處理這件事情？想必是顧及面子，妥善安排了吧？」

「嗯，事情是這麼處理的。嘉平先生去年過世的夫人秀子，是從兵庫縣的城崎嫁過來的。仁禮家表面上說是秀子女士回娘家生產，暗中讓咲枝小姐也暫住在那裡。當然，學校那邊已退學。等孩子出生，秀子女士就當成自己的女兒抱回村裡，咲枝小姐則繼續寄住在神戶的親戚家，不久就嫁到鳥取縣去了。可是，那樣的伎倆馬上就被看穿，其實沒什麼用……」

即使是在揭露如此殘酷的祕密，敦子冷硬的表情依舊沒變，令人聯想到能劇中戴的面具。

「夫人，」磯川警部笨拙地乾咳一聲，「妳的意思是，此事和這次的命案有關？」

「不，不是的……」敦子有些尷尬，但很快恢復冷淡沉穩的態度。「我沒那麼說啊，我只是想表達，如果要談婚事，文子小姐會感到不如我們家的泰子。嘉平先生應該比誰都清楚這一點。」

「原來如此。」金田一耕助點點頭，「所以，今天早上在瀑潭前，妳才會脫口說出那樣的話，是吧？」

「是的。可是，事後回想，眞是冷汗直冒，我竟然說出那麼失禮又粗野的話。不過，我實在是想不通還有誰會對我女兒做出那麼殘忍的事，才會一時口無遮攔……」

「嗯，那也是情有可原……不過關於這部分，我想再請教夫人……」

金田一耕助詢問關於木枡和漏斗的事，然而敦子只是一陣詫異，沒能提供任何線索。至於這一帶是不是有類似的傳說或故事，她也表示自己是從他鄉嫁過來，不太清楚村子往昔的事，這一類的問題應當去問村長或是婆婆五百子。

接著，話題自然地轉到放庵身上。關於放庵，敦子總覺得是個可怕的人，不能太大意。在這一部分，她與「龜之湯」莉香的意見一致。然而，聽到在十日卯太郎老爺法會那天，送給放庵的那些稻荷壽司與案情有關，她似乎是首次得知，驚訝地瞪大眼。

「那些稻荷壽司裡含有毒殺村長草的汁液？怎麼會……這怎麼可能……」一開始敦子相當激動，接著卻說：「就算眞的是那樣，應該是後來有人摻進去的吧，畢竟毒殺村長草在村長的草庵周圍長了很多。」

敦子冷靜思考後說：

「不管怎樣，這件事跟我們毫無瓜葛。沒錯，如同榮子所說，是我婆婆用筷子一個一個夾給我們的，榮子和我拿竹皮各包了六個送給村長。無論是我婆婆還是我，榮子更不用說，我們怎麼可能會做出那種傷天害理的事嘛，喔呵呵……」

她那恣意的笑聲，總覺得不大自然，磯川警部和金田一耕助不由得互望一眼。

當話題轉到放庵的身上，明顯看得出，敦子似乎產生一種近似抵抗的反應。而且，問到放庵不知是活著還是死了，若是死了，從這個家拿回去的稻荷壽司裡，是不是被下了毒殺村長草的劇毒時，敦子的歇斯底里突然爆發，爲什麼？

搖晃著小丘般的膝蓋、格格地捧腹大笑的敦子，好不容易平靜下來，磯川警部繼續道：

「對了，夫人，剛才眞是謝謝妳了。」

「咦，您指的是……？」

「喔，我是指約泰子小姐出來的那封信……就是寫著要告訴泰子小姐，妳丈夫臨終前的祕密的那封信……」

「您是說那件事啊……」

面對磯川警部試探的眼神，敦子很快恢復天生的頑強態度，不乾不脆地回答：

「泰子怎會被那樣的信騙了呢？……她父親臨終前，根本沒有什麼祕密。這個問題，麻煩兩位好好請教本多大醫師。」

「不是的，我的意思不是這樣，夫人……」

磯川警部說到一半，金田一耕助迅速插話，制止了他。

「其實剛才我們向大醫師討教過，這部分看起來毫無疑問。只不過，如同剛才夫人所說，泰子小姐爲什麼會被那封信騙出去？……問題應該出在這裡。就這一點，夫人有什麼看法？」

敦子還是不改本色，鋼鐵般堅定又冷酷的雙眼，回瞪著金田一耕助說：

「金田一大師，那種年紀的女孩，不是都會把世間……換句話說，就是把人生想得很複雜嗎？如果聽到有人說，妳父親臨終前隱藏了一些祕密，一定會被好奇心驅使，輕意地前往約定地點。我女兒當然連作夢也想不到，有人要取她的性命。」

敦子鋼鐵般的眼神，突然蒙上淡淡的陰影，沒多久，那陰影消散，她的眼眶再度濡濕。

「我明白了，應該就是這個原因吧。」

看到她的神情，金田一耕助老實地點了點頭。

# 第二十章　日下部是哉

後來才知道，這天晚上由良家發生一件有點奇怪的事。

聽說九點左右，約莫是金田一耕助和磯川警部在離屋裡和敦子對坐的時候吧，附近一名叫正子的女孩來幫忙處理守靈夜的雜務。因爲柴薪不夠，她跑去屋後的柴房拿，而要去柴房，必定會經過土牆倉庫前方。

說到枡斗店的土牆倉庫，從前是很了不得的，據說裡面曾堆滿金銀財寶。然而，戰爭結束，經過十年，倉庫裡的收藏品應該變化不少。外觀也一樣，從戰爭期間到戰後，超過十年沒整修，破損嚴重，倉庫屋頂上還長出兩、三株薺菜，隨風微微搖動。由於剛好有月光的照射，看得非常清楚。

正子把五捆柴薪堆到從廚房推來的獨輪斗車上，打算回主屋，無意間瞥了一眼土牆倉庫的牆壁，嚇了一大跳，愣在原地。

倉庫的牆壁上清楚映著一個很大的影子，大到幾乎占滿整面牆壁，乍看之下，其實無法辨識出影子整體的形狀。然而，過了一會，當正子看出那是什麼東西的影子，心臟彷彿瞬間凍結。因爲，那似乎是一個彎腰駝背的老太婆的影子。

正子雖然膝蓋哆哆嗦嗦打著顫，還是想知道這個影子到底從何而來，於是她環視四周。可是，老太婆應該是在土牆倉庫對面的家僕住屋暗處，沒辦法看清楚。家僕住屋就是農工等家僕聚集的屋子，也就是供傭人休息的屋子，當然，這個時節枡斗店並沒有任何農工……

正子突然覺得非常可怕，因爲根據老太婆影子的姿勢，她似乎是站在家僕住屋暗處，一直觀察著主屋內部的情況。

正子把獨輪斗車留在原地，悄悄離開。她的膝蓋不停顫抖，全身搖搖晃晃幾乎要倒地，但仍振作精神，回到主屋的廚房。她竭盡全力，好不容易跨過門檻，進到敞著門的廚房。

「有古怪的老太婆出現……古怪的老太婆……」

只叫喊兩聲，正子就一屁股跌坐在鋪著木板的房間一角，旋即趴了下去。

「正子，怎麼啦？妳不是去拿柴薪嗎？」

旁邊一個叫阿兼的太太燒著爐灶的火，由於煙跑進眼睛，她眨著眼，驚訝地看著正子。

「我不要去，我不要去了！古怪的老太婆來了！她從家僕住屋窺望這裡！我不要、我不要，我不要去啊……」

「古怪的老太婆……？」這時，青池莉香剛好進來拿酒壺，嚇了一跳，問道：「正子，妳在說什麼？」

「『龜之湯』的阿姨，有個古怪的老太婆在對面那邊。她躲在家僕住屋的暗處，土牆倉庫牆壁上有一道很大的影子，她又要來殺人了！我不要、我不要去了……」

莉香默默走下廚房的泥土地，隨便抓了一雙草鞋穿上。

「正子，在倉庫的哪裡？」

「哎呀，阿姨，不行、不行啊！妳不能一個人去！」

青池莉香無視正子的勸告走出去之後，又有兩個人來到廚房。聽到正子說有古怪的老太婆出現，商量之後，大家決定一起去看個究竟。加上原本守著爐灶的阿兼，總共四個人來到倉庫旁。只見青池莉香正把掉在地上的柴薪撿起來，重新堆到獨輪斗車上。

「正子，妳在哪裡看到那個古怪老太婆的影子？」

「就在那面牆壁上。影子占滿整面牆壁，像一隻禿頭大妖怪映在上面。」

其餘四人看了看正子所指的牆壁，又互望一眼。牆上只剩月光落下的些許陰影，即使有人站在家僕住屋的暗處，也不可能映出占滿整面牆的影子。

「正子，妳是不是作惡夢？還是，剛才家僕住屋裡點了燈？」

「不是夢，我不是在作夢，我真的看到了！整面牆上映著像是禿頭的大妖怪影子啊……」

正子氣得跺腳，儘管堅持看到古怪老太婆的影子，卻沒半個人願意相信她。不過，慎重起見，大家仍將倉庫四周與家僕住屋的裡裡外外都搜了一遍，還是不見任何可疑的跡象。

最後，大家認爲大概是正子因恐懼而產生的詭異幻覺。周遭的人這麼一說，她也沒了自信，歪著頭表示：「或許眞的是我神經過敏……」於是這段小插曲，成爲只有這五個人知道的事情……直到另一起命案發生爲止。

話說，對金田一耕助和磯川警部而言，這眞是眼花繚亂、忙碌無比的一天。在由良敦子那裡聽到令人意外的文子出生祕密之後，才過半小時，兩人又換了地方坐下來。這次是在大空由佳利爲戶籍上的父母所蓋的新屋，也就是被稱爲「由佳利宮殿」的客廳。他們和由佳利、春江，以及那名問題人物——日下部是哉，相對而坐。

時間早已過了十點。

日下部是哉年約五十，氣色良好，有著結實健壯的肌肉。他滿頭半白的髮絲，整齊地全梳到腦後，因爲從滿州回來，多了些粗獷的味道，是名美男子。只不過，儘管是晚上，他仍戴著紫色的太陽眼鏡，反倒給人一種可疑的印象。他穿著夏威夷衫搭短褲，襯衫袖口露出的手臂相當結實，左腕則戴了一只表帶頗寬的金表。

「金田一大師，久仰大名，今天眞的是在意想不到的地方和您見面了啊。」

金田一耕助和磯川警部是從由良家的守靈宴上，跟著由佳利和春江一起過來。一行人與文子及里子，是在由良家大門前道別，各自離去……

「喔，您好！」金田一耕助感到難爲情時的壞習慣又冒出來，只見他搔著雞窩頭，一邊低頭行禮。「抱歉，這麼晚還來打攪……」

「哎呀，別那麼說。」日下部是哉的視線移到壁爐上一個別緻的時鐘，「現在才十點十分，在東京才剛入夜，請兩位別拘束。春江小姐……」

「是。」

「給兩位來杯威士忌吧……」

「不了，酒喝得夠多了。」磯川警部今晚眞的喝到怕，他似乎很難受地呼呼吐著氣：「今晚已在兩個地方接受招待。夫人，麻煩給我一杯冰開水……」

「媽媽，拿果汁請他們喝吧。」由佳利仍是一身晚禮服，她來到日下部是哉的旁邊，往椅子扶手坐下，撒嬌地把手臂繞上他的脖子說：「老師，我在守靈夜唱了歌。」

「咦，妳在守靈夜唱歌？」

「是啊，泰子小姐的未婚夫要求我唱。他希望我能爲死者獻唱一首……」

「原來如此，泰子小姐有未婚夫？」

「對，就是昨晚老師稱讚歌喉很好的那一位……」

「喔，是不是叫歌名雄的年輕人？」

「是的，就是那個人。他從頭到尾都好悲傷，我邊唱邊看著他，連我都忍不住想哭了。

他的眼淚不停地掉，卻擦也不擦，眞的好令人心酸。」

「妳唱哪一首？」

「《枯葉》。」

「喔，這一首挺不錯。」

這時，春江用銀盤端來果汁，由佳利連忙從椅子扶手上跳了起來，請金田一耕助和磯川警部飲用果汁。看得出她是一個細心有禮的女孩。

春江將果汁端給日下部是哉，正打算離開客廳，他突然出聲：

「春江小姐，請待在這裡，金田一大師和磯川警部應該有話要問妳。警部、金田一大師，不是嗎？」

「是的……」

「那是我該迴避了。」日下部是哉語畢，正要起身。

「不、不，」警部慌忙伸出雙手制止他，「請多待一下，您應該也曉得昭和七年的那件案子吧？」

「是啊，當然。」日下部是哉又坐了下來，「就是因爲那件案子，我們才回來。」

「喔，您的意思是……？」

磯川警部露出試探的眼神，直盯著日下部是哉的太陽眼鏡，金田一耕助也顯得相當有興趣，目不轉睛地看著這名頭髮半白、極具魅力的中年美男子。

倘若磯川警部的假設正確，眼前這個人應該就是「龜之湯」的源治郎，連莉香也萌生相同的懷疑……

然而，日下部是哉的語氣一派輕鬆。

「這個嘛，哈哈哈……春江小姐，我可以講嗎？」

春江不知爲何雙頰泛紅，在膝上扭捏地擰著手帕。然而，由佳利卻立即直爽地插上一嘴：

「可以啊，老師，您就直說吧。您不是說過嗎？村長行蹤不明，害我們很傷腦筋，幸好磯川警部來了。」

「這樣啊。由佳利，謝謝妳。春江小姐，那我就說了，可以嗎？」

「好的，請說出來吧。」

春江的聲音雖然很低，但似乎下定了決心，口吻堅決。剛才染紅的雙頰，就在說完這句話之後，變得毫無血色，既蒼白又僵硬，金田一耕助沒有漏看她的神情變化。

「唔，警部、金田一大師……」

「嗯。」

「其實我想跟春江小姐結婚，由佳利也贊成，並希望我們能夠結婚。在法律上，我們結婚也沒有任何障礙，因爲她在戶籍上始終保持單身。唯一的障礙是，春江小姐的心底存在一個疙瘩……」

「您說春江小姐心裡存在一個疙瘩，指的是……？」

警部一直試圖窺探日下部是哉的太陽眼鏡底下的神情，眼眸深處隱藏著熊熊火焰，強烈地散發光芒。金田一耕助也感受到一般刺痛著喉嚨的乾渴。

「也就是說，嗯，該怎麼解釋……」日下部果然不免也吞吞吐吐，「問題出在由佳利的父親。」

「原來如此，就是恩田幾三嘛。可是，在法律上他應該對春江小姐沒有任何約束力。」

「是啊，所以剛才提到，在法律上我們結婚沒有任何障礙。只不過，春江小姐心裡的疙瘩是，如果由佳利的父親還活著，哪天突然出現在我們的眼前，她會很歉疚……問題出在這裡。」

「不可能有這種狀況，當時他犯的是殺人重罪。」

「是的，按理是這樣沒錯。可是，有時候人的心理光靠常識無法解釋，也就是說，春江小姐心裡的疙瘩是道義上的根本問題：由佳利的父親是活著，還是死了？換句話說，如果那個人死了，就無所謂，我們可以放心結婚；如果他存活在某處，她打算一直惦著那個人，繼續獨身下去……其實春江小姐的想法非常傳統，這也是我喜歡她的一個原因。金田一大師，希望能獲得你的同情與諒解。這個問題眞的很棘手啊，哈哈哈……」

「喔，原來是這樣。」

金田一耕助點點頭，一面斜眼觀察磯川警部。他發現警部眼裡的光芒減弱，似乎漸漸察覺到自己的誤解。

「不過，剛才提到，你們是爲了昭和七年的案子才回來，這是什麼意思？」

「這個啊……」日下部是哉沉穩地抽著菸斗，「春江小姐說，她實在不覺得恩田幾三——也就是由佳利的父親，是那麼壞的人。被指控詐欺的部分，其實只是後來變成了詐欺，他並不是一開始便有計畫地想欺騙村民，更不用說是殺了人還遠走高飛……不，即使是礙於當時的狀況不小心殺了人，他也一定會告訴春江小姐，然後帶她一起走。換句話說，如果那個人眞的殺了人，春江小姐應該會跟著他一起逃走，而且由佳利的父親想必很清楚，春江小姐多麼愛他。」

「原來如此，然後呢？」

「可是，當時她還年輕，命案發生後震驚不已，又倉皇不安，所以面對警方的偵訊，無法條理分明地回答與下判斷。不過，春江小姐在戰時和戰後，曾被疏散回來一陣子，就在那個時候，村長告訴她一件意外的消息。村長說，命案偵辦人員當中的一員，也就是警部，您始終懷疑，被殺的並不是『龜之湯』的源治郎，而是由佳利的父親……對她而言，這無疑是一個既痛苦又難過的消息，但，這對由佳利的將來而言，卻是一道明亮的曙光，能夠洗刷她是『殺人犯的女兒』的汙名。直到最近，春江小姐才告訴我這件事，於是我建議趁村長還活著，去找他問得更詳細一點。這就是我們回來的原因。」

很遺憾地，磯川警部抱持的一線希望似乎已粉碎。毫無關西腔調的這個人，很明顯應該不是「龜之湯」的源治郎——電影解說員青柳史郎。

「對了，夫人……」

由於太過失望，磯川警部連開口的興致都沒有，只得由金田一耕助來扮演問話的角色。

「當時，由佳利小姐的父親知不知道妳懷孕？」

「嗯，他當然知道。」

「那麼，他應該有所打算吧。由佳利父親的想法是……？」

「我們覺得，就算對我父母坦誠相告，他們也不會答應，所以我們約好，等他工作告一個段落，先一起去滿州，等孩子生下來，再回來請求父母的原諒。」

「所以，後來她被疏散回村子裡，聽到村長說出那個消息，才驚覺一件事……」日下部是哉補充說明：「如果恩田眞的殺了人並打算遠走高飛，一定會帶她一起走，不是嗎？」

「這麼說，春江小姐，妳並未親眼看到在村長舊家離屋裡被殺害的人的屍體嗎？」

「沒看過。因爲當時警方判定，死者就是源治郎。」

接著，金田一耕助繼續詢問春江當時的一些狀況，然而大約十二點，勝平和五郎慌張地衝進來。

「由佳利，文子沒來這裡嗎？」

「沒有啊，兩個小時前文子就和我們在由良家大門前道別，各自離開……她是跟里子一塊走……」

「勝平老弟，找不到文子小姐嗎？」

金田一耕助和磯川警部不禁全身汗毛直豎，迅速站起。

「是的。聽里子說，她與文子在仁禮家大門前道別，文子確實走進大門了，現在卻到處找不著她，搞不好又是被那個老太婆……」勝平的眼裡滿是驚恐，身子喀噠喀噠顫抖著。

於是那個晚上，鬼首村的村民再度全體出動，舉著手電筒和火炬進行大規模搜索。然而，文子的屍體被發現的時候，已是隔天清晨。

3 PART

— 第三部

# 第三隻麻雀是這麼說的

# 第二十一章　大錢幣小錢幣都拿秤來量

現在的鬼首村彷彿被魔鬼附身，整個村子在一瞬間痙攣，之後完全陷入癱瘓狀態。

「怎會有這樣的盂蘭盆會？哎，這叫什麼盂蘭盆會啊……」

老一輩的人異口同聲地發著牢騷。

「那個老太婆，到底躲在哪裡！」

年輕人則是個個氣得臉色大變。

發現文子屍體的，是辰藏這個酒鬼。

由於昨天和今天連續兩個晚上通宵搜索，辰藏筋疲力盡，想喝一杯提提神。於是，他在黎明時分獨自離開搜索隊，來到秤店的釀酒工廠，想喝一點那酸酸的飲料。

正當辰藏扭開葡萄酒的木桶栓，手中厚重的大杯子咕嘟咕嘟接著那刺眼的紫紅色液體，他突然發現前方有個東西在發亮。那時東方天空發白，清爽的早晨微光射進工廠。映著微光的地板上，有兩、三片閃著金色光芒的東西。

「那是什麼玩意？」

辰藏喝了幾口酸飲料便放下杯子，走過去看那發亮的東西。於是，他看見堆積如山的葡萄酒木桶前方陰暗處、滿是灰塵的地板上，一身喪服、已被勒死的仁禮文子就橫躺在那裡。

辰藏此時的震驚程度，亦等同接下來全村村民的震驚。

發現仁禮文子屍體的消息，像電流般竄過整個村子。以立花警部補爲首，包含金田一耕助和磯川警部等警方人員，經過六道十字趕到現場的時候，山谷裡已是人山人海，釀酒工廠內的案發現場也被缺乏常識的部分村民踐踏過了。

立花警部補彷彿憤怒的化身，他只允許辰藏留在現場，對其他村民破口大罵，把他們全趕到工廠外面。接著，滿是怒火的視線移向木桶前方的陰暗處，他瞬間屏住呼吸，呆立當場。

這一刻，沒有任何人開口。不論是金田一耕助、磯川警部，還是刑警與派出所警員，每個人都茫然佇立，一動也不動。

突然間，立花警部補那因睡眠不足和憤怒而充滿血絲的雙眼轉向辰藏。

「辰藏，是不是你幹的好事？」立花警部補一副興師問罪的口吻。

「開、開什麼玩笑啊。我到這裡的時候，屍體早就冷冰冰了。」

「不是問你這個！」立花警部補彷彿氣急敗壞，怒斥：「我在問，是不是你往她的腰帶裡，插了那個奇怪的東西？」

「怎、怎麼可能！我發現屍體的時候就是那個樣子。」

立花警部補再度用滿是怒火的雙眼，盯著橫躺在地上的屍體，然後憤怒的臉轉向金田一耕助，問道：

「金田一大師，這到底是怎麼回事？凶手爲什麼要這樣惡作劇？」

他興師問罪的口吻，像是這件命案該由金田一耕助負起責任。

「嗯，應該有什麼含意吧。對凶手而言，應該有一個重要的意義。」

「重要的意義……？」

「昨天是木枡和漏斗，今天是桿秤和繭形年糕（註）……」磯川警部嘆息似地低喃。

眾人仍默默望著地板上的屍體。

難怪立花警部補會發怒，磯川警部會嘆息。殺人惡魔再次在文子的屍體上，搞了一個詭異的惡作劇。

文子的屍體臉部朝下倒在地上，喪服腰帶裡插了一根桿秤，桿秤的秤盤上則擺著一個吉祥物——繭形年糕。先前引起辰藏注意的發亮東西，就是繫在這個繭形年糕上的大小仿製錢幣。雖說是仿製錢幣，卻不是紙製，而是用金屬薄片製成。這些錢幣在夏季清晨的微光映照下閃閃發亮。

**註**—日文爲「繭玉」（まゆだま），是做成像蠶繭形狀的一種年糕或丸子，在陰曆一月十五日前後裝飾在神龕上的吉祥物。

「辰藏先生，」金田一耕助眨著睡眠不足的眼睛說：「昨天被殺害的泰子的家是枅斗店，而眼前的被害人文子的家是秤店，是吧？」

「是啊，所以才叫『秤店葡萄酒』。」

「金田一大師，當中應該有什麼意義吧？」

「應該要這麼認爲才對。只不過，漏斗和這個繭形年糕意味著什麼？」

金田一耕助喃喃說著，一邊彎下腰靠近文子的臉觀察。眾人只注意到殺人惡魔的詭異惡作劇，卻忘了確認文子的死因。

文子的臉貼在滿是灰塵的地板上，身上的衣服有點凌亂，然而，一眼就能看出她是被勒死。她的脖子上留著類似細麻繩勒過的痕跡，與殺害泰子的手法相同。

接著，金田一耕助瞥了一眼桿秤上的繭形年糕，突然皺了一下眉頭，直起身子，回頭望向辰藏。

「辰藏先生，您觸摸過屍體了嗎？」

「嗯，是的，我曾稍微把她抱起來一下……」

「那麼，這個繭形年糕呢？」

「沒有，我沒碰那玩意，只是暗想，凶手又做了件詭異的事……」

「這一帶，像這種繭形年糕到處都有吧。」

金田一耕助想起「龜之湯」帳房的神龕上，也有類似的繭形年糕。

「是啊，總社有一間國士神社，每逢過年大家會去那裡領繭形年糕。」

「在東京一帶，除了大小錢幣，還會繫上骰子、幸運箭等等。可是，這個繭形年糕上，只有大錢幣和小錢幣……」

「是啊，我們這裡也一樣。大錢幣和小錢幣、骰子、幸運箭、大福帳（註）、醜女面具等等，很多雜七雜八的東西都會掛在上面……」

「這麼說，有人把大小錢幣以外的東西扯下來。」

繭形年糕上，只掛著一枚大錢幣和三枚小錢幣。

一旁的磯川警部也伸長脖子湊近來觀察。

「金田一大師，這應該剛扯掉沒多久。瞧，扯掉的痕跡還很新……」

其實，金田一耕助也注意到這一點。從新年開春就一直裝飾在神龕上的繭形年糕，由於不斷受陽光照射，嚴重褪色，看上去相當舊了，然而其他吉祥物被扯掉的痕跡卻還很新。

「這麼說，對凶手有用的，只有大錢幣和小錢幣？」

「又是一樁大謎案啊，金田一大師。」

**註**—原本是商家買賣、收支的分數帳。但這裡指的不是實際的大福帳，而是做成像大福帳的一種吉祥物，用來掛在繭形年糕上當裝飾。

「是啊。」

「案情發展到這個地步，倒是令我想起獄門島那椿案子。」磯川警部皺起眉頭，滿臉不悅。

立花警部補也板起臉孔，怒道：

「我可不管什麼大謎案。這麼一來，我們警方就好辦事了。既然凶手留下桿秤和繭形年糕這些明顯的物證，我就算挨家挨戶地搜，把整個村子翻過來，也要揪出這兩樣東西的主人。這個混帳東西！我倒要看你還能像這樣惡作劇多久。」

然而，誰也想不到，沒多久，這名警部補滿腔的希望與幹勁，就像肥皀泡泡般不留痕跡地破滅四散……

剛好小本多醫師、警方的攝影組及鑑識組的人員都趕到了現場，金田一耕助和磯川警部便把辰藏帶到工廠外面。

就在這時，勝平刻意扯開嗓門說話：

「小歌，你該不會是因爲泰子被殺想洩憤，就用那種殘忍的手段殺了文子吧？」

金田一耕助吃了一驚，轉頭望去，這才發現釀酒工廠前方的廣場瀰漫著險惡的氣氛。

青年團的團長和副團長互瞪對峙著。勝平剛才的咆哮，明顯是故意說給金田一耕助和磯川警部聽的。

「你在胡說些什麼！」

「你愛上泰子，而泰子被殺了，加上枡斗店的阿姨跟我父親講了一些莫名其妙的話。小歌，你把那些話全當眞，於是殺了文子，是不是？」

「你在胡說八道些什麼啊！」

「胡說？那你倒說說看，我胡說了什麼！你啊，從昨天晚上就不太對勁……不，不只是不太對勁，是非常不對勁！虧你還是年輕人，一直哭哭啼啼。你說！就是你用那種殘酷的手法殺了文子，對不對？」

「胡說八道，滿口鬼話！用殘忍的手段殺害泰子的，是你父親吧？」

「你說什麼！我父親爲什麼要殺害泰子？你倒是說說看，你說說看啊！我父親爲什麼非殺泰子不可？」

「說就說，我還怕你不成。你父親想把私生女硬推給我，於是殺了礙事的泰子！」

「你說什麼？」勝平用盡吃奶的力氣大喊：「誰是私生女？有種給我說說看！你說啊！」

「說就說！我說的私生女，就是你妹妹文子！在那個工廠裡被殺的文子！活該！」

「你說什麼！你說什麼！放開我、放開我，讓我殺了他！讓我殺了這個傢伙！讓我把歌名雄這傢伙殺了！」

「好了、好了，勝平，你誤會了。老實的小歌，怎麼可能做出那麼愚蠢的事？」

「小歌也眞是的，沒必要說得那麼過火啊。搞什麼，平常那麼要好，兩人怎會鬧成這樣……」

五郎和其他青年團的團員，拚命把團長和副團長拉開。此時勝平滿臉通紅，整個人抓了狂。

「放開我、放開我！讓我把歌名雄這傢伙殺了！讓我殺了歌名雄……」

「勝平，退下！」

遠遠圍觀青年團團長和副團長爭執的村民背後，突然傳出如雷的一聲大喝。

嘉平老爺撥開看熱鬧的人群，大搖大擺走到兩人之間。他今早的裝束也是摺起浴衣下襬，露出縐紗的短襯褲。直平跟隨在後，推著一輛腳踏車沿坡道走下來，因爲通往櫻花聚落的那條下坡路，懸崖坍方至今仍未修復。

「小歌，請原諒他吧，這小子太激動了。不過，小歌，你也說得有點過火。」

不愧是全村最有分量的老爺子。他先是委婉責備歌名雄，接著說：

「勝平，你在幹嘛？瞧你那個樣子……村裡接二連三發生這麼不幸的案件，竟然還有人在這種時候起爭執，愚蠢！喔，金田一大師和磯川先生都在啊……」嘉平老爺終究難掩一臉哀戚，「剛才這兩人一時氣憤脫口說出的話，請兩位不要太在意。連續兩個晚上沒辦法好好睡覺，村裡的年輕人都變得很暴躁。」

他的語氣冷靜而沉穩，眞不愧是村子裡最有威嚴的人。

「不，哪裡的話。連貴府也發生不幸的意外……」磯川警部說：「實在是……這村子簡直像被惡魔纏上。對了，是不是能讓我們看一下文子小姐的遺體？」

工廠裡拍攝取證的工作似乎已經結束。

「當然，請。小本多醫師正在勘驗遺體。」

「喔，這樣啊。直平，你也一起來。」

不同於父親的老練，直平年紀還輕，面對眼前這樁命案，無法掩飾內心的激動。他狠狠瞪了歌名雄一眼，停好腳踏車，跟著父親走向工廠，旋即又回頭說：

「警部、金田一大師……」

「咦，有什麼事嗎？」

「待會我想向你們報告一些事情，能不能請兩位在工廠的事務所裡等我一下？」

如此說的直平，眼神中似乎另有含意。

「是嗎？那麼，金田一大師……」

「我們一起走吧。」

多虧嘉平老爺如雷的一聲叱喝，平息勝平和歌名雄的爭執。於是，金田一耕助跟著磯川警部進到工廠的事務所裡。這裡同樣布滿灰塵，連坐的地方也沒有，於是金田一耕助站在窗旁，從櫻花聚落這頭，茫然地望向兵營遺跡。

「金田一大師，」磯川警部來到他的身旁，低聲說：「文子的那個謠言，果然村子裡每個人都知道啊。」

「這裡不比大都市，在這種小村莊，很難瞞得住吧。」

「話是沒錯，只不過，那件事和這次的命案會有什麼關聯嗎？」

「嗯，這個嘛……」金田一耕助含糊其詞，不正面回答。「眞是令人無法看透的案子。」

說了這麼一句話，金田一便陷入沉思。

兩人等了許久，嘉平老爺、直平與立花警部補一起進到事務所。

「小本多醫師呢？」磯川警部問道。

「先回去了。死因是勒斃，聽說和昨天的案子手法完全相同。」

立花警部補一臉不悅，把關鍵的證物桿秤和繭形年糕，粗暴地扔到滿是灰塵的桌上。

「警部，這下恐怕又束手無策了。」

「怎麼說？」

「請看看這個。」

立花警部補愁眉苦臉地指著桿秤的桿子一端，看一眼就能明白。桿子上印著兩座山形符號和砝碼的烙印，換句話說，上頭印有秤店的標誌。

一瞬間，凶手的哄笑彷彿響徹耳中，金田一耕助不禁毛骨悚然。這個凶手的確不好對付。

磯川警部的呼吸也急促了起來。

「啊，這是貴府的桿秤？」

嘉平老爺默默點頭，眼眶泛淚。

「有這個印記，確實是我們家的桿秤沒錯，可是，到底是哪個傢伙偷出來的……」

直平彷彿中了邪，眼神變得相當尖銳。

「這個桿秤原本是放在工廠裡嗎？」

「不，工廠裡沒有桿秤，用的是台秤之類的磅秤。」

「那麼，這就是從貴府拿出來的？」

「是的。只不過，到底是哪個傢伙拿出來的……」

「不過，還好有這個……」立花警部補興奮地拿起繭形年糕，「就算把整個村子的地掀過來，也要查出這個繭形年糕的物主……」

「不，主任……」直平憤怒地打斷立花警部補的話：「請看一下這個東西。」

當金田一耕助、磯川警部以及立花警部補看到直平放在桌上的東西時，都不禁瞪大了眼睛。

一眼就能看出，這些是從繭形年糕上扯下來的東西。除了醜女面具、幸運箭，還有萬寶箱、大福帳和骰子、寶船等吉祥物。

「這、這是在哪裡發現的？」立花警部補的語氣尖銳。

「這些東西就散落在我家庭院裡。」

「在貴府的庭院裡……？」

「是的。我接到勝平的通知，正要衝出後門，卻發現這些東西散落在庭院裡。由於聽勝平說，文子的腰帶裡插著繭形年糕，我靈機一動，先去查看神龕，發現繭形年糕不見了。」

「那、那麼，你是指這個繭形年糕也是貴府的？」立花警部補勃然大怒。

「是的，錯不了……到底是哪個傢伙偷走這些東西……」

金田一耕助一臉茫然，和磯川警部互望。凶手邪惡的笑聲宛如海嘯，一波又一波地響徹他的耳裡。

# 第二十二章　被用毒殺村長草給催眠了

根據小本多醫師的驗屍結果推斷，文子遇害的時間大概是昨晚的十二點左右。

文子離開由良家的時間大約是十點，當時金田一耕助、磯川警部、大空由佳利、由佳利的母親春江，以及「龜之湯」的里子，都是和文子一同步出由良家大門。金田一耕助、磯川警部、大空由佳利及春江四人，和文子在由良家的大門前分開，而里子則陪她走到仁禮家大門前。

「文子確實走進了自家大門，她還跟我道過晚安，我才離開。當時她的神情並沒有什麼異狀。」

面對立花警部補的偵訊，里子重複著相同的答案好幾次。她似乎完全忘了要包頭巾，不管在誰的面前都毫無顧忌地暴露出那些紅斑。

仔細想想，里子是唯一不止一次——總共兩次，目擊朋友生前最後模樣的人。不曉得她本身是否注意到這一點，在她毫無遮掩、暴露著醜陋紅斑的臉上，只見相當僵硬的神情。

仁禮家沒人發現文子曾一度回到家裡。當時嘉平和金田一耕助及磯川警部錯身而過，到本多大醫師家裡下圍棋。直平和勝平尚未從守靈宴上回來。直平的妻子路子似乎在哄最小的嬰兒睡覺的時候，自己也不知不覺睡著。仁禮家不同於由良家，雖然有三名家僕，卻是住在別棟屋子。從文子屍體的腳上穿著草鞋這一點來看，她似乎是故意假裝回到家，之後再偷偷出門。只是，她爲何要這麼做？警方猜測是不是跟泰子的情形一樣，也有邀她外出的信函在她房間裡？於是，警方徹底搜查她的房間，卻沒發現任何類似的信函。

由良家的守靈宴約莫在十點半結束，勝平留下來幫忙善後，回到家已經超過十一點。直平則是比他早一步回到家，不過那時父親嘉平還未回家。

就在嘉平老爺快到家之前，也就是十一點半左右，直平的妻子路子才發現文子不見蹤影。當她在家裡到處找尋文子的時候，嘉平老爺回來了。嘉平老爺吩咐路子檢查鞋子還在不在，才發現文子穿去守靈宴的草鞋已不在。

由於直平和勝平都知道，文子是和里子一行人一起離開由良家，於是勝平騎腳踏車趕到「龜之湯」，里子出來應門說「文子小姐確實已進到自家大門」。然而，這個時候，歌名雄居然還沒回到「龜之湯」，因此勝平才會認爲歌名雄有嫌疑。

歌名雄比勝平他們先一步離開由良家，換句話說，他是在文子一行人離開之後沒多久便步出由良家。照道理講，歌名雄應該要比勝平他們留得更晚，這是勝平不斷重複強調的一點。

針對這一點，歌名雄表示，聽由佳利演唱《枯葉》的時候，他心如刀割，於是由佳利離開沒多久，他也步出由良家，一個人騎著腳踏車搖搖晃晃地回家途中，順道去了甕子瀑布。當他恍惚地蹲在那裡的時候，母親莉香來找他。

莉香在十一點半左右回到「龜之湯」，發現早就離開由良家、而且是騎腳踏車的歌名雄還沒到家，猜想歌名雄可能是去了泰子斷氣的地方，於是她前往甕子瀑布，果然發現歌名雄在那裡抱著頭，一副十分痛苦的樣子。起初歌名雄說什麼也不肯離開，但在莉香的勸說下，好不容易回家。一回到家，又聽說勝平曾前來詢問文子的行蹤，歌名雄馬上嘔氣似地鑽進被窩蒙頭大睡。然而，過沒多久，青年團的人就來找他一起加入搜索。

以上這些證言如果全部屬實，可以做出以下的推論：

里子在仁禮家大門前和文子互道晚安之後，直接走回「龜之湯」。回家途中會經過一條通往甕子瀑布的上坡路，里子經過那個地點沒多久，緊接著歌名雄也來到此處，他則是爬上坡路去甕子瀑布。

另一方面，文子和里子道別之後，起初走進了自家大門內，然而不知什麼理由，又從後門離開。之所以推斷她從後門離家，是因爲她的扇子和那些被扯下丟棄的吉祥物一起掉落在地上。所以，文子是走「櫻花大師」佛堂後側的那條小路前往六道十字。即使這個時候歌名雄已到達甕子瀑布，由於從瀑布到六道十字有一段距離，而且懸崖突出，歌名雄沒注意到文子也是很自然的事。

只不過，凶手呢？

歌名雄在那裡待了將近一小時，在莉香來找他之前，沒有看到任何人影。

再說，被人從秤店偷出來的桿秤和繭形年糕，由於不是每天使用的東西，沒人注意到什麼時候被偷走了。不過，可以確定的是，直到那天傍晚爲止，那些吉祥物並未散落在通往後門的庭院裡。因此，說不定這些東西是文子自己帶出去的。果眞如此，又是爲什麼？她爲什麼要把那些東西帶出去？

「多麼令人厭煩的案子啊，金田一大師。我眞的覺得汗毛直豎。」

把一個個證人叫進「龜之湯」公共宿舍娛樂室裡的搜查總部偵訊，最後匯整成上述這些證詞，結束的時候已是早上九點。偵訊大概告一段落，磯川警部稍作休息。只見他眨著很睏的雙眼，彷彿汗毛眞的全豎起似地縮起肩膀。

金田一耕助默默點頭，一臉恍惚地思索著。不，其實他並不是恍惚地思索，而是敏銳地牽動腦細胞進行合乎邏輯的思考，只不過，由於這三天兩夜幾乎都沒睡，腦袋裡像是裝了鉛，昏昏沉沉。

「警部，總之我們先睡個覺吧，這樣下去身體會撐不住。」

「也對。立花老弟，接下來的事就交給你了。其實你也一直沒辦法好好睡，眞是抱歉……」

「不要緊，我還年輕，沒問題的。」

立花警部補還是一樣綳著臉孔。對警部補而言，金田一耕助的存在似乎相當礙眼。

由良家預定在下午四點出殯。因爲天氣實在太熱，葬禮不大能拖。金田一耕助與磯川警部交代阿幹在來得及參加出殯的時間叫醒他們，便鑽進被窩，這時候大約是九點半。兩人一躺下來，立刻像泥土似地沉入夢鄉。

兩點半左右，兩人被阿幹叫醒時，莉香、歌名雄和里子都不在「龜之湯」。三人都已前往由良家的葬禮。

「客官，聽說今天又要爲文子小姐進行驗屍啊？」

兩人正要開始吃這頓不知該算是午餐還是晚餐的飯，一旁的阿幹皺起眉頭，唉聲嘆氣地問道。

「那也是不得已，因爲她死於非命。」

「不過，眞是讓人太難受了，連續兩天都……而且枡斗店的葬禮一結束，晚上又是秤店的守靈宴，想到今晚又會被獨自丟下，我就覺得好害怕，眞的好害怕。」阿幹忐忑地說。

「也是，妳得小心一點，聽說那個古怪的老太婆專找美人下手。」

「哎呀，眞是討厭！您還說那種話！」

阿幹作勢要拿托盤打警部，但她似乎被逗得挺開心。

「對了，阿幹，有沒有腳踏車？走路去太累了。」

「有是有，不過只有一輛，請兩位共乘吧。」

「啊，沒問題、沒問題。」

離開「龜之湯」之前兩人先繞去公共宿舍露一下臉，發現先前派去神戶調查的乾刑警已回來，正在和立花警部補談話。

「喔，警部……」一看到警部，乾刑警立刻站起來。「放庵那傢伙跟老闆娘說的果然全是謊話。」

「啊，你指的是有個外甥固定寄生活費給他這件事吧。」

「正是。放庵那個叫吉田順吉的外甥，有個弟弟叫吉田良吉，在神戶從事沿岸短程船運業。聽說順吉過世後，放庵這傢伙便找上良吉，死纏爛打地要良吉寄生活費給他，但良吉堅持到最後，拒絕他的要求。他還凶巴巴地說，這個舅舅就算死在路邊也是自作自受，哥哥人實在太好了。即使確定舅舅死了，良吉也沒打算參加葬禮。」

「看來風評相當不好啊。」

「是啊，簡直被批評得一文不值。連吉田順吉的遺孀也不停發牢騷，說眞是爲這個舅舅傷透腦筋。」

「原來如此，關於生活費的來源，放庵講的顯然全是謊話。」

「也就是說，他的生活費來源背後藏了些見不得人的事？」
「可以這麼說吧。對了，立花老弟，命案現場有沒有發現什麼線索？」
「是。在工廠裡發現兩、三個短草鞋的腳印，僅僅如此。因爲現場被那些村民踩得亂七八糟。」
立花警部補心情還是很不好，那精悍的眉間皺紋愈來愈深。
「工廠外頭就更困難了吧。」
「是的。由於連日的日晒，土地硬梆梆，根本不可能留下足跡……」
自從十日那晚下了一場大雷雨以來，再沒有下過一滴雨水，難怪立花警部補眉間的皺紋會愈來愈深。由於這一帶的土質屬於花崗岩質地，到了夏季，哪怕只是經過太陽一天的照射，都會變得像磨刀石一樣硬。
「接下來的事就交給你了，我們要去由良家參加葬禮。」
「好的，請便。」
「金田一大師，你坐後面吧，我穿西服比較方便。」
「哎呀，不好意思，讓你的老骨頭這麼辛勞……」
「你說什麼？什麼老骨頭不老骨頭的……要比出力，我不會輸給你。別看我這個樣子，我可是柔道三段。」

「哈哈哈……年紀一大把還逞強。好吧，我就恭敬不如從命。」

或許是好好睡了個覺，兩人的心情都很輕鬆，於是變得有點口無遮攔。兩人一邊互相挖苦，共乘一輛腳踏車出門去了。目送兩人離開的立花警部補，表情顯然相當不愉快。

兩人到達由良家的時候，剛好快要出殯，和尚們正高聲誦經。這一帶眞言宗佛教相當興盛，由良家也屬於這個教派，因此誦經的時間十分冗長。不同於昨晚的守靈宴，今天將所有的房間都打通，整整四十二張榻榻米大的大廳裡，擠滿參加葬禮的人。

金田一耕助和磯川警部在末座環視四周，發現嘉平終究還是出席了。他穿著一套無內襯、印有家徽的外褂及和服褲裙的禮裝，靜靜搧著白扇子。今天是十五日盂蘭盆節，而且最近每天都是大太陽，暑氣蒸得人疲累無比。今天在場畢恭畢敬聽著和尚誦經的人們都汗流浹背，搧著白扇子，整個大廳彷彿掀起白色波浪。

金田一耕助也擦了擦汗水。這時，「龜之湯」的莉香穿過人群走過來。

「大師、警部……」她似乎顧忌著四周，小聲地問候。

「嗯……」

「有件事想向兩位報告……今天早上兩位看起來都相當疲累，所以沒有立刻講……」

「這樣啊。」

莉香似乎話中有話，金田一耕助和磯川警部互使個眼色，旋即離開座位。在莉香的帶領下，他們來到後院，只見以正子爲中心的四名女子，站在土牆倉庫旁。

「正子，大師和警部都來了，告訴他們昨天晚上發生的事吧。」

「好的。」

接著，正子一臉驚恐，說明昨晚發現土牆倉庫牆上映著古怪老太婆的影子。

「雖然不是直接看到那個古怪的老太婆，可是從她映在牆上影子的姿勢來看，很像在偷看大廳。」

正子模仿當時影子的姿勢，儘管是昨晚的事，她的肩膀還是微微發顫。

「妳是指土牆倉庫這邊的牆壁，是吧？」

磯川警部比較了一下土牆倉庫和家僕住屋的位置。

「是的，影子幾乎占滿倉庫的整面牆壁。因爲實在太大，一開始我搞不懂那是什麼東西的影子，當我看出那是彎腰駝背的老太婆的時候，我眞的嚇得……」

正子說完，驚魂未定地屏著呼吸，眼珠子轉啊轉，努力想表達出當時害怕的程度。

「而且啊，金田一大師，」莉香接著補充道：「聽了正子的話，第一個趕到現場的就是我。但那時候已不可能看到那個老太婆，只看到正子弄翻的獨輪斗車。收拾這些東西的時候，這幾個人跟正子一道過來，大夥重聽正子仔細說明來龍去脈。她說影子是映在那邊的牆壁上，可是月亮在這一邊，按理那邊的牆上不可能映出影子，我們認爲可能是正子膽子太小，把乾芒草看成是幽靈，大家笑笑就算了。不過，現在回想，那個老太婆會不會是提著燈籠，影子才占據整個牆壁？」

「沒錯、沒錯，就像『龜之湯』阿姨講的那樣。她一定是來偷看文子小姐。可是大家竟然都取笑我，不相信我說的話，事情才會弄到這個地步。不是我的錯，這不是我的責任。」

正子講到這裡，突然抽抽噎噎地哭了起來。這種年齡的女孩淚腺，好像很容易受到刺激。正子身旁的四個女人，尷尬得面面相覷。

「沒錯，不是正子的責任。嗯……當時大概是幾點？」

「要問是幾點……對了，那個時候大師和警部都還在離屋，如果向您報告一下這件事情就好了。我眞不應該，還取笑這個女孩……」事到如今，莉香也覺得很慚愧。

金田一耕助測量家僕住屋和土牆倉庫之間的距離，站在家僕住屋旁比劃提著燈籠的姿勢，然後又是一副左思右想的模樣。就在這時，大廳突然傳來吵雜的聲音，誦經聲也不知何時停了下來。

「啊，警部，要出殯了。那麼，老闆娘，這件事等一下我們再好好思考吧。正子，別哭了，眞的不是妳的責任。」

安慰過還在哭的正子，金田一耕助和磯川警部回到大廳。來客都已起身，將近大半的人都走下庭院或玄關。

金田一耕助和磯川警部融入人群，站在緣廊前。這時，敏郎的妻子榮子走來緣廊。

「大師、警部……」

「嗯，什麼事？」

「我們家奶奶有些話想告訴兩位，可不可以請兩位上來一下……」

「喔，好的。」

金田一耕助和磯川警部互使個眼色，來到大廳。八十三歲的五百子老太太嬌小的身軀就坐在棺材前方，那又小又皺的嘴角露出謎樣的微笑。更令人詫異的是，她的身旁坐著敦子、敏郎等人，連仁禮一家人也出席了。一旁站著許多參加葬禮的人，彷彿感受到接下來有什麼事要上演，全目不轉睛地盯著五百子。歌名雄和勝平等人也在人群當中。

「金田一大師、磯川先生，感謝兩位前來參加葬禮。」

「嗯，聽說您有話要告訴我們……」

「是啊。金田一大師，本來昨天晚上就想告訴兩位，可是被我那些曾孫干擾了……是這樣子的，嘉平老爺……」

「咦……」嘉平詫異地瞇起眼睛，甚至忘了搧白扇子。

「在你和敦子的年代，因爲很少聽到，你大概不知道。在我們小的時候，流行著這樣的手毬歌。」

說著，五百子從衣袖裡掏出一個東西。在場的人一看，全都不由得瞪大了眼睛，那是一個用毛線縫成的玩具球。

「來，金田一大師，好好聽著。」

五百子稍稍直起上半身，左手捏著右手的袖口，在榻榻米上拍球，接著用微弱但相當清澈的聲音唱起歌來：

我家的後院裡
來了三隻麻雀
有一隻麻雀是這麼說的
俺是本地村長名叫甚兵衛
受到兵營老爺的拜託
求神找到標緻的女人
去伊勢拜了七回熊野拜了三回
每個月還去吉備津參拜
女人是找到了，可是村長很多嘴
這裡那裡到處宣揚

結果被用毒殺村長草給催眠了
給催眠了

# 第二十三章　民間傳說

在滿場注目下唱完一段奇異的手毬歌，五百子得意洋洋地抱著球，微笑看著金田一耕助。在她的臉上，除了有小女孩般的天眞無邪，似乎還摻雜累積八十多年人生經歷的老婦人的狡黠與壞心眼。事實上，那又小又皺的嘴角泛著一絲冷笑，彷彿正悄悄嘲笑金田一耕助以及在場所有人的無知。

的確，這個時候金田一耕助還沒深切體認到這首手毬歌的重要性，跟在場所有圍繞著五百子的人一樣，他只能一臉驚訝，目不轉睛地看著五百子。

其中只有嘉平老爺彷彿喚起了遙遠的記憶。

「老太太，」嘉平老爺不由得使勁搧著白扇子，「聽您這麼一唱，我倒想起來了，歌詞裡提到木枡和漏斗什麼的……」

嘉平說著，不禁往前挪近身子。看到他的反應，五百子正中下懷似地微笑望著他。

「嘉平老爺，你也想起來了吧，是這麼一首歌。金田一大師……」

「是。」

「磯川先生……」

「是、是。」

「請你們仔細聽。」

五百子再度坐直，左手稍稍捲起右手的袖口，一邊在榻榻米上拍著球，一邊用優美的嗓音唱起歌。

我家的後院裡
來了三隻麻雀
第二隻麻雀是這麼說的
俺是本地兵營的大老爺
愛打獵愛喝酒愛女人
特別愛的是女人
很有女人味的枡斗店女兒
長得很標緻，但喝酒是海量
用枡來量，用漏斗來喝
一整天都不離酒

還說不夠喝，結果被趕回去了

　被趕回去了

「啊！」

現場驚呼聲此起彼落，金田一耕助也不禁直起身子。然而，五百子無視這股騷動，仍專注拍著球，一面說道：

「還有啊，金田一大師……」

「是、是。」

金田一耕助半跪半坐，眼睛眨也不眨，直盯著這位八十三歲的老太太，喉嚨深處好不容易擠出這麼一句簡單的回答。

「還有這麼一首歌喔。嘉平老爺，請你也仔細聽吧。」

五百子繼續拍著球，微弱但清澈的嗓音繼續唱道：

我家的後院裡

來了三隻麻雀

第三隻麻雀是這麼說的

俺是本地兵營的大老爺
愛打獵愛喝酒愛女人
特別愛的是女人
很有女人味的秤店女兒
長得很標緻，但是個小氣鬼
大錢幣小錢幣都拿秤來量
一天到晚計算每天還債錢
還說沒空睡覺，結果被趕回去了
被趕回去了
我借給你一貫了

唱完之後，八十三歲的五百子老太太，抱住那顆毛線縫的球，帶著小女孩般天真的微笑環視眾人，全場彷彿凍結般鴉雀無聲。

由良一家人自然不用說，連嘉平、直平和他的妻子路子，不，應該說在場所有人都只能用一種被鬼附身般的眼神，注視著五百子。向來沉著冷靜的嘉平老爺，似乎也被這意想不到的暗喻揭露嚇壞了。那緊握白扇子的手，在他的夏季和服褲裙上不停發著抖。

金田一耕助也相當激動，背部竄過一陣陣詭異的顫慄。他不停抖著腳，突然開口。

「老、老太太，」他的聲音像是卡在喉嚨裡，「抱、抱歉，可不可以請您再唱一次剛才那首手毬歌？」

「可以，沒問題。你想聽的話，唱幾次都行。」

於是，五百子從容地直起上半身，稍稍捲起右手袖口，一邊拍著球，「我家的後院裡……」又唱起剛才那首手毬歌。

五百子微弱但清澈的歌聲，在寂靜的大廳裡嫋嫋繞梁。終於，這首恐怖的手毬歌唱到最後一句：

「我借給你一貫了。」

老太太唱完，整個四十二張榻榻米大的大廳像被捅了的蜂窩，掀起一陣大騷動。眾人各自說著感想，紛紛向五百子老太太提問。

「啊，等一下、等一下！」看到這種情況，磯川警部直起身，舉起大大的雙手制止大家。「各位不要吵了，這樣恐怕也討論不出個所以然。而且，這麼一來老太太恐怕會昏頭。不如這樣，金田一大師似乎有問題想請教老太太，我們就請他代表提問吧。秤店老爺，您看這個主意如何？」

「喔，這主意再好不過了。金田一大師，麻煩您提問吧。」

「好的。」

雖然所有人的視線一下子全集中到自己身上，金田一耕助覺得很不自在，然而現在不是害羞的時候。

「那麼，老太太……」

「嗯。」

「請問，您的意思是，這件命案就是以剛才那首手毬歌爲腳本執行的嗎？」

「不是的，我可沒這麼說啊。要判斷這首手毬歌和這次的命案是不是有關，應該是金田一大師和磯川警部的職責吧。我只不過是告訴各位，從前在這個村子裡有這麼一首手毬歌罷了……」

「瞭解，謝謝您。」

金田一耕助微微低下頭，行了個禮。

「對了，剛才您也提過，像這種相當早期的手毬歌，現在還知道的大概會是幾歲以上的人呢？」

「這個啊，嘉平老爺……」

「是。」

「雖然不是那麼清楚，但你模模糊糊記得一些吧？」

「是啊，這麼一說，我倒想起來了。老太太，您應該也記得，我那個很早就過世的姊姊富貴子，曾一邊唱著手毬歌一邊拍球玩。剛才聽您唱到『被用毒殺村長草給催眠了、給催眠了』的時候，我才突然想起來，不過那是很久很久以前的事了。」

「敦子夫人，」金田一耕助的目光轉向敦子，「妳也知道剛才那種手毬歌嗎？」

「不，金田一大師，敦子是從外地嫁過來的，應該不知道。敦子，是不是這樣啊？」

「是啊，我婆婆剛才唱的歌，我是頭一次聽到。像我們外地嫁過來的，提到手毬歌，首先想到的會是『西條山霧深，千曲川波濤洶湧……』，好像是川中島的歌。各位應該也都唱過這首吧？」

「對、對，就是那首。」嘉平老爺使勁搧著白扇子，「我最小的妹妹也是唱『西條山霧深，千曲川波濤洶湧，聽遠方傳來的是……』，一邊拍球。只不過，這麼玩倒是還好，偏偏不僅如此，有時會抬了左腳換右腳，讓球從胯下鑽過去，我母親就會嘆著氣說：『這些女孩眞不像話，玩那麼不三不四的拍球遊戲。』我到現在都記得很清楚。」

「這麼說，剛才老太太唱的那首手毬歌，這個村子裡熟悉的人並不多？」

「嗯，應該是吧。對了，辰藏……」

「咦？在這裡、在這裡。」

突然有人叫到自己，原本愣愣站在末座的辰藏嚇了一大跳，慌忙走到老太太身邊端坐。

他似乎又喝了酸飲料才過來，鼻頭紅得發亮。

「你的母親松子，她才小我三歲，應該還記得吧？」

「哎唷，她不行啊，老太太。」

「爲什麼？」

「您問我爲什麼，因爲我母親跟老太太不一樣，早就老糊塗了。」

「這樣啊，呵呵呵……」五百子老太太縮著又小又皺的嘴唇，文雅地笑了笑。「雖然辰藏這麼講，不過說眞的，其實我也一樣，我原本也幾乎忘光了。」

「可是，您剛才不是唱得很好嗎？」

「其實約莫是在前年，在村長的追問下，我好不容易想起來。」

「在村長的追問下……？」金田一耕助吃了一驚，旋即朝磯川警部看了一眼。「您是指，村長向您問過這首手毬歌？」

「是啊，好像是前年的事。」

「老太太，」磯川警部的眼眸一亮，傾身向前問：「村長爲什麼要打聽那種事？」

「是這樣子的。」五百子老太太愉快地微笑道：「金田一大師，請你也仔細聽。」

「好的，我洗耳恭聽。」金田一耕助恭敬地回答。

雖然表面上畢恭畢敬回答，其實金田一耕助的內心正掀起大風大浪，異常激動。這一點，磯川警部應該也一樣。

「唔……」五百子老太太數著佛珠，一面環視在場所有人。「我想在場的各位大概都知道，村長有一點所謂風流人士的味道，才會把全部家產都糟蹋掉。話說，就在前年，嗯，名字我倒是忘了，有一本薄薄的雜誌，刊載的全是一些鄉下的傳說或特殊習慣之類，現在也許還有這本雜誌。村長告訴我，他想記下鬼首村的手毬歌，投稿到這本雜誌，便跑來問我。不過啊，辰藏……」

「嗯。」

「雖然你剛才那麼誇我，不過說眞的，我也是老糊塗了。」

「老太太，您就別客氣……」

「不不，我是說眞的。因爲是那麼久以前的事，況且近幾年根本沒聽過那樣的歌，所以村長問我的時候，我實在一點也想不起來，村長反倒記得比我清楚，說著是不是那樣？是不是這樣？於是，村長的模糊記憶，和我的模糊記憶相互接續，我才慢慢想起來。如果不是他的提醒，其實我早忘得一乾二淨。」

「那麼，老太太，」磯川警部的聲音像是卡在喉嚨裡，「村長寫下了有關這些事的文章，投稿到那本不知名的雜誌嗎？」

「是啊。然後，磯川先生，」五百子老太太像個小孩似地微笑說道：「村長寫的文章眞的整篇刊在雜誌上了。村長像是立了大功，高興得不得了。他說：『老太太，您看一下這篇！』他第一時間就把雜誌拿來給我看了。可是，那麼小的字，像我這麼年紀一大把的人怎麼讀？我這麼一說，他就說要念給我聽，同樣的內容念了好幾遍。那個時候的村長，眞是個大好人啊。」

五百子似乎跟村長很合得來，追懷著往昔的眼神十分沉醉。

「話雖如此，磯川先生……」

「是。」

「聽說到現在爲止，還不能確定村長已不在人世，是嗎？」

「是啊，這可是個大問題。老太太，您的看法呢？村長是還活著，還是死了？」

「這個嘛，手毬歌的歌詞是『被用毒殺村長草給毒殺了』，不過村長那個人不好對付，不會那麼輕易中了誰的計謀遭到殺害。嘉平老爺，你覺得呢？」

「嗯，我和老太太的看法相同。再說，這裡的泰子小姐、我們家文子都被那樣的手法殺害，竟然是按照村子從前流行的手毬歌歌詞內容……」

「會想到那麼離奇古怪手法的人，除了村長不會有其他人了吧。」敦子似乎有感而發，在場的許多人也表示贊成。

「警部，這下子得再次入山，進行大規模的搜索。」直平也幹勁十足地表達意見。

「是啊、是啊。喂！小歌，」勝平似乎精神都來了，「現在不是跟你吵架的時候，我們言歸於好，動員整個青年團，從鷹取山到姥姥山，來個地毯式的大搜索吧！」

「小勝，說得好！這下有活幹了！」歌名雄終於振作精神，鬼首村青年團的團長和副團長達成和解，眞是一件再好不過的事。

「對了，老太太……」待大喊著要入山搜索、幹勁十足的青年團團員們的氣勢稍微和緩下來，金田一耕助又往前一步，問道：「您剛剛說，那首手毬歌的歌詞提到『被用毒殺村長草給毒殺了』。這麼說來，『被用毒殺村長草給催眠了』這一句，其實是指被用毒殺村長草給毒殺了嗎？」

「沒錯，就是這樣啊。金田一大師，」五百子興致勃勃地傾身向前：「其實這些也是從村長那裡聽來的。如同我昨晚提過的，村長的祖先裡有人被兵營老爺下藥催眠……換句話說，就是被毒殺了。而且，聽說那個兵營老爺相當蠻橫霸道，常常假借狩獵的名義在管轄區域內巡邏，一見到長得標緻的女人，不管是未出嫁的少女還是已婚的婦女，一個個強行押回兵營裡玩弄，玩膩就把人殺掉，埋到兵營旁的井裡。換句話說，剛才那首手毬歌，就是爲了諷刺這位老爺而唱的。可是啊，金田一大師……」

「是。」

「每一段的最後，不是都有個做了什麼什麼之後就被趕回去的歌詞嗎？聽說，其實那都是做了什麼什麼之後就被殺掉的意思。村長就是在雜誌上寫了這些事情。」

「那麼，您記得那本雜誌的名字嗎？」

「這個嘛，名字的話……對了，你知道《家之光》那本雜誌吧，跟那差不多大小，頁數大概是五、六十頁吧。對了，如果有需要，金田一大師……」

「是、是。」

「到神戶去問一下，應該馬上就問出來了。」

「我該向神戶的哪一位請教呢？」

「神戶有一位叫順吉的，他是村長的外甥，也就是村長妹妹那邊的後嗣。」

「您是說吉田順吉，對吧？」

「沒錯、沒錯。吉田家是神戶須磨地區的大地主，相當富有。而這個順吉先生據說是早稻田大學畢業，他的同窗好友在戰後熱衷研究民俗學……我還聽說，民俗學界有一個很偉大的學者。」

「您是指柳田國男教授嗎？」

「對，村長最喜歡看柳田教授寫的文章。」敦子出聲附和。

「沒錯，順吉的同窗就是請那位柳田教授背書，才辦了那本會員制的雜誌。因爲順吉是好朋友，也出了一部分資金，每個月都會收到東京寄來的雜誌。村長在神戶看到這本雜誌，就說要寫有關鬼首村手毬歌的文章去投稿。對了，我想起來了，他的題目叫〈鬼首村手毬歌研究〉……他就是用這個題目投稿，結果被雜誌刊出來了。由於有村長的文章，那一期的雜誌也寄到村長那裡，他把那本雜誌當寶貝似的……對了，嘉平老爺，他有沒有拿給你看過？」

「沒有，您現在講的事，我都是初次聽到。」

「不過，那個人也眞是頑固，既然寫的東西被印在雜誌上了，看他拚命自吹自擂，我就勸他拿給村裡的人看一看，誰曉得他卻說：給他們看這種東西也沒用，不可能有人看得懂……敦子，妳不曉得這件事嗎？」

「不曉得，我也是第一次聽到。」

「對了，我想起來了，那個時候妳娘家的阿重小姐生頭一胎，所以妳回娘家了。」

「這麼說來，就是前年八月的事了，我記得阿重小姐是八月二十七日生產。」

「對、對，好像是天氣很熱的時候啊。」

「老太太，眞的很謝謝您。不過，再讓大家等下去，實在不好意思……」

由於這段插曲，使得由良家的出殯比預定時間晚了將近一小時，然而，沒有任何人對此表示不滿。

因爲透過這段插曲，關於這樁詭異的連續殺人案的動機，眾人首次看出些許眉目，或者可說是找出一個頭緒了。

# 第二十四章　文子的母親

正如離開「龜之湯」之際阿幹所說，今天由良家的葬禮結束後，晚上還有仁禮家的守靈宴。

金田一耕助和磯川警部受到嘉平老爺的邀請，將前往參加守靈宴。但他們利用在那之前的一段空餘時間，共乘一輛腳踏車，先來到食人沼澤旁的草庵。

警方在放庵失蹤之後搜了草庵好幾次，然而，恐怕任誰也想不到，那麼重大的祕密竟然隱藏在一本小雜誌裡。兩人想再來找找那本雜誌，於是共乘一輛腳踏車來到草庵，但儘管他們把榻榻米整個掀過來拚命地找，終究還是不見那本雜誌的蹤影。

「由良老太太說，放庵這個傢伙，把那本雜誌當成寶一樣珍藏……」

「如果是前年的事，那時候放庵不是還住在貯水池旁嗎？」

「是啊，會不會是搬家的時候搞丟了？」

「不，警部，不太可能。如果只是一本單純的小冊子還另當別論，但如果上頭刊了自己所寫的文章，就像老太太講的，他一定會當成寶好好珍藏。」

「可是，我們在這裡找不到就表示……？」

「如果那本雜誌不在這座草庵裡，應該不是遺失，而是有人刻意偷走了吧。」

「金田一大師，你認爲那個人就是放庵嗎？」

「警部，我們晚點再來想這個問題吧，因爲我一直無法確定放庵到底是活著，還是死了。」

「不過，金田一大師……」

「嗯。」

「我又再次對你的直覺……或者該說是慧眼吧，深深感到佩服。」

「哈哈哈，你指的是……？」

「因爲看到泰子的屍體之後，你遇到人都會問這個地方有沒有關於木枡或是漏斗的傳說和故事。」

「你是指這件事啊……不過我眞的連作夢也想不到，竟然跟手毬歌有關。」

「那也是無可奈何，誰想得到會有那麼一首詭異的手毬歌。不過，金田一大師……」

「是。」

「由良老太太爲什麼不在昨天晚上，就讓我們聽那首手毬歌呢？如果我們昨晚就聽了那首歌，說不定馬上會領悟凶手下一個要殺的就是文子。」

「她是說被曾孫干擾了吧？」

「就算是被她的曾孫干擾，我們在離屋裡也待了相當久啊。再怎麼說，那麼重大的事，找個人帶話給我們，不也可行嗎？可是，她卻一直隱瞞到今天。這件事如果惡意去解釋，她好像是在等著文子被殺！」

「是啊，如果惡意解釋的話……」

金田一耕助站在草庵的圓窗旁，望著食人沼澤整面盛開的白色菱花，恍惚地低聲回答。突然間他似乎想到什麼，身體猛烈顫抖著。

「警部。」

「是，什麼事。」

「有必要火速找人去請教一下全村的老人家，是不是還有其他類似的手毬歌。」

「金田一大師！」磯川警部眼睛瞪得老大，像要把金田一整個人吸進去。「這麼說，你認為還有其他像那種詭異的手毬歌存在？」

「沒錯。警部，難道您不覺得剛才由良老太太唱的手毬歌有點奇怪嗎？」

「有點奇怪，你的意思是……？」

「是這樣子的，警部，像那種手毬歌，一般都是有三個、五個，或是七個小節，而且每個小節的最後都是相同的詞。好比我所知道的手毬歌裡，就有這麼一首……」

說著，金田一耕助吸了一口氣，唱起：

「第一好的是絲店的女兒……」

他還輕輕打著節拍：

「『第二好的是人偶店的女兒，第三好的是酒店的女兒，第四好的是鹽店的女兒，第五好的是布匹店的女兒，揹著布匹嘿唷嘿唷，嘿唷嘿唷……』換句話說，從一到五全是講某某店的女兒，對吧？這是一般手毬歌的形式。可是，剛才老太太唱的手毬歌裡有三隻麻雀在說故事，第一隻說的是村長的事，第二隻和第三隻說的卻是某某家女兒的事，我覺得這首手毬歌的形式有點奇怪。如果是三隻麻雀說故事，應該是三隻都說某某家女兒的事才合理。」

「嗯，有道理、有道理，這麼說來……」

「所以，我認爲在這個鬼首村裡，應該是從以前就分別存在著屬於村長和屬於某某家女兒的兩種系列的手毬歌。這樣一來，一定還有一段某某家的女兒做了什麼之後被趕回去了。而且，聽說這個村子每家都有個屋號，阿幹的老家是竹簍店，由佳利的老家則是鎖店。依此判斷，應該還有一個很有女人味的某某家的女兒，做了什麼之後被趕回去了，要有這麼一小節存在才對。」

「金、金田一大師！」磯川警部全身一僵，嗓音也尖銳了起來。「那、那麼，大師的意思是，凶手打算殺害另一名女孩子！」

「不不不，」金田一耕助使勁搖頭，「先別管凶手是不是打算再殺一名女孩，總之我們有必要先瞭解一下這名女孩會是誰，不是嗎？」

「有、有、有道理，的確有道理，」磯川警部加強語氣，「而且這種類型的凶手，往往會想一絲不苟地完美犯案，尤其是在枡斗店的女兒和秤店的女兒都讓他順利得逞之後。」

「沒錯，正因如此，這名凶手的危險度倍增。」

「好！」磯川警部握緊拳頭，「金田一大師，感謝你告訴我這麼重要的事。沒錯，事情應該正如大師所說，三隻麻雀的故事裡，交雜著村長和某某家女兒的事的確很怪，一定還有另一名女孩才是……啊！」

「怎麼了？」

「金田一大師！」

這名既正直又是個好好先生的資深警部，老眼裡微微含淚。

「這次我眞的又要對大師五體投地了。剛才大師說過，如果那本雜誌不在草庵裡，並不是遺失，應該是有人刻意偷走。我現在終於懂你這句話的意思。放庵刊在那本雜誌的〈鬼首村手毬歌研究〉，文章裡一定也寫著第三名女孩的事吧。」

「我也是這麼認爲。」

「那麼，由良老太太應該早就知道這件事才對。而且，她把這首手毬歌的其他部分記得那樣清楚，卻忘記最重要的部分，也就是接下來可能會遇害的某某家女兒的部分，這一點相當可疑。」

「所以，她才一直故意強調自己是老糊塗啊。」

「混帳東西！那個死老太婆！」磯川警部不由得破口大罵，隨即慌忙環視四周，放低聲音：「金田一大師，你是不是認爲，那個老太太跟這次的案件有關聯？」

「不，應該沒有吧。」金田一耕助緩緩搖頭，「實際上，她昨晚的確打算要告訴我們那首手毬歌的事，只是我們糊里糊塗地把心思全放在太空由佳利身上，才錯失這個機會。話說回來，如同警部所說，這麼重大的事，即使託人傳話也行，應該早一點讓我們知道才對。她沒這麼做，大概是因爲活到像她那麼大歲數，多少會變得壞心眼吧。不，與其說是壞心眼，不如說是超越是非善惡了。村長和自己的孫女都按照手毬歌的歌詞內容遇害，接下來說不定會輪到秤店的女兒。好，果眞如此，既然自己嘗到苦頭，就讓秤店也嘗嘗吧……或許她心裡就是這麼想的。」

「有道理、有道理。」磯川警部使勁點頭，「後來秤店的女兒果然如同手毬歌的歌詞被殺，這麼一來，她八成會想：凶手一定還準備殺下一個。好，我就等著看下一場好戲……」

「沒錯。說實在的，那個老太太身上眞有點妖氣。」

「這麼說，她算是個老妖怪了。你看她年紀都那麼大了，還不把家族的財政大權交給敦子，到現在還牢牢掌控著。話說回來，金田一大師，手毬歌的歌詞應該會再提到一名某某家的年輕女孩，對吧？」

「沒錯，要是沒這層顧慮，那個老太太剛才就會繼續唱到第三名女孩的事。」

「太好了！」磯川警部雙手用力一拍，「如果知道這名女孩是誰，我們就可以布下天羅地網。金田一大師，你這次又讓我上了珍貴的一課。」

磯川警部感激不已，那厚實的手掌握住金田一耕助的手，使勁搖了又搖。

「對喔，這倒也是。」金田一耕助歪了歪頭，「既然有這個方法……剛才說要找人去請教全村老人家的事就取消吧，我們應該悄悄去請教辰藏的母親或是其他人。」

「瞭解。那麼，今晚秤店的守靈宴，我們早點離開，去由佳利那裡一趟吧。不然，守靈宴乾脆不要去……」

「可是，我倒是想去一趟秤店的守靈宴。」

「咦，爲什麼……？」

「我猜，說不定文子的親生母親咲枝，已從鳥取趕來。」

「啊！」警部響亮地咂了聲嘴，「說的也是、說的也是！如果上午打電報，她還來得及參加今晚的守靈，你說得一點都不錯。好，金田一大師，我們現在就去秤店的守靈宴吧。」

「啊，警部，請等一下。」

「金田一大師，怎麼了？」

「沒什麼，只是不曉得那條山椒魚還在不在？」

於是，兩人來到廚房，往水缸裡覷了一眼。那條醜陋的怪物噁心的皮膚深處仍發著亮光，彷彿冬眠般靜止在水中，一動也不動。

「這種動物不餵食也能活滿久的啊。」

「對了，金田一大師，」磯川警部一邊觀察金田一耕助的側臉，一邊低聲問：「你對這隻動物似乎滿有興趣，是不是認爲跟這次的案子有什麼關聯……」

金田一耕助緩緩搖頭。

「目前爲止我還沒有任何頭緒，只不過，放庵抓來這條魚的時候，剛好是在案發前夕。我不由得懷疑，搞不好牠在這件案子裡也插了一腳……」

兩人好一會不發一語，只是靜靜看著在缸底動也不動的噁心怪物。

「聽說吃了這種魚會變得精力充沛……」

聽著警部的喃喃低語，金田一耕助蓋上水缸蓋子。

「好了，警部，我們走吧。」

金田一耕助的預言果然又說中了。

仁禮家的守靈場面，比昨晚由良家的守靈宴來得盛大。當金田一耕助和磯川警部共乘一輛腳踏車在七點左右到達仁禮家的時候，寬敞的玄關已堆滿來客的鞋子，甚至找不到落腳處。

兩人進到屋裡，在玄關負責接待的歌名雄立刻出聲打招呼：

「金田一大師、警部，你們上哪去了？嘉平老爺一直在找你們。」

「這樣啊。那麼，歌名雄老弟，麻煩你通報一聲，說我們到了。」

「知道了。」

仁禮家建築的構造也是所謂的「三間流」，不過和由良家不同，從守靈宴的這個晚上，打通所有房間的大廳裡就擠滿前來弔唁的客人。從玄關步上緣廊時，一股難受的悶熱迎面襲來，幾乎教人全身發軟。

兩人穿過緣廊來到十張榻榻米大的房間，這裡設置的靈壇遠比昨晚由良家的靈壇要來得高級宏偉，供奉的物品數目也更爲豐盛，十分豪華講究。

磯川警部獻上兩人聯名的奠儀，和金田一耕助並肩上了香。就在這時，穿著外褂搭褲裙正式禮裝的直平走了過來。

「金田一先生、磯川警部，感謝兩位來上香。謹代父親向兩位致謝。」

「請節哀順變。對了，剛剛聽歌名雄說，令尊在找我們……」

「是的，家父一直在等待兩位，兩位的餐點也另外備好了……路子，為客人帶路吧。」

「好的，請跟我來。」

擠得滿滿的守靈客人讓出路，通過大廳之後，跟由良家一樣出現一條遊廊。順著遊廊過去，可看到離屋的三個房間，每個房間也都比由良家豪華，大小各為十張、八張、八張榻榻米大，由於這三個房間的紙門全都打通了，從那個熱得令人全身發軟的大廳來到這裡，終於有種可以好好呼吸的感覺。

在十張榻榻米大的離屋房間裡，已備好四份豪華料理。金田一耕助和磯川警部被安排坐在面對壁龕的兩張小飯桌前，隨後，嘉平老爺帶著一名約四十四、五歲的婦人，從內室來到兩人面前。這個離屋房間的內側，似乎還有別的房間。

「感謝金田一大師和磯川警部前來弔唁。坐著就好、坐著就好，不用起來了。」

嘉平得體地寒暄。

「路子，可以下去了。不過，麻煩妳先準備溫酒，今天人多吵雜，等一下恐怕我拍手妳也聽不到。」

「好，我知道了。那麼，金田一大師、磯川警部……」

「嗯。」

「請兩位慢用。」

路子深深低頭行禮後便離開了。

「來，大師、警部，今晚請爲死者祈求冥福，慢慢喝幾杯吧。不過在那之前，要請兩位見一下這個人。」嘉平回頭望向他帶來的婦人，「她是咲枝，我最小的妹妹。咲枝，這兩位就是我提過的金田一大師和磯川警部。妳跟兩位打招呼吧。」

「是。」穿著喪服的咲枝低頭行了禮，「兩位好，我是往生者的母親，名叫咲枝……」

話還沒說完，咲枝便「哇」地一聲，趴著哭了起來。

# 第二十五章　揭露祕密的第二夜

咲枝哭了好一陣子，終於擦乾眼淚說：

「我實在太失禮了，一見面就讓兩位看到這麼不堪的樣子，眞是太丟臉了。我不會再哭了，請兩位務必替我那可憐的女兒討回公道。」

才剛說不會再哭，咲枝又開始哽咽，好不容易壓下情緒。

「唉，金田一大師、磯川警部。」

「嗯。」

「也難怪她會哭得這麼傷心。」嘉平連忙替她解釋，「要說可憐，死去的文子的確很可憐，但被留下來的這個人更是可憐。最後竟然母女還沒相認，就遇到這樣的事……這是我最感到遺憾的地方。」

嘉平感傷地邊吸鼻子邊眨著眼睛，像是突然想到什麼，說道：

「哎呀，眞是糟糕，我怎麼搞的……還沒講正事就拚命發牢騷，兩位很傷腦筋吧。來，不要客氣，請兩位一邊聽她講一邊慢用。」

他提起酒壺一一爲兩人倒酒。

「眞的沒什麼好招待的，請別客氣，多吃點……咲枝，來，幫警部倒個酒吧……」

「哎呀，眞不敢當……」磯川警部端起斟得滿滿的酒杯，輕啜一口便放下。「這麼說來，這次不幸遇難的文子小姐，眞的如同傳聞所言，並非嘉平先生的骨肉，而是您這位妹妹的……？」

「是的。事情都到這種地步了，金田一大師……」

「是。」

「我也顧不得什麼丟不丟臉，咲枝也有所覺悟，我們會一五一十告訴兩位。金田一大師，請您聽我慢慢道來。」

「好的，我洗耳恭聽……」

金田一耕助爲嘉平倒酒，嘉平雙手端起酒杯，一口氣喝乾，身子往前一靠說道：

「在妹妹面前，我這個做哥哥的接下來要講的話，或許不是很恰當……我們家咲枝，是所有兄弟姊妹裡腦筋最好的。我們原本有七個兄弟姊妹，但如同方才在由良家說過的，我的姊姊富貴子小時候便夭折了，所以長大成人的只有六個。而在六個兄弟姊妹當中，這個么妹的腦筋特別好，學校的成績也很優秀。所以，從總社的女子學校畢業之後，一方面她自己希望進修，學校老師也覺得像她這麼優秀的學生，只念完女子學校太可惜了。最後，家父在老師的慫恿之下便贊成了，讓她離家寄住在神戶進修。幸好我最大的妹妹次子就是嫁到神戶，家父便把咲枝交託給次子，讓咲枝繼續升學，去念J學院的專門部。現在回想，那時候的決定等於種下一個大禍根。就算她腦筋很好，一到大都市，一定會有一些色鬼般的男人張著眼睛，拚命物色這些只有十九、二十歲，還不懂人情世故的單純女孩。我們不是不知道這種情況，不過，當父母的多半是傻瓜，認爲只有自己的兒女不會遇到那種事。於是，咲枝被送到神戶去了。那是在昭和六年的春天。」

嘉平老爺講完這段冗長的話，稍稍休息了一下，先後替金田一耕助和磯川警部斟酒，順便也給桌上自己的杯裡倒了酒。

「隔年，也就是昭和七年的年末，咲枝返鄉回家，她姊姊次子跟著一起回來。可是次子竟然一開口，劈頭就自責疏忽管教，說什麼咲枝懷孕了，家父和家母可眞是大吃一驚啊……警部……」

「嗯，那是一定的。」

「再怎麼講，她是么女嘛，對家父家母而言，可說是寵愛有加的掌上明珠。而且身爲女孩，能念到比女子學校還要高等的學校，在這一帶咲枝是唯一一個。加上她長得不錯，家父家母只要提到她，總是非常引以爲傲。這樣一個女兒，居然在不曉得對象是誰的情況下，在外頭懷孕，家父家母實在失望透頂。」

「唔，說的也……嗯……」

那個令父母大失所望的咲枝就在眼前為自己斟酒，磯川警部只能邊喝酒邊含糊搭腔。

「可是我啊，金田一大師……」

「嗯、嗯。」

「這個妹妹跟我相差十七歲。雖說是兄妹，卻相差十七歲，與其說是妹妹，不如說像是女兒。打從她一出生，我每天又是揹又是抱，有時候連尿布都會幫她換，所以她可說是我最疼愛的妹妹，但她竟然出了這麼大的紕漏，當時我也氣到快不行了啊，磯川先生。」

「唔，嗯，也是。」

「儘管這麼講，她有孕在身，打不得也罵不得。話說回來，既然孩子都有了，也是無可奈何。如果他們眞的相愛，我打算讓他們成親，所以我們一家子圍著她問對方到底是誰，但她竟然說打死也不能透露對方的名字，如果要逼她說，不如咬舌自盡。哎呀，眞是傷透腦筋，不知如何是好。」

「嗯，原來如此。後來呢？」

磯川警部說完，回頭一看，發現金田一耕助低頭默默吃著烤鯛魚，可能是想避免直視咲枝吧。

「後來，因為她怎麼都不肯說，我把目標轉向妹妹次子，拚命責問她，但她也毫無線索。這樣逼問下去不是辦法，但又不能放著不管，於是我決定等孩子生下來，就當成是自己的孩子扶養。幸好我去年過世的內人，她娘家在城崎經營溫泉旅館，我便把內人和這個妹妹一起送去暫住，之後生下來的孩子就是文子，那是昭和八年五月四日的事。嗯，這樣處理好歹算是保住面子，只是這裡不比大都市，鄉下地方小，閒話也傳得快，不曉得從什麼時候開始，全村的人都知道文子不是我嘉平的女兒，而是咲枝的私生女。文子漸漸長大，對於村子的傳聞感到很苦惱，現在回想起來，她眞是可憐啊。」

說到這裡，嘉平感傷地吸著鼻子，咲枝也咬住手帕，拚命地壓抑嗚咽聲。

這些是之後聽說的。後來，咲枝在對方也曉得這件事的情況下嫁去鳥取，她的丈夫不咎既往，非常疼愛她，兩人之間現在也有三個小孩了。然而，咲枝午夜夢迴始終無法忘懷的，仍是可憐的文子——一直爲私生女的身分感到煩惱和羞恥，身爲女人在還未開花結果之前，便可憐地慘遭殺害的那個不幸的親生女兒。只要一想到她，咲枝心頭便有如刀割。

「幸好我哥哥和大嫂都把她當親生女兒一樣疼愛，直平和勝平也都是好哥哥。前一陣子哥哥還跟我說，一定會讓文子有好的歸宿，要我儘管放心，而我也好幾次回來感謝哥哥的辛苦栽培。誰知道竟會發生這麼可怕的事……」

咲枝只能強忍著嗚咽，緩緩道出自己的苦楚。

「好了、好了，看妳哭成那個樣子，我會很難過。而且客人還在，妳一直哭，好喝的酒也變難喝了嘛，別再哭了。」

「對不起，我不是故意讓哥哥不好做人，我實在是太傷心了，所以想請金田一大師和磯川警部替我們討回公道。」

「那麼，針對這件事，我想請教一下……」磯川警部雖然認爲眼前的兩人會這麼傷心也是人之常情，對咲枝的遭遇亦深表同情，但他似乎從剛剛就被咲枝的訴苦和眼淚弄得有點不知所措。於是，他抓住機會，連忙往前一靠，問道：「剛才聽了兩位的說明，大致已理解文子小姐出生的經過。不過，文子小姐的親生父親究竟是……？」

「這個嘛，警部，」嘉平瞪大眼睛輪流看著金田一耕助和磯川警部，「聽說昨晚在由良家守靈的時候，敦子女士與兩位有過一場密談。金田一大師，她沒談到這方面的事嗎？」

「嗯，這我倒是曾請教她。」

「也談到文子父親的事……？」

「是的。」

「那敦子女士說了什麼嗎？」

「嗯，她說啊，可能就是恩田幾三這個騙子……」

嘉平向咲枝悄悄使了個眼色。

「喔，她果然知道了。不過，她又是從哪裡聽到這件事？」

「這個啊，嘉平先生……」

金田一耕助一副有口難言的樣子，於是磯川警部立刻接過話：

「據說是從村長那裡聽來的。」

「喔，這樣啊。」嘉平微笑著點了個頭，嘴角浮現一絲苦笑。「金田一大師……」

「是。」

「那首手毬歌，就是剛才由良老太太唱的那首手毬歌……」

「嗯、嗯。」

「那歌詞寫得眞好。女人是找到了，可是村長太多嘴，到處宣揚，結果被用毒殺村長草給催眠了，給催眠了……哈哈哈……」嘉平諷刺地笑，「哎呀，金田一大師……」

「是。」

「還有磯川警部，請仔細聽我說。我是很久以前從村長那裡聽來的，這次被殺害的泰子小姐，其實也是恩田這傢伙造的孽……」

「咦，哥哥，怎麼會……」

咲枝倏地露出驚恐的神色，金田一耕助和磯川警部也大吃一驚，三人幾乎同時把目光轉向嘉平。

嘉平仍苦笑著，眼中浮現惡作劇之意。他來回看了看金田一耕助和磯川警部，不久便回頭望著咲枝。

「咲枝，不用擔心。我並不是生氣那個人多嘴，爲了報復才說出這樣的話。我沒有孩子氣到那種程度。不過，這件傳聞還是讓兩位先生知道一下比較好，或許可提供一些辦案的參考，所以我才會說出來，妳不必擔心。」

「是啊、是啊，嘉平先生，」磯川警部一副驚恐未定的模樣，傾身向前問：「照您這麼說……如果您說的是事實，泰子小姐和貴府的文子小姐，就是同父異母的姊妹……」

「不、不，警部，」金田一耕助咯噔咯噔晃著膝蓋，拚命抖著腿說：「不只泰子小姐和文子小姐，大空由佳利這個女孩也是……」

「啊啊！」

磯川警部失聲叫了出來，眼睛瞪大到不能再大。他先盯著金田一耕助看，又盯著嘉平老爺和咲枝看。咲枝驚訝到嘴唇發白，一臉絕望地陷入沉默。只見她鼓著僵硬的臉頰，肩膀不停微微顫抖。從這個反應看來，她似乎也是第一次聽到這件事。

「不過，嘉平先生，這件事應該不是空穴來風吧？」

不愧是磯川警部，此刻的眼神相當嚴肅。

「村長應該有確切的根據才敢那麼說。照道理講，知道孩子父親是誰的應該只有母親本人。所以，村長是不是眞的掌握泰子小姐是恩田親生女兒的證據，的確值得商榷。不過，恩田這傢伙和敦子女士曾有見不得人的關係，村長似乎是眞的握有證據……由良家年輕的這一代共有四個兄弟姊妹，老大敏郎今年虛歲三十五歲，戰死的次郎如果還活著是三十三歲，嫁到姬路的房子是三十一歲，換句話說，每隔一年生下一個小孩，之後突然中斷生育，一直到房子出生後第八年才生下泰子。我今天爲文子的事去了一趟村公所，順便查了一下由良家的戶籍，才發現房子是在大正十三年三月七日出生。之後間隔七年，也就是第八年的昭和八年四月十六日才是泰子小姐的生日。這個啊，金田一大師……」

「嗯。」

「一般不要說是間隔七年了，隔十幾年才又生出孩子的例子並不是沒有。我的親戚裡就有這樣的例子。只不過，隔了七年才出生的泰子小姐，她那個容貌啊，跟她的雙親和哥哥姊姊一點也不像。再加上，既然敦子女士和恩田之間有過牽扯，也難怪村長會懷疑很有可能是恩田的孫子了。」

「你的意思是，村長可能握有敦子女士和恩田之間的關係的證據？」磯川警部敏銳地追問。

「沒錯。至於村長是在什麼時候、什麼機緣下跟我講這件事……」嘉平難爲情地笑了笑，用大大的手掌摸了摸臉頰。「嗯，這又是在咲枝面前很難開口的一件事了。不過，爲了贖罪，我就一五一十告訴兩位吧。之前我跟金田一大師提過，有段期間我和敦子女士走得很近，那是在卯太郎先生過世一年後，大概是昭和十一年左右吧。當時，不管是她還是我都相當火熱，我根本沒把村裡的傳聞當一回事，不斷私下和她約會。父母都非常擔心，一直勸我。可是，父母對於我把文子當成親生女兒這件事，心裡都有些愧疚，雖然這麼講對咲枝有點殘酷……就因爲這樣，他們縱使想勸我，話也沒辦法說滿。只是話說回來，我倒不是抓住這一點繼續跟她約會，說眞的，我對她非常著迷。就在那時候，村長聽了家母的煩惱，表示『好，這件事交給我』，接著就跑來想勸我。村長事先強調，絕對不能把他說的話告訴任何人，即使是我的雙親。在這個前提之下，村長告訴我的就是剛才向兩位透露的那件事。哎呀，我當時聽完，實在大吃一驚……兩位聽到接下來我所說的話，或許會認爲我是禿驢笑和尚，可能會瞧不起我……我是在她成了寡婦之後，才跟她發生關係，可是如果村長所言屬實，恩田那傢伙就是和有夫之婦通姦了。光這一點就讓我覺得很不舒服，我甚至把恩田的女兒當成自己的女兒耶。如果敦子女士眞的生下恩田的孩子，而我還繼續跟她幽會下去，要是哪一天我和她又有了孩子，事情會變得極爲複雜。想到這裡，我就覺得非常不舒服，不舒服到了極點。這麼一來，哪怕是百年的戀情，也會瞬間冷卻下來。」

結束長篇大論，嘉平的臉不免微微泛紅。

「金田一大師……」

「嗯。」

「我把所有的事全揭露出來，但對方畢竟是個婦人，的確有點殘酷。只不過，恩田的親生女兒當中有兩個人連續被殺了，我想這次的案子的謎團跟這件事或許有所關聯，才會狠下心來向兩位報告。不過，如果事實上這個部分與案情毫無關聯，請兩位就把我剛才說的全忘了吧。咲枝，妳也一樣，知道嗎？」

不愧是嘉平，設想得相當周到，最後還特別做了叮囑。

# 第二十六章　金田一耕助前往神戶

「我很能體會您的心情。」金田一耕助恭敬地說道。「那麼，當時村長針對恩田和敦子夫人的關係，是否曾談到比較具體的事證？」

「嗯，他本來正準備要說，但我那時覺得不舒服到了極點，發起脾氣，根本不想聽那些汙穢的事，便把村長趕回去了。不過，我倒是想起一件事……」

「想起一件事……？」

磯川警部催促嘉平說下去，他紅著臉頰苦笑道：

「當時我的確是怒氣衝天，還凶狠地把村長趕回去，後來仔細想想，我的結論是，恩田的事是否屬實再說，但或許跟敦子女士徹底斷絕關係比較好，於是我下定決心跟她分手。不過，決心下是下了，又該如何向她提？這點讓我傷透腦筋，因爲我對她很著迷，事實上，她也同樣熱衷，所以在不清楚村長所言眞假之前，我這個當男人的也不好一項項去指責對方。沒想到，比我想像中簡單。我戰戰兢兢地提出分手，她竟然一口答應。男人說起來也很任性，看她這麼爽快答應，我反倒覺得有些沒趣、有些氣憤，同時也十分納悶。當時那種心情到現在我都記得很清楚。以我的立場，可能希望她揪住我的前襟說：不要，不要分手。哈哈哈……開玩笑的。話說回來，如果敦子女士眞的知道文子的父親是誰，這麼一想，應該也是從村長那裡聽來的吧。但即使村長再怎麼多嘴……不，其實我不認爲村長是那麼多嘴的人，就算他眞的像手毬歌描述的那麼多嘴，我也不認爲他會毫無理由便惡毒地四處告密。」

「您的意思是，村長是爲了讓您對敦子女士死心，才說出泰子小姐的身世……或者說是泰子小姐身世的疑點。另一方面，村長又對敦子女士說出文子小姐的身世，好讓她對您死心，是嗎？」

「沒錯、沒錯，就是這樣。村長這個人啊，一彆扭起來的確很棘手，其實他本性是樂於助人的。所以現在想想，再怎麼講，他很可能是擔心我和敦子女士之間那種醜陋的關係再持續下去，等於給村子裡的年輕人一個壞榜樣，才採取了那種非常手段吧……」

「原來如此，我懂您的意思了。」磯川警部點頭如搗蒜，「這麼一來，可以說即使泰子小姐的身世仍存在一些疑點，文子小姐卻的確是恩田的骨肉，是吧？」

「是的，生下文子的人都這麼說了，應該錯不了。至於咲枝是什麼時候才坦白說出來？嗯，是在要以我們夫婦的女兒的名義報戶口的時候，我跟咲枝說，我不會生氣，也不會再責罵妳，不過妳至少把孩子父親的名字告訴我們吧。在我的勸說下，她才說出來。哎呀，我眞的大吃一驚。之後我繼續追問，才知道她是在開往神戶的火車上被搭訕，然後慢慢受到誘惑。當時那個人每次來村裡，不都是寄住在由良家嗎？他就是拿這一點謊稱是敦子女士的親戚，咲枝心想，若是敦子女士的親戚，家世就沒問題了。而且，他還謊稱是神戶的高商畢業……總之，當時完全被他騙得團團轉。」

接著，嘉平又代咲枝說明遭受誘惑的經過，在一旁聽著的咲枝始終一副難為情的樣子，然而她倒沒有臉紅，也不再流淚，應該是一心想要替女兒討回公道，已有徹底的覺悟了吧。

「原來如此……對了，夫人……」

「嗯。」

「這件事或許妳已從令兄那裡聽過……今天在場的這位磯川警部，他從很久以前就對昭和七年那個案子抱持懷疑。他認為被殺的人可能不是『龜之湯』的源治郎，而是恩田。」

「是，這件事剛才聽家兄說過……」

「妳的看法如何？」

「像我這麼普通的女人實在不大懂那種事，只不過，像他那樣突然行蹤不明，現在回想的確有點奇怪。」咲枝的眼裡滿是驚恐。

嘉平傾身向前說道：

「話雖如此，不過，警部，還不都一樣嗎？」

「都一樣……您指的是……？」

「就算實際上被殺的是恩田，殺人逃亡的是『龜之湯』的源治郎，那麼，源治郎同樣從此不知去向，難道這樣就不奇怪嗎？」

「不，如果是這樣，老爺，應該就不太一樣了。」

金田一耕助溫和地插話。

「不太一樣……您的意思是……？」

「當時，警方認爲恩田是凶手，將他列爲全國通緝的對象，如果是源治郎被視爲凶手，發送到全國各地的通緝畫像和照片就會不同。因此，如果凶手其實是源治郎，他就比恩田容易逃亡。」

「喔，有道理。」嘉平大大點了個頭，「這麼說來，警部是從什麼時候開始懷疑眞凶是源治郎？」

「哎呀，因爲恩田下落不明，我才開始懷疑，搞不好被殺的其實是恩田。那時候案發已過三、四個月了。」

「原來如此。不過，警部爲什麼沒重新搜索源治郎的行蹤呢？」

「當時我還年輕，只是一名基層刑警，我在搜查會議上曾提出這個推測，但沒得到上層的重視。再說，要是弄得到源治郎的照片，我一定會想辦法採取行動，就是不巧連一張也沒有。」

「啊！」金田一耕助吃了一驚，回頭看著磯川警部。「源治郎的照片一張也沒有？」

「是啊。」

「可是，這不是有點奇怪嗎？據說他在神戶曾是紅透半邊天的電影解說員，怎麼會連一張照片也沒有？」

「哎呀，就是因爲那樣才會一張照片也沒有啊。源治郎的父母非常保守，對於兒子在當電影解說員都覺得有失體面。所以，聽說源治郎是把所有照片都燒光才回來的。」

「原來如此。」

金田一耕助不發一語，陷入沉思，然後突然將目光轉向咲枝。

「夫人……」

「是的。」

「妳曾在神戶跟源治郎見面嗎？」

「沒有，從來沒有……」

「不，我不是指直接和他見面，而是像捧同鄉的場，去聽他的電影解說之類的。」

「不不，金田一大師，您弄錯了……」

「弄錯……？」

「『龜之湯』老闆的兒子當過電影解說員這件事，是在源治郎被殺害之後，村裡的人才曉得。如同剛才磯川先生所說，『龜之湯』上一代老闆非常保守，他認爲兒子的職業有失體面，拚命隱瞞兒子在當電影解說員的事。就是因爲這樣，當源治郎被殺，他在神戶曾是知名電影解說員的事曝光之後，村裡的人等於接連受了兩次驚嚇。所以，當初咲枝是不可能知道的。」

「這樣啊，原來如此、原來如此。」

金田一耕助拍了一下和服褲裙，露出苦笑。

昨天幾杯酸飲料下肚，辰藏得意忘形地模仿電影解說員。看到那一幕，金田一耕助以爲全村子的人在源治郎生前就曉得這件事，直到現在他才知道是誤解。

「金田一大師，如果您聽了我接下來要講的事情……」

「嗯。」

「您說不定會笑我是個思想封建的人。從前……也就是在戰爭結束之前，做那種生意……我是指像『龜之湯』那種經營溫泉療養所的人，這一帶的農民都把他們視爲最低的階級，瞧不起他們。可是『龜之湯』上一代老闆自尊心很強，一直非常努力，不輕易暴露弱點。正因如此，對於兒子在當電影解說員的事，他眞的是拚了命隱瞞。但青柳史郎在關西是屈指可數的紅牌電影解說員，當這件事曝光，我眞是吃驚到嘴都合不上了。」

「聽說源治郎小學一畢業就馬上離開村子，老爺，您還記得他嗎？」

「不記得，一點印象也沒有。那時還是因爲發生了那樁命案，我才想起『龜之湯』有那麼一個兒子，本來我早忘得一乾二淨。聽說他小時候是個很不開朗的孩子，在學校也不太顯眼。那樣的孩子，竟然不知道什麼時候成了紅牌電影解說員，更是讓人訝異不已。」

「不過，老爺，」金田一耕助輪流望著嘉平和磯川警部，「聽說『龜之湯』的源治郎會跑去恩田的住處找他算帳，是令尊唆使他去的。」

「咦？」嘉平頓時瞪大眼睛，「是誰那麼說的？」

「我是從旁邊這位警部那裡聽來的。」

「警部，那是冤枉的啊！」嘉平立刻否認，「我曉得了，您是不是聽說，由良家推薦村民從事鼓花緞的副業進行得非常順利，家父起了嫉妒心，便教唆源治郎去幹那件事，是不是這樣？」

「唔，當時村民都是這麼說的啊。」

「警部，那絕對是有人編造出來的。講到家父的爲人，因爲他工作能力優異，的確比一般人強勢。但另一方面，他也是個討厭邪門歪道、相當擇善固執的人。所以，像是故意潑他人冷水，或是從中攪和之類的事情，就算有人慫恿家父，他都不可能去做。事實勝過雄辯，那件命案發生之後，『龜之湯』有那麼一個兒子的事曝光，家父正是大吃一驚的人們當中的一個啊。」

「唔，眞的失禮了。」磯川警部顯得有點難爲情。

「沒什麼、沒什麼。」嘉平很率性地揮一揮手，「這麼一說，我倒是想起來，當時村裡的人的確都認爲由良家和我們家之間，一有什麼事總是對立。不過，由良家怎麼想不得而知，但家父是全副精神都放在工作上的人啊。好了，我爲家父做的辯解到此爲止。金田一大師，您有其他問題嗎？」

「喔，我想再請教夫人一個問題……」

「是。」

「這個問題或許非常失禮，還請見諒……恩田身體上有沒有什麼明顯的特徵呢？比如，雖然外表看不太出來，其實他的體毛比一般人濃密，或是右手比左手長之類……」

聽了金田一耕助這個問題，咲枝的眼眶微微泛紅，不過倒是沒有露出羞怯的模樣。

「這個啊，金田一大師……」

「嗯。」

「談到這個眞的有點難爲情……事實上，那個人和我只發生過三次肉體關係，這樣就懷孕了，說來有點誇張，卻是千眞萬確。所以，我和他的關係沒親密到水乳交融的程度，您這麼問我，我也沒辦法好好回答。與其問我，不如去問由佳利小姐的母親，她應該會比較清楚。」

「這樣啊，我懂了。那麼，我待會再向由佳利小姐的母親請教看看。」

說曹操、曹操到，就在這個時候，大廳傳來演唱《枯葉》的歌聲。金田一耕助和磯川警部詫異地看著彼此，四人不約而同靜靜聆聽著歌聲。

「這個歌聲是……？」沒多久，咲枝顫聲問道。

「是大空由佳利吧。對了，聽說她昨晚也在由良家的守靈宴上獻唱……」

「同樣是這首歌啊。」

「哎呀！」

咲枝瞇細了眼，屏住呼吸，專心聆聽歌聲。聽著聽著，她忍不住拿手帕按住眼睛。

「由佳利小姐，那個女孩……她大概完全不知情吧，她們三人竟然是同父異母的姊妹……」

她顫抖著哭了起來。

金田一耕助和磯川警部又互看一眼。

這時，兩人突然明白一件事情。昨晚在泰子的守靈宴上聽見由佳利的歌聲，敦子那彷彿中邪的眼眸裡浮現的火焰……兩人也終於明白，原本一直沒流半滴淚的「八幡女士」，爲何會突然因由佳利的演唱而頻頻落淚……

「啊，警部……」當大空由佳利唱完《枯葉》的一段，大廳傳來如雷的掌聲，這時金田一耕助才彷彿自夢中醒來，回頭看向磯川警部。「今天眞是麻煩老爺了，招待我們這麼豐盛的晚餐，不過我們差不多該告辭了，警部也有很多事要忙，不是嗎？」

「咦，這麼快就要走啦？我還沒請兩位喝到幾杯酒……好吧，咲枝，妳去叫路子進來。」

「好的。」咲枝慌忙擦擦眼淚站起。

四十分鐘後，金田一耕助和磯川警部跟昨晚一樣，又來到「由佳利宮殿」的客廳，與春江和日下部是哉面對面坐著，而由佳利尚未從仁禮家的守靈宴回來。

然而，兩人造訪的最大目的徹底落空。辰藏的母親松子幾乎完全痴呆，只是勉勉強強活著，她的丈夫蔘太還很硬朗，記憶力也不錯，但一方面他是男性，對於那麼古老的手毬歌根本沒什麼記憶，再者，聽說蔘太是從他鄉收養的，眞有可能記得手毬歌的，也應該是松子。

「金田一大師，聽說手毬歌跟這次的案子有關？」在客廳面對面一坐下來，日下部是哉馬上好奇地問道。

「哎呀，眞是可怕。」春江的眼神變得得尖銳。

「是啊。不過夫人，你們也要特別注意一下由佳利小姐的安全。」

「哎唷，您說千惠子也……？」

「您的意思是，凶手也打算對由佳利下手？」

坐著的春江和日下部不由得驚恐到全身僵硬。

「唔，再怎麼講，這件案子實在太叵測了。像由佳利小姐這麼漂亮的年輕女孩，還是稍微注意一下身邊的安全比較好，不過……」

「不過……？」

「希望你們在注意由佳利小姐身邊安全的這件事上，能夠低調一些，別讓凶手察覺……」

「哎呀，這該怎麼辦才好？」春江整張臉發白，惶恐地站起來。「我馬上跑一趟，去把她接回來吧。」

「可是，夫人，我正想向妳請教一些事情……」

「是嗎……」

這時日下部是哉立刻起身，說道：

「我去接她吧。春江小姐，不用擔心，現在還不到八點。」即使是日下部，表情也不由得嚴肅起來。「我會想辦法找個理由，把由佳利接回來。那麼，兩位請慢坐……」

「老師，拜託您了。」極度恐懼的春江眼神渙散，拿著手帕的雙手不停發抖。

不久，日下部是哉便出門了。

「金田一大師，您要問的是……？」

「嗯。接下來要請教妳的，可能是個很冒昧的問題……」

金田一耕助問了有關恩田幾三身體有無明顯特徵的問題。春江聽了之後，默默陷入沉思，沒多久，她突然抬起頭。

「對了，這麼一問我倒想起來，那個人啊，腳趾跟一般人有點不一樣。」

「腳趾跟一般人不一樣？」磯川警部好像也想到什麼，湊向前問：「怎麼個不一樣法？」

「嗯，他雙腳的中趾都比一般人長。所以，他的襪子都從那個地方開始破，這一點我到現在都還記得……」

磯川警部猛地從椅子上站起來，另外兩人都嚇了一跳，轉過頭看他。

「警、警部，你、你想到什麼了嗎？」

「沒有、沒有、沒有，」磯川警部使勁搖頭，「現在還不敢說有把握，不過經妳這麼一提，我想起那具屍體……昭和七年春天在放庵先生家的離屋裡，被殺害的那具屍體的腳，就是那個樣子……金田一大師，我們待會再去請教本多大醫師吧，驗屍報告是他寫的，說不定他記得。」

發現這個出乎意料的線索，連這名老練的刑警也不禁脹紅臉，額上冒出大量的汗水。

「警部，不知道那具屍體現在變成什麼樣子？夫人，這一帶都是習慣土葬吧？」

「是的，一般都是土葬，可是……」春江驚恐不已，手帕被她搓揉得皺巴巴，只差沒撕得稀爛。

「對了，金田一大師，關於這部分，其實這是我當年起疑的原因之一。源治郎的屍體在驗屍結束後還給家屬，『龜之湯』的人居然馬上火葬。他們的理由是，橫死的屍體不吉利，所以……」

「警部，這話的意思是，您認爲被殺的其實是恩田？」

「啊啊，不，夫人……」金田一耕助也站起身，「現在斷定有點操之過急。不過，往後大概會聽到一些讓妳相當吃驚的事，希望妳能先做好心理準備……警部，我們差不多該告辭了。」

留下驚恐萬分的春江，兩人走出門外。

「警部，很抱歉，腳踏車可不可以先借我一下？」

「大師，你要騎腳踏車去哪裡？」

「我想越過仙人嶺，再從總社前往神戶一趟。現在這個時間，應該來得及趕上最後一班巴士。」

「去神戶？你要去找吉田順吉嗎？」

「那裡也會去，不過有一些其他的事要辦……這件案子的根源，應該是在神戶那邊。」

磯川警部目不轉睛地看著金田一耕助。

「大師，這樣的話，我也一起……」

「不、不，警部請留在這裡。然後，麻煩你特別留意大空由佳利的安全。」

「大師，你認爲凶手準備要對大空由佳利下手？」

「警部，我現在要說的只是一種揣測……我在想那首手毬歌的下一小節會不會就是『第三隻麻雀是這麼說的，很有女人味的鎖店女兒……』。」

聽到這段話，磯川警部只是沉默地呆站在黑暗中。

「我明白了。」過了一會，他好不容易出聲：「那麼，路上小心。剩下的事就交給我吧。」

「嗯，其實我也想去一趟本多醫師那裡，可是這樣就搭不上最後一班巴士……對了，我去神戶的事，千萬不要向任何人提起。」

「好，知道了。」

「那麼，我先走一步。腳踏車我會寄放在井筒客棧……」

於是，金田一耕助撩起和服褲裙的下襬，跨上腳踏車，在星光的照耀下越過仙人嶺，直奔總社。接下來，他將要進行最後的蒐證……

# 第二十七章　成爲證據的相簿

送走直奔仙人嶺的金田一耕助，磯川警部立刻前往本多醫院。年輕的小本多醫師去仁禮家的守靈宴還沒回來，磯川警部反倒好辦事。

本多大醫師見到磯川警部這位老友前來非常高興，馬上把磯川警部帶到後方的離屋。這個房裡裝設有充滿涼意的蘆葦紙窗，若紙窗全敞開更是涼風徐徐。這似乎是爲妻子已過世的大醫師蓋的養老住所，雖然不像仁禮家那般豪華，來客反而自在。

外表很像橫山大觀的大醫師相當會喝酒，一天到晚想找人陪他喝兩杯。

兩人坐下來，寒喧過後，大醫師微笑看著警部說：

「磯川先生，聽說你剛才從仁禮家的守靈宴過來，怎會一點醉意也沒有？」

「哈哈哈……大醫師，您怎麼老把喝酒的事掛在嘴邊？對我們警方而言，現在可不是喝酒的時候。接二連三發生命案，我現在根本是滴酒不沾了。」

「算了、算了，你還是喝點酒提提神吧。一子啊，快去幫我們準備酒菜，警部可是很能喝的。」

「不，大醫師、一子夫人，兩位請不要張羅了，我在仁禮先生那裡用過晚餐。」

「哎呀，警部，請別這麼說，您就陪家父喝一杯吧，他一直愁著找不到喝酒的伴。」

這位名叫一子的，是小本多醫師的太太。真不愧是醫師娘，容貌不用說，待客的應對進退也相當得體。很久以前聽「龜之湯」的莉香提過，她是小本多醫師在大阪大學念書的時候認識的，兩人是自由戀愛結婚。一子是大阪東區一家歷史悠久的老店千金，她似乎一心想要入境隨俗，說得一口流利的本地方言。

一子離開去準備酒菜，大醫師的目光又轉向磯川警部。

「對了，磯川先生，金田一大師怎麼沒一起來？」

「他去別的地方，所以我真是有點忙不過來。」

「也是。目前查得怎樣？多少掌握到凶手的線索了嗎？」

「嗯，這個嘛，」磯川警部含糊地回答：「金田一大師那邊我不大清楚，我這邊還是毫無……現在可說是完全陷入五里霧中。」

「可是，你不是一直跟他一起辦案嗎？」

「話是沒錯，不過那位大師不是簡單的人物，不到最後關頭絕不開口，對於案情他好像又有新的發現，但就是一點也不肯向我透露……」

「話說回來，這個案子真是詭異。聽說和手毬歌有關？」

「沒錯、沒錯，針對這一點……就是針對那種手毬歌，大醫師，您知不知道其他歌詞？像是很有女人味的什麼店的女兒之類的……」

「這個嘛，警部，其實我思考過這個問題，但就是一直想不起來。從前這個村子裡的確流行過那樣的手毬歌，剛才聽兒子提及，我也想起來了。不過，我小時候很皮，根本不跟女孩一起玩。如果我那死去的老婆還在，她說不定會記得。」

「冒昧請教您今年貴庚？」

「去年慶祝七十歲生日，所以現在是虛歲七十一歲。」

「這麼說來，我剛好跟由良家的老太太年紀差了一輪。現在這個村裡，跟那位老太太差不多歲數的婆婆，好像都不在了啊，眞是傷腦筋。」

「這麼說倒是，就在這兩、三年裡，那些老婆婆一個接一個過世。你有沒有去問過別家的老婆婆？」

「哎呀，你也知道那些老婆婆是什麼樣子，簡直跟行屍走肉沒兩樣。」

「哈哈哈……也是，不過……」本多大醫師露出試探的眼神，看著磯川警部。「照你這麼說，應該還有其他類似的手毬歌存在，而且有必要先去知道嘍？」

「是啊，金田一大師是這麼說的。」

這時，一子把酒菜端進來。

「哎，這麼一來，我倒是想起獄門島那樁案子。」磯川警部突然轉移話題，大醫師則是瞪大眼睛，目不轉睛地看著警部。

「一子，酒菜擺好就先下去吧，有事我會拍手叫妳。」

「好的。警部，眞是不好意思，沒什麼能招待您的，請慢用，陪陪家父喝一杯吧。」

雖然一子客氣地說沒什麼好招待的，但等她離開一看，擺在矮桌上的是海膽、海參腸、烏魚子、紫菜醬、醋拌小黃瓜等等，全是喝酒的人喜歡的下酒菜，而且這些小菜擺飾得相當得體。

「來來，您看了也知道全是別人送的東西，眞的很不好意思。來來來，喝一杯吧。」

「哎呀，眞不好意思，這麼豐盛的酒菜……」

大醫師先幫磯川警部倒了酒，接著說：「不、不，我自己來吧。」他一邊替自己倒酒，一邊看著警部說：「對了，磯川先生，您應該是有事才來找我吧？」

「大醫師，您眞是明察秋毫……我接下來要說的事，搞不好您會覺得好笑。一直到現在，我都無法對昭和七年的那樁案子死心。」

「嗯，這是很理所當然的事……然後呢？」

大醫師看準時機幫他斟酒之後，一邊替自己的杯子倒滿酒，一邊觀察著警部的表情。

「當時向您說明我的想法，卻被您取笑了。『龜之湯』的人馬上將屍體火葬，這件事我總覺得很納悶。」

「對了，我想起來了，從那個時候開始，您就一直認為那具屍體應該不是『龜之湯』的源治郎，而是被視爲凶手的恩田，對吧？」

「沒錯、沒錯。不過，大醫師，」磯川警部放下酒杯，目不轉睛地看著大醫師：「聽說當時的驗屍報告是您寫的，所以今天想來請教一下，您對那具屍體是不是有什麼特別的印象。」

本多大醫師一開始也目不轉睛地看著磯川警部，不久，他露出苦笑。

「哎，磯川先生，關於這個問題，其實我必須先向你道歉。」

「向我道歉……？」

「哎呀，那個時候我還年輕，而且，寫驗屍報告也是生平頭一遭。所以，你後來提出那個想法，也就是那具屍體搞不好不是源治郎而是恩田的時候，怎麼講呢，我覺得好像受到侮辱。可是，仔細想想，不管那具屍體究竟是不是源治郎，責任都不在我，畢竟我只是把死因、死亡時刻和推測的凶器寫上去而已。儘管如此，你後來提出那些想法的時候，我還是誤解成是自己被指出過失了，這麼一來，當然很不愉快，對你提的問題也就愛理不理的，還咬定那一定是源治郎的屍體。可是，後來想想我才發覺，我根本沒有任何證據，足以確認那就是源治郎的屍體。除了『龜之湯』當時的老闆和老闆娘、源治郎的大哥和大嫂，以及源治郎的老婆——也就是現在的『龜之湯』老闆娘，這幾個人的證詞之外，根本沒有證據足以證明那具屍體就是源治郎。後來我才發現這一點，不僅沒有比對指紋，連臉部都燒成那個樣子，完全無法辨識。其實，當時會對你的推測一笑置之，最主要的原因，除了我認爲你的推測實在是太異想天開，也是因爲自尊心受到傷害。換句話說，源自我對你抱持的惡劣情緒，我一直到最近才發現這一點。我剛才說必須向你道歉，指的就是這件事。」

「這麼說來，大醫師，」磯川警部湊向前問：「您現在的看法呢？關於那具屍體……」

本多大醫師凝視著磯川警部回答：

「嗯，那具屍體應該是源治郎吧，我的想法到現在還是沒改變。看過『龜之湯』上一代老闆夫婦當時悲慟的模樣就會曉得。而且，我依然認爲你的想法太過古怪、太像偵探小說，這個感覺也一直沒改變。只不過，這些都是根據常理下的判斷，如果完全忽視乃是人之常情，全盤改以某種特殊理由來做推論，不將那具屍體視爲源治郎也不是不可能。這是我最近才想通的。」

「這、這麼說來，您的意思是，那具屍體也有可能是恩田？」

「不不，我的意思是，照道理來講，事實上並沒有任何科學根據，可證明那具屍體就是源治郎。只不過，每當我回想起當時『龜之湯』家屬那種悲傷和沉痛的表情，我還是會認爲那是『龜之湯』源治郎的屍體沒錯。這一點我剛才也說過了，從當時到現在絲毫沒改變。」

「嗯，我懂您的意思了。」磯川警部使勁點點頭，他端起杯子接受大醫師斟酒，一邊說：「那麼，那具屍體到底是不是源治郎，這個問題我們就先擺一邊。大醫師，您還記不記得，那具屍體的肉體上，是不是有什麼比較罕見的特徵？」

「肉體罕見的特徵……？」

「譬如外表看不出來，但如果脫了衣服就能發現，像是體毛比一般人濃密、右手比左手稍微長一點，或是手指或腳趾的模樣比較奇怪之類的……」

本多大醫師不發一語，看了磯川警部一會，問道：

「當時的驗屍報告呢？」

「戰爭期間被火災燒毀。」

大醫師又想爲磯川警部斟酒，酒壺卻是空的，於是他拍手呼喚一子。當一子端著酒壺進來的時候，大醫師說：

「一子，妳先陪一下警部，我去去就回。磯川先生，我馬上回來。」

磯川警部發現本多大醫師的表情有所動搖，於是他壓抑著興奮說：

「請、請。」

然而，過了很久本多大醫師還是沒回來。這個時候，總社的井筒客棧裡，金田一耕助和老闆娘阿糸面對面，坐在一個比較僻靜的離屋房間裡，金田一耕助留意著最後一班巴士的開車時間。

「金田一大師……」阿糸似乎很害怕，肩膀也微微顫抖。「我們做的是接待客人的生意，所以像是誰在這裡偷偷幽會之類的事，我們說不出口啊。不過，要是警察來問，就另當別論了。這一點，記得上一次您來的時候，我也說過……」

「是啊，妳丈夫當年為春江小姐的事煩惱不已，村長好像就是勸他：別管了，別管了！」

「是啊。只不過，春江小姐……因為當時春江小姐和恩田先生的事眾所皆知，我們心裡比較沒負擔。至於另一部分，應該還沒人知道，所以我根本說不出口，畢竟我們仍要開門做生意。」

「妳所謂另一部分是指……？」金田一耕助以銳利的眼神凝視她，「這麼說來，恩田和由良夫人也在這裡幽會過……？」

「是的，沒錯。所以，這件事情其實不是我從村長那裡聽來，而是我告訴村長的。當時我被村長痛罵一頓，到現在都還記得。他說那種事絕對不可以跟任何人講……」

金田一耕助幾乎按捺不住激動的心情。他作夢也想不到，那個敦子竟然會在離村子如此近的地方和男人幽會。他只是從先前阿糸的口氣推測，說不定阿糸曾從村長那裡聽到有關敦子和恩田的事，才會在前往神戶之前，先過來一趟。沒想到……

「那麼，他們常來幽會嗎？」

「算是常來吧，總共來了五、六次左右。」

「那麼，是春江小姐先？還是敦子女士先？」

「當然是春江小姐。我認爲恩田應該是和春江小姐嘗到了甜頭，才把由良夫人帶到這裡。」

「由良夫人都是毫無掩飾就來了嗎？」

「怎麼可能……」阿糸害怕地垂下肩，「她都用頭巾包起整張臉，只露出眼睛，所以一開始我沒注意到她就是由良夫人，她在我們面前根本一句話都不說。有一次，她匆忙跑進廁所，不巧讓我看到她的側臉，我嚇了一大跳，幸好她沒注意到我。不過，那時候我心想，這個有夫之婦眞是大膽啊……該怎麼說，我突然害怕起來，也不敢告訴我丈夫。之後我一直特別留意她，即使她再怎麼用頭巾把臉遮起來，那個身影怎麼看都知道是由良夫人。後來我想，提供他們通姦的場所，會不會惹來麻煩？我愈想愈不安，才去跟村長商量這件事。」

「那是什麼時候的事？我的意思是，妳跟村長商量這件事的時候……是在那件案子發生之前，還是之後？」

「是在案發之前。結果我挨了村長一頓罵，他說『這種事絕對不能告訴任何人，即使曝光，只要說妳不知道她是由良夫人就行了，不會有什麼麻煩的。妳的丈夫很膽小，絕對不可以告訴他』。過了一陣子，我的心情比較平靜之後，或許是他們說好要分手了吧，夫人沒再出現，我才完全放下心來。」

「我明白了。老闆娘，謝謝妳，我們今天談的事，請暫時不要告訴任何人。」

「當然。這麼汙穢的事情，我也不是很想講。」

之後過沒多久，金田一耕助便坐上最後一班巴士前往神戶，然而……

在鬼首村這邊，本多大醫師讓磯川警部等了大約三十分鐘，才在腋下挾著一本陳舊的相簿回到離屋。

「不好意思，久等了。一子，辛苦了，妳可以先下去。」

「好的，那我把酒壺擺在這裡。有什麼事請拍個手叫我。」

等一子離開，磯川警部立刻往前一湊。

「大醫師，那是什麼相簿？」

「磯川先生，我記得那份驗屍報告留有一份副本，剛才一直在找，但怎麼也找不到，可能搞丟了吧。不過，我想起還有這本相簿……」

「裡面是照片吧。」

磯川警部那充滿好奇心的眼睛瞪得大大的，身子也靠到矮桌上頭。

「是啊，沒錯。當時我剛好對拍照很有興趣，又是頭一次負責那種命案的工作，於是想拍些照片留念……就在你們警方從岡山趕到現場之前。」

「那麼，有屍體的照片嗎？」

「有，不過跟警方拍攝的那種現場照片不一樣。這是我在本地警方忙著拍現場照片，一邊等你們岡山警方到達現場之前拍的。」

大醫師再次撣了撣相簿上的灰塵，隔壁矮飯桌將相簿遞給磯川警部。警部粗魯地一把搶過來，用興奮到發抖的手指翻開封面。

第一頁裡的照片，是從外部拍攝放庵家的離屋全景。警部對這個景象留有印象，然而他幾乎看都不看馬上翻到第二頁。下一瞬間，他不由得屏住呼吸。

第二頁的照片，是把原本整個頭都埋在地爐裡的屍體抱起來，讓死者臉部朝上，躺臥在棉被上，然後從屍體雙腳的斜上方拍攝。臉部當然用白布蓋住了，然而兩邊袖口都已燒焦，從袖口露出的手腕到手指的部分也燒爛了，景象非常悽慘。當時留給磯川警部強烈印象的這一幕，不管歷經多少年從未離開他的腦海，如今透過這張照片，那一幕在二十三年後的今天再次完整呈現在警部面前。

磯川警部的眼眸一亮，盯著死者的雙腳。屍體穿的是沒有襯裡的和服，和服上繫了一條兵兒帶（註），雙腳從和服下襬露了出來。幸好他沒穿傳統白布襪，而且照片是從腳這一頭

**註**——一種男子或孩童使用的腰帶。

拍攝，所以照片上可清楚看到死者大大的腳底，而死者雙腳的中趾比一般人長約半個關節。

磯川警部不由得深深地倒抽一口氣。

「磯川先生，發現什麼了嗎？」

「大醫師，」磯川警部那發著光的眼眸轉向大醫師，「您不認爲這具屍體的雙腳中趾，比一般人長嗎？」

「啊，當時我也注意到了。」

「您也注意到了……？」

「嗯，不只是注意到，我還請教了『龜之湯』的家屬，就在你心生疑慮的時候。結果他的父母、大哥大嫂，還有現在的老闆娘，每個人都說源治郎雙腳的中趾比一般人長。而且，那是在我還沒把屍體特徵說出口之前。」

然而，事實上「龜之湯」的家屬在本多大醫師到達之前，早已看過屍體。或許他們看到屍體的時候，就發現雙腳中趾特別長的特徵。這麼一想，他們所說的應該不能算是眞實的證詞。

「可是，大醫師，是不是有其他人向警方透露源治郎的雙腳中趾比較長？還是，有什麼證據能夠證明這一點？」

「沒有，我並未再進一步確認。我不像你那麼多疑，或者說我的想像力沒那麼豐富，當時我就相信他們的證詞了。但我剛才也說過，直到最近我才注意到，根本沒有任何證據足以證明那就是源治郎的屍體。」

「龜之湯」的家屬一定是說了謊。擁有這麼特殊的腳的人，不可能那麼多。就算有，也不可能剛好是被害人和凶手的共同特徵，那未免太過巧合。那具屍體肯定是恩田，所以昭和七年命案的眞正凶手，應該就是磯川警部一直懷疑的源治郎。正因如此，「龜之湯」的家屬才會連忙火葬。

警部對自己的明察秋毫感到非常驕傲和興奮，就在這個時候，小本多醫師回來了。警部一看手表，已過十點。

既然小本多醫師也回來了，這場酒席更是熱絡，磯川警部不知不覺喝多了。儘管小本多醫師注重健康不太喝酒，退休的大醫師卻似乎是一有了酒伴，有多少就喝多少。

「磯川先生，今晚就睡在這裡吧。你不是說，腳踏車被金田一大師騎走了嗎？今晚要回『龜之湯』很麻煩吧，我們乾脆一起喝到天亮……」

這一帶的人都非常好客，大醫師又在這種時候悠哉悠哉地這麼說，最後竟然成爲事實。大約十二點左右，磯川警部就酩酊大醉，躺在主屋房裡的睡鋪上。只不過，睡不到半小時，他就被小本多醫師叫了起來。

「警部、警部，趕快起來，聽說又有人失蹤了。」

「你說什麼？」

磯川警部從睡鋪裡跳了起來。這時，他既悔恨又慚愧，全身像是著了火。

「那、那麼，是大空由佳利嗎？」

「不，不是由佳利。聽說是『龜之湯』的里子到現在還沒回家。」

# 第二十八章　鎖出毛病鑰匙就不合

磯川警部昨晚喝過量，加上幾乎沒睡，使得原本應當藉由熟睡來發散的酒精，就這麼沉澱在全身的細胞裡。尤其是腦部細胞全都充血了，他自己也清楚感受到這一點。

警部傷心地搖著頭，一面思考。被害人並不是原本預測的由佳利，而是「龜之湯」的里子，從這一點來看，或許可得到些許安慰。然而他立刻想到，如果只因被害人不是預料中的人就能夠得到安慰，這次的案子未免太可怕了。在如此可怕的預謀凶案進行之中，居然喝得酩酊大醉，他對於自己如此不負責任的怠職，深深感到慚愧與氣憤。事實上，昨晚青年團的人騎腳踏車來接他，他搖搖晃晃坐在後座，來到村中派出所，見到立花警部補的時候，簡直羞愧到連頭都抬不起來。

話說回來，即使警部沒喝醉，夙夜在公地辦案，或許仍舊無法防止這次的命案。因為連金田一耕助也預料不到，凶手的下一個目標竟然是里子。即使如此，這也絲毫無法成為喝醉酒的藉口。警部一邊痛苦地自責，一邊恍惚地旁聽立花警部補進行偵訊。

地點是在村中派出所靠裡側一個鋪有六張榻榻米的簡陋房間，隔著一張漆痕斑駁的桌子，立花警部補和「龜之湯」的歌名雄相對而坐。乾刑警則是坐在旁邊的另一張桌前，負責記錄兩人問答的內容。

偵訊時間是昭和三十年八月十六日早上十點多。

里子的屍體是在當天早上六點左右，被勝平和五郎發現的。地點在「櫻花大師」佛堂後側通往六道十字的小路途中。之前提過，「櫻花大師」佛堂的隔壁是仁禮家大宅，其後門面對小路。順著這條小路，經過沿路興建的仁禮家大宅之後，會變成一條上坡道，兩側是一整片的葡萄園。當時，勝平和五郎這個搜索小組發現有隻狗一直盯著葡萄園的棚架，頻頻刨土還一邊吠叫，於是兩人進到葡萄園裡一探，當場發現一具裸身的女屍，那就是里子。

里子的死因，和先前兩名被害人不同。泰子和文子都是被勒死，里子卻是遭鈍器毆打後腦杓致死。從頭蓋骨上大大的裂痕判斷，里子大概就是在這麼一記強烈的重擊之下，被奪走生命。

另外，這次的命案和前兩次還有一個不同的地方。前兩次命案中，屍體都是直接留在死亡現場，這次屍體卻移動過。

發現里子屍體的葡萄園上方就是六道十字，而在那十字路口，有一座約莫與人等高的地藏菩薩石像，這一點之前也提過。凶手似乎就是躲在地藏菩薩石像的後面，再從菩薩像的台座上方，對著背向菩薩石像佇立的里子頭部，以鈍器狠狠敲了下來。地藏菩薩像掛著紅色圍兜的胸部到腹部一帶，沾附大量飛濺的血，這麼一來，凶手身上應該不會沾到血。不過，里子爲何會在那麼晚的時間，站在那個地方？

將里子一擊斃命的鈍器也找到了。那是把秤店的葡萄酒空瓶塡滿沙子所製成，爲了防止手滑，在手握處纏有綳帶。凶手倒拿這個瓶子，強烈重擊里子致死之後，便將瓶子丟棄在地藏菩薩像後方的草叢裡。瓶子上有些許裂痕，但沙子還不致漏出來。當然，瓶身沾附著血跡。

然而，爲何凶手在這一次才想要藏匿被害人——也就是里子的屍體？不，更重要的應該是，凶手爲何只有這一次將被害人身上的衣服脫掉？

聽到里子的屍體被發現，迅速趕到命案現場葡萄園的磯川警部，只看了屍體一眼。那模樣實在慘不忍睹，他不由得立刻將目光移開。

之所以說慘不忍睹，並不是指像石榴般裂開的傷口。里子只穿一件女用內褲，幾乎全身赤裸，因此，那彷彿不規則的地圖般，覆蓋全身將近三分之一的悽慘紅斑異常刺眼，硬生生地暴露在眾人面前。那是一幕極度殘忍和悲慘的景象，只見過穿著衣服的里子的人絕對無法想像。

相信里子應該也是一輩子都不願被他人看到吧。儘管如此，凶手爲何要給予里子如此殘酷的侮辱？里子應該不僅在活著的時候不願被任何人看到，就算死了也會恥於讓別人看見，然而……

「那麼，你用腳踏車把妹妹載到家附近，是吧？」

磯川警部那聽力變得模糊的通紅耳朵裡，傳進立花警部補尖銳的聲音，使得警部原本鬆散的注意力突然集中起來。在偵訊室的角落，磯川警部抱著膝蓋、靠著牆，體內充滿酒氣。儘管身體非常倦懶而難受，某部分的神經卻繃得緊緊的，整個人呈現很不自然的緊張狀態。

「是的。」

「可是，你爲什麼不把妹妹送到家呢？既然都送到家附近了，爲什麼不乾脆把她送進玄關？」

「對，我現在也覺得當時應該那麼做。」

身穿工作服的歌名雄以衣袖擦著眼淚，一邊吸著鼻子。

這一連串的命案，承受最大考驗的應該就是歌名雄。他在前天失去所愛的人，今天妹妹又慘遭殺害。他一直疼愛著這個可憐的妹妹，正因她太可憐了，他尤其疼愛她。今天早上，歌名雄受到接二連三的嚴重打擊。只見他眼淚彷彿已哭乾，一副茫然若失的模樣。現在又受到警部補的指責，他不禁想，的確是由於自己的掉以輕心與疏忽才會引發這件命案。想到這裡，他的淚水再也無法遏抑，奪眶而出。

「可是，妹妹當時不停說『到這裡就行了』。事實上，我也有點心急……」

「心急什麼……？」

「是的，主任，您也知道，我們青年團打算上山進行搜索，約好昨晚九點先到村公所集合商量上山的準備事宜。」

「是這樣啊，所以你們才……你和妹妹大概是幾點離開仁禮家？」

「大概是八點十五分左右吧。日下部先生……就是由佳利小姐的經紀人，他來接由佳利小姐回去之後，里子突然覺得很寂寞，和母親說她也想回去了。於是母親便交代我用腳踏車把里子載回去，里子倒是說不用擔心她。」

「當時你妹妹穿的服裝是……？」

「自然是喪服。」

「之後，將妹妹載到你家附近，隨後才折回村公所，是吧？」

「是的，途中我先回一趟仁禮家，那時小勝……勝平和五郎都還在，我們三人會合後就一起前往村公所。」

「後來你回到家的時候是幾點……？」

「剛過十二點。母親恰巧比我早一步回家，她問我里子怎麼還沒到家。我嚇了一跳，覺得這怎麼可能，去問阿幹，阿幹也說她還沒回來，於是我又騎腳踏車趕到村子的派出所，最後事情就變成這樣了。」

說到這裡，歌名雄又用袖子擦著眼睛，使勁地吸鼻子，並拿出手帕擦拭落下的眼淚，但不管怎麼擦，熱淚還是不停流下。

「這麼說來，妹妹應該是在你面前假裝要回家了，但事實上，她隨後又折回六道十字那裡，是嗎？」

「是的，我想應該是這樣。」

「你覺得她爲什麼會再折回六道十字？」

「我不懂。我、我……」歌名雄忍不住哽咽，「我實在是太愚蠢、太沒用了。」

說著，歌名雄拿手帕按住眼睛，發出斷腸般的悲慟嗚咽。

磯川警部點點頭心想，眞是難爲他了，連我這個當警部的也一樣愚蠢無能啊。他落寞地嘲笑著自己。

偵訊結束後，歌名雄離開，山本刑警剛好跟他錯身而過，來到偵訊室。

「主任，我在案發現場附近撿到這個東西，應該跟這次的命案有關吧？」

「什麼玩意，給我看看。」立花警部補伸出了手。

「一把鑰匙和一個荷包鎖。不過，這鑰匙和鎖孔不大合。」

刑警手上拿的是一個小小的荷包鎖和一把鑰匙。怪不得山本刑警再怎麼插也插不進鎖孔裡，因爲這把鑰匙比鎖孔要大得多。

「怎麼，你還撿了個怪玩意回來啊？給我看一下。」

乾刑警從旁搶了過去，想把鑰匙插進鎖孔裡。

「這把鑰匙不是搭配這個鎖吧，你看，比鎖孔大得多。」

「鎖……？」

磯川警部從剛才就一直閉著眼睛，喝酒過量害他頭昏腦脹，也自責過得太懈怠，不管生理上或精神上都處於痛苦的狀態。然而，此時他突然一驚，眼睛睜得老大，回過頭看著乾刑警手裡的鑰匙和鎖。

「乾老弟，那、那個鎖是怎麼回事？」

磯川警部的聲音並不大，卻異常尖銳，還含著不尋常的熱切，在場的三個人全回過頭看著他。

「這個啊，是山本撿回來的。」

「山本撿回來的……？」

磯川警部起身走來，從乾刑警的手上粗魯地搶過鎖和鑰匙。

「山本老弟，這東西你從哪裡撿回來的？」

「嗯，在六道十字地藏菩薩石像後面的草叢裡。警部，跟這次的命案有關嗎？」

警部沒回答，一逕凝視著掌中的鎖和鑰匙，那睜得大到不能再大的眼裡布滿血絲。

「警部、警部，」立花警部補皺著眉頭，擔心地呼喚：「那個鑰匙和荷包鎖，是不是讓警部想到什麼？」

磯川警部依然沒回答，只是緊緊咬著牙根，目不轉睛地盯著荷包鎖。

這個時候，在磯川警部的耳裡如轟雷般響著的是，昨晚和金田一耕助道別前，他低聲講的話：

「警部，我現在要說的只是一種推測……我在想那首手毬歌的下一小節，會不會就是：『第三隻麻雀是這麼說的，很有女人味的鎖店女兒……』

那個鎖店的女兒應該是由佳利，而不是里子。聽說里子家因爲有「龜之湯」這個名字，並無其他屋號。如此一來，這個鑰匙和荷包鎖只是巧合罷了。但另一方面，凶手將里子的衣服脫掉，是不是有什麼意義？

這天晚上六點左右，金田一耕助打了一通電報到鬼首村派出所給磯川警部，內容如下：

「我已看過晚報　請保護那個女孩的安全　我馬上回去　耕助」

# 第二十九章　送魂火

現在鬼首村彷彿完全被惡魔纏上了。

八月十日晚上，一名老太婆越過仙人嶺來到村子。

「不好意思，我是阿鈴。我要回村長家去了。今後請多多關照。」

向金田一耕助及數名擦身而過的人如此寒暄之後，老太婆便消失在逢魔時刻的幽冥之中，不知去向。在這之後，命案接二連三發生。

即使村長仍生死不明，然而連續三個晚上，泰子、文子和「龜之湯」的里子先後成為犧牲品，再加上這幾樁命案的背後，與從前這一帶流行的手毬歌似乎有所關聯，難怪村民會感受到宛如遭詭異妖魔糾纏的恐慌。

今天是十六日，入夜之後，家家戶戶都在自家門口點上盂蘭盆會的送魂火。那些做成車子模樣的茄子或黃瓜，連同麻稈葉與蓮葉全散落在門前地上，燒完送魂火的人們都慌忙回到屋子裡。現下全村的人可說是全屏住了呼吸，提心吊膽地注視著今後的案情發展。

「龜之湯」的內廳傳來肅穆的鐘聲，今晚要為里子守靈。再怎麼說，這裡離村子中心有將近一小時的路程，而且儘管注重門第的觀念已沒有戰前那麼嚴重，但隨著社會秩序從戰後的混亂期慢慢恢復，彷彿走著回頭路，那種觀念似乎再度抬頭。因此，今晚前來守靈弔唁的客人層次，跟前兩晚比起來，的確是低了許多。

不過再怎麼講，每當村子裡有婚喪喜慶，莉香總是熱心幫忙，一有特別的活動，莉香往往第一個趕到，勤快地幹活，因此今晚前來弔唁的客人比預料中多，連仁禮家的老爺嘉平，以及由良家當主敏郎也來了。這兩位會來露臉，除了都曾與「龜之湯」談過歌名雄的婚事，另一方面也帶有類似同病相憐的心情，這一點應該是他們無法在今晚的守靈宴缺席的最主要原因吧。

守靈宴上的話題，當然全部集中在這次的連續殺人案上，卻沒有任何人能提出獨到的見解。最後大家的結論是，在入山搜查結果出來之前，無法下任何判斷。之所以會得到這個結論，儘管大家都沒明說，恐怕是每個人的內心深處，都強烈懷疑目前行蹤不明的放庵吧。事實上，當村民思考這樁詭異案件的時候，腦海裡浮現的身影，只有放庵一人。

「話說回來，泰子小姐和文子小姐的案子背後都牽扯到手毬歌，這次里子小姐的案子又是如何？是不是也和什麼奇怪的手毬歌有關？」

小本多醫師提問。

「嗯，醫師，應該也有關聯吧。『很有女人味的龜之湯女兒，衣服被剝光光，然後被殺掉了。』恐怕就是這樣。」

喝了酒的辰藏回答，他的鼻頭還是一樣紅。

每當有什麼婚喪喜慶，辰藏也跟莉香一樣會第一個趕到，只不過他的目的是免費的酒，說來實在可恥。

「老闆娘，妳有沒有聽過那類的手毬歌？」嘉平溫和地問道。

「嗯，完全沒有……大家都知道，我是從外地嫁過來的。」

莉香雖然將哭腫的眼皮用白粉厚厚掩蓋，那穿上喪服的孤寂身影，和有權有勢的敦子給人的印象截然不同，也令周遭的人深感同情。

「不，我倒認爲『龜之湯』的女兒，不算在手毬歌裡。」

「敏郎先生，此話怎講？」

嘉平很感興趣地注視著敏郎。像頭鈍牛的敏郎很稀奇地正打算發表意見，他在這種場合鮮少主動發言。

「大伯，您問爲什麼啊？嗯，像做『龜之湯』那種生意的人，聽說從以前就被視爲是最低等、最被瞧不起的人。那樣出身卑微家庭的女兒，兵營的大老爺再怎麼好色也不可能……」

「哈哈哈……敏郎先生，你這麼說，對老闆娘很失禮喔。差點成了你妹夫的歌名雄，就是出生在這個家。」嘉平溫和地責備了他。

「啊，不是、不是。大伯，我說的是從前，現在沒有那種事了……」敏郎慌忙爲剛才說的話辯解，臉卻早已通紅。

這時像是要從旁解救他，小本多醫師嘆了一口氣：

「話說回來，仁禮伯父，這種事到底要持續到什麼時候啊？連續三個晚上的守靈，接連三天的葬禮，雖然我們這行的確是靠人們的不幸在混飯吃，這樣下去未免太難受了。」

「眞是辛苦您了，本多醫師……」莉香垂頭喪氣地說：「寒舍明天還得舉行葬禮，我想守靈宴最晚會在十點左右結束。」

「這個主意好。」嘉平立刻表示贊成，「我們家雖然辦完葬禮了，還有很多該處理的事。敏郎先生，貴府想必也一樣吧？」

「嗯，是啊，有一些繁瑣的事……」

「對了，老闆娘，」今晚最後才現身的小本多醫師，環視著客廳問：「好像沒看到歌名雄，他怎麼啦？」

「他隨警方和青年團上山搜索。他說與其參加守靈宴，不如趕快抓到凶手，才眞正是爲死者祈求冥福……」

「這樣啊，眞是太辛苦他了。」小本多醫師神情黯然地說。

然而，一旁的辰藏又隨口說起醉話：

「這些警察眞不曉得都在幹些什麼事，如今才吵吵嚷嚷地入山搜索，有什麼用？這些笨蛋，連這點都不懂啊？」

「哈哈哈……辰藏，你眞的很生氣，不過其實警方也不是袖手旁觀，只是這個凶手比警方高明。」

「老爺，您還這麼說……那、那您倒說說看那個人怎麼樣啊？那個叫金田一耕助的私家偵探呢？」

「什麼怎麼樣……辰藏，我不懂你的意思。」

「哎呀，那傢伙一天到晚在村裡轉來轉去，不是會妨礙警方辦案嗎？像是立花先生，我看他就不太愉快。」

「可是，磯川警部對他卻是絕對信任。雖然你這麼批評，他搞不好是個厲害角色。不是有句俗語說『不會叫的貓會捉老鼠』嗎？」

「就算是不會叫的貓會捉老鼠，您看他那副呆頭呆腦的樣子……」

「對了，說到金田一大師，他在哪裡？今天一整天都沒看到他。」莉香問。

小本多醫師回答：

「老闆娘，聽說金田一大師昨晚去岡山了。」

「咦，他去岡山做什麼？」嘉平皺起眉，回頭看著小本多醫師。

「喔，他覺得昭和七年的案子跟這次的案子有關，去調查當時的資料，這是我白天從磯川警部那裡聽來的。」

「昭和七年的案子？」

這時，在場所有人的視線不由得集中在臉色蒼白的莉香身上。然而，說曹操、曹操到，阿幹進來通報警部到了，而且不是單獨一人。他和在途中巧遇的春江，以及由佳利母女，一起來到「龜之湯」。

這三人向莉香致哀並上過香之後，嘉平目不轉睛盯著磯川警部問：

「磯川警部，聽說金田一大師昨晚去岡山了？」

「是啊，他臨時決定的。」

「那他什麼時候回來？」

「唔……他昨晚才剛去，大概會花個兩、三天吧。再怎麼說，這裡到岡山的交通真的很不方便。」

「這麼說來，金田一大師應該還不曉得昨晚里子的事吧？」莉香的眼裡再度隱隱浮現淚水。

「不，他應該看過晚報了，只不過他跟這邊還沒有任何聯絡。」

磯川警部神情嚴肅地撫摸著那稀疏到看得見頭皮的白髮。

「對了，提醒各位，今晚警方人員和村子的青年團決定聯合起來，上山進行搜索，村裡的警備方面會有人員不足的現象，要麻煩各自負起責任，注意身邊的戒備與安全。」

「這麼說來，警部，」連像頭鈍牛的敏郎也湊向前問：「您的意思是，這種可怕的事還會發生嗎？」

「沒抓到凶手之前，我無法做任何保證。首先，站在那裡的阿幹小姐就得小心一點，這次案子的凶手就是專找像妳這樣的美女下手。」

「哎呀，別說那麼可怕的事啊！」

剛好在這個時候端酒壺過來的阿幹，在末座聽到這句話，嚇得全身僵硬。

「哈哈哈……這可不是在開玩笑。春江小姐，請好好留意由佳利小姐的安全。」

「是。」春江一副汗毛直豎的模樣，很冷似地縮起肩膀。「這麼可怕的事一樁接一樁發生，其實我在考慮等明天里子小姐的葬禮結束，馬上回東京。」

「什麼?春江，妳打算從這個村子逃走啦?」辰藏劈頭就怒氣沖沖地大吼。

要妹妹出點錢做投資的企圖落空之後，辰藏動不動就爲了一點小事對她橫眉豎眼。他現在也狠狠瞪著春江，眼裡布滿發亮的血絲。

「也不是要逃走，都掃完墓了，而且東京那邊的工作人員一直在催。」

「東京那邊的人再怎麼催也一樣。現在狀況這麼混亂，妳敢逃走試試，大家肯定會懷疑凶手就是你們。就算被懷疑妳也無所謂嗎？」

「哥哥，不要胡說八道好不好……」

「什麼胡說八道！我看啊，那個叫日下部是哉的眞的很可疑。這個村子只要有來歷不明的人出現就會發生命案，昭和七年就是這樣。所以，這次日下部是哉也……」

「好了、好了。」嘉平舉起雙手制止怒氣沖沖的辰藏，「你們兩個啊，一見面就吵架，眞是奇怪的兄妹。日下部先生要是眞的可疑，警方會替我們處理，用不著你操心。話說回來，由佳利小姐！」嘉平露出溫和的笑容，看著由佳利。

「是。」

「妳回來得眞不是時候，唉，好像全是爲了在守靈夜獻唱才回來。話說回來，今晚妳也會獻唱嗎？」

今晚出席守靈宴的人當中，只有嘉平知道那件事——前天與昨天連續兩個晚上守靈的死者，其實是由佳利同父異母的姊妹。然而，今晚的死者卻不一樣。對於今晚的死者而言，由佳利是殺父仇人的女兒。儘管磯川警部抱持別的看法，至少表面上是如此，所以，莉香到底會不會允許她在這裡唱歌，便成了嘉平現下最好奇的一件事。

「嗯，這個嘛……」在全場的注視下，由佳利畢竟有點緊張。「要看阿姨的意思。如果阿姨希望我唱，我當然願意。不過，如果她不希望我唱，我就先離開……」

這個回答非常得體，然而，此時有個人發出酒鬼特有的怪腔怪調，大聲嚷嚷。這個人就是辰藏。

「開什麼玩笑！有點分寸行不行？今晚青年團的那些小伙子又不在這裡，就算聽了妳那種奇怪的歌，也沒人會感到愉快。」

「哎呀，辰藏先生，」莉香立刻從旁制止他，「請不要說那麼失禮的話。」

莉香以袖口按著眼睛說：

「可以，當然可以啊，由佳利小姐，請務必爲她獻唱。妳可別嫌棄我們家里子啊。」

「好的，阿姨。那麼，請讓我稍微休息一下，待會再容我爲里子小姐獻唱。」

於是，由佳利就要連續三晚演唱《枯葉》這首曲子了。這時，磯川警部突然想到什麼似地看了一下手表。

「糟糕，快八點半了。老闆娘，我先走一步。」

「警部，不要那麼急啊，爲了里子請多待一會吧。」

「不了。我也很想再待一會，可是有入山搜查的事要辦，今晚就先告辭。」

「警部要一起上山搜索嗎？」嘉平稍微瞪大了眼睛。

「不是，要入山搜索，我這種老人怎麼行呢？我沒辦法像年輕人那樣東奔西跑。話雖如此，我也不能在這裡悠閒地喝酒，尤其是昨晚才剛在本多醫師家裡犯了一個大錯。」

「在本多醫師家裡犯了一個大錯……？」

「唉，這件事請您問小本多醫師吧，我先告辭了……」

磯川警部再次爲死者上香。

「那麼，各位，我先走一步……」

他離開「龜之湯」的時候已八點半。

從十日那天的大雷雨以來，一連幾天的好天氣似乎要開始轉壞了。今晚的天空烏雲籠罩，十分陰沉，看不到一點星光。磯川警部騎著腳踏車，乾燥的硬路上捲起沙塵，迎面吹來的是微溫的風。

通過前往放庵居住的草庵的上坡路，在山腰轉了個大彎，看得到點點燈火穿梭在鬼首村四周的黑暗丘陵中，光點螢螢搖擺著。看來入山搜索隊已出發，緩緩前進的燈火在烏雲籠罩的天空下閃爍。這些燈火宛如爲三名死於非命的女子燃燒的送魂火。

磯川警部不禁激動了起來。一回到村裡的派出所，警部發現裡側一個微暗的房間裡，金田一耕助、立花警部補和乾刑警等人，正緊靠在一起，低聲討論事情。

「啊，金田一大師！」磯川警部大喊。

「警部，大空由佳利呢？」立花警部補和乾刑警幾乎同時出聲，站了起來。

「我故意讓大空由佳利留在『龜之湯』之後才來的，怎麼了？」

「她、她沒事嗎？警、警部，大空由佳利沒事嗎？」乾刑警緊張到牙齒直打顫。

「應該沒問題，有一名便衣刑警在保護她，日下部是哉也在『龜之湯』附近的暗處戒備著……倒是金田一大師，你在神戶有沒有什麼收穫？」

「警部，請看這個……」立花警部補憤怒地說著，遞出一本小冊子。

這是在故事開頭就談到過的，那份會員制的小型雜誌——《民間傳承》的合訂本，似乎是放庵的外甥吉田順吉整理裝訂起來。立花警部補顫抖著指向雜誌上的某個地方，磯川警部讀了之後，不由得握緊雙拳。

第三隻麻雀是這麼說的
俺是本地兵營的大老爺
愛打獵愛喝酒愛女人
特別愛的是女人
很有女人味的鎖店女兒
長得很標緻，地方有名的大美人
大美人的鎖出毛病

鎖出毛病鑰匙便不合
就說鑰匙不合，結果被趕回去了
被趕回去了

# 第三十章　火與水

八月十七日上午十點，金田一耕助和磯川警部，茫然佇立於一片焦土之中。

羨煞鄰近好幾村居民的「由佳利宮殿」，如今已化為廢墟，完全看不出原有的豪華模樣。廢墟仍冒著紫色的煙，那刺眼的顏色滲進睡眠不足的警部眼裡。儘管黎明時分襲來的一場大雷雨已停歇，天氣仍陰沉沉的。在「由佳利宮殿」廢墟上方，持續落下的綿綿細雨，彷彿是誰的淚雨般不停下著。

茫然站在廢墟當中，金田一耕助內心正颳著冷颼颼的風。這是與劇烈的肉體勞動及精神打擊搏鬥過後，當一切完結之時，任誰都會感到的一種虛無感。既不是對於勝利的陶醉，也不是對於榮譽的自傲，此刻金田一耕助的心中，一切都是空的。

「金田一大師，」恍惚看著青年團團員們在雨中默默挖掘著廢墟，一邊低聲嘟囔的磯川警部，聲音裡摻雜著後悔：「昨天晚上我的策略錯了嗎？」

「不，警部，」金田一耕助吃驚地回頭看著警部那張憔悴的臉，稍稍加重語氣：「你做的每件事都是正確的，由於你的毅力和執著，讓二十三年前那樁案子也得到解決。至於這場火災……」

金田一耕助環視著已化爲一片焦土的「由佳利宮殿」說：

「恐怕誰也無法阻止。這不是警部的責任。」

「聽你這麼說，我多少有力氣振作了……」警部如此說著，仍是一臉落寞地凝視著金田一耕助的側臉。「不過，你剛剛說二十三年前那椿案子也解決了，你的意思是昭和七年案子的眞正凶手，就是我推測的那個人嗎？」

金田一耕助默默點頭。看到這個反應，磯川警部的眼裡頓時流露驚愕之色。

「可是，這到底是……？」

「警部，這部分我們等一下再慢慢談吧。啊，小本多醫師夫人來了。」金田一耕助體恤地挽起警部的手臂，「一定是洗澡水燒好了，才來接我們的吧。對警部和我而言，現在最重要的事，就是好好洗個澡和睡覺。我們接受本多大醫師的好意吧。」

金田一耕助就這樣挽著磯川警部的手臂，離開那下著小雨的「由佳利宮殿」廢墟，朝撐著傘前來迎接的一子走去。

以下就是令磯川警部懊悔不已的昨晚的策略全貌。

「凶手的下一個目標極有可能是鎖店的女兒。」雖然磯川警部在十五日晚上，從金田一耕助那裡得到這個暗示，事實卻出乎意料，下一個犧牲品竟是「龜之湯」的女兒，一時之間警部十分訝異與困惑。然而，由於山本刑警在案發現場附近發現一組不相合的鎖頭，警部重新思考，並做出一個假設：凶手的下一個目標的確是鎖店的女兒，會不會是搞錯才誤殺「龜之湯」的女兒？

如果這個假設無誤，凶手應該會再次對鎖店的女兒下手……於是，磯川警部抱著一線希望，擬了一個逮捕凶手的策略。

警部的策略是，首先派村裡所有警察和青年團團員上山進行搜索，藉著這項行動讓凶手產生一種印象——村子將會暫時處於毫無戒備的狀態。同時，警部也故意要春江說出，由佳利母女將於十七日下午離開村子回東京。

磯川警部認爲，文子和里子都是在守靈宴過後沒多久遭到殺害，所以凶手一定也在同一個席上，理所當然，凶手必定會出席里子的守靈宴。或者，就算凶手本人沒出席，仍會有某個可隨時掌握守靈宴狀況的內應者會出席。

多虧春江戲演得很好，而且在這種狀況下，春江母女會心生恐懼，想早點逃離村子也是很自然的事，實際上也不會有任何人感到懷疑吧。如此一來，凶手能夠下手的時機，只剩十六日晚上。這個晚上，全村處於毫無警力的狀態。

以上就是磯川警部的策略，參與這項謀畫的只有立花警部補，以及警部補的心腹乾刑警而已。這兩人在入山搜索隊出發的時候若無其事地加入，中途便偷偷折回村子的派出所。當他們回到派出所等待磯川警部的時候，金田一耕助早他一步從神戶回來。以上就是昨晚整個策略執行的過程。

金田一耕助對這個策略也表示贊成，而原本持懷疑態度的立花警部補，也在讀了《民間傳承》裡放庵寫的那篇文章之後，突然對這個計畫充滿興趣。

然而，之後發生的事，磯川警部這一輩子恐怕都忘不了。

十點左右，一名跟蹤由佳利的刑警回派出所向警部報告，由佳利母女和日下部是哉都已平安回家。雖然由佳利母女離開「龜之湯」的時候，里子的守靈宴似乎尚未結束，磯川警部接獲報告後，慎重起見，還是命令屬下立刻戒備「由佳利宮殿」。

由佳利替戶籍上的父母——別所蓼太夫婦所建的這棟豪宅，位於環繞鬼首村丘陵的半山腰上，除了眼下有一棟辰藏一家人所住的破房子以外，方圓五十公尺以內沒有任何人家，四周全是葡萄園。

金田一耕助和磯川警部來到位於葡萄園中、能夠清楚俯視「由佳利宮殿」的警備點的時候，大概是十點十五分左右。站在那裡往下俯瞰，前方約三百公尺有一處正發出微弱的光亮，應該就是先前在秤店的釀酒工廠望見的貯水池。貯水池周圍築有堤防，附近一戶人家也沒有。

到了十點半左右，櫻花聚落那邊開始出現腳踏車的車燈以及手電筒的燈光，應該是里子的守靈宴已結束，弔唁的客人正要回家吧。這些燈光都不曾接近「由佳利宮殿」，途中就各自消失在小巷或是各家的門內，而辰藏是這些返家客人當中的最後一個。

辰藏的腳踏車車燈，不僅搖搖擺擺地一路沿黑暗的村道蠕動下來，他還不時唱著一些荒腔走板的歌，一看就曉得那是辰藏。一回到自家門前，辰藏就破口大罵，把老婆叫醒，將腳踏車交給她之後，又鑽進葡萄園，來到由佳利家的後院。

「喂，春江，妳給我起來！我有話跟妳說，還不起來嗎！」

他一邊喊話，在房子外圍轉了兩、三圈，不用說，當然沒人會答話。其實，稍早前「由佳利宮殿」的燈還亮著，但自從遠方傳來辰藏那荒腔走板的歌聲，屋內的燈突然熄滅。她們似乎對辰藏敬而遠之。

「嘖！這個婊子，裝睡是吧，我剛才還看到燈全亮著，還不起來！再不起來，我就放把火妳燻出來！」

「老公、老公！」葡萄園下方傳來的，應該是辰藏老婆的呼喚聲，聽起來像快哭出來。「不要這樣啊，眞的很不像話，有什麼事等明天再說嘛。你聽聽，孩子都被你嚇醒了。」

從坡道下方的破房子那裡，確實傳來激烈的嬰兒哭聲。這麼一來，辰藏似乎有點爲難。

「嘖！今晚先放妳一馬。不過，妳說明天要回東京，就看我會不會讓妳回去。有種妳回去試試，我就去告發你們全是凶手！」

他嘮嘮叨叨地放聲大罵，一面搖搖晃晃折回坡下那棟破房子，進到家門又對著老婆亂罵一陣。等他罵停了，嬰兒的哭聲才停止。最後屋內的燈終於熄滅，這時辰藏應該已睡到不省人事了吧。

金田一耕助看了一下夜光手表，時間正好是十一點半。

凶手若打算行動，警方預測犯案時間會是從現在開始的半小時到一小時內。入山的成員不可能毫無目標地通宵進行搜索，所以大概到十二點左右，應該就會停止搜索，陸續下山。凶手要下手，一定會在這之前。

然而，儘管在這樣的假設之下進行戒備，這五名監視人員竟然都沒能掌握到凶手的行動。後來仔細思考得出的結論是，凶手很可能是趁著辰藏破口大罵的時候，巧妙地偷溜到「由佳利宮殿」的屋簷下。

剛才提過，當時金田一耕助和磯川警部躲在可清楚俯視「由佳利宮殿」的葡萄園裡，而立花警部補和山本刑警躲在府邸大門內側兩旁的花草叢裡。雖說是門，鄉下的門都只是做個樣子，連個門扉也沒有，被視爲最危險的地方。至於乾刑警，則是在辰藏路過的葡萄園那一帶戒備著。

因此，這時會產生一個警備上的死角，也是無可奈何的事。

這個死角就位在金田一耕助和磯川警部藏身處的正下方。那裡有一座相當大的倉庫，由於倉庫的屋簷和主屋的屋簷幾乎連在一起，金田一耕助和磯川警部無法看到倉庫的屋頂下方。當所有人的注意力都集中在辰藏身上的時候，凶手似乎穿過後方葡萄園，偷偷溜到倉庫後面，伺機行動。

辰藏家的燈火熄滅之後，過了半個小時，正好是深夜十二點，「由佳利宮殿」裡的人剛入睡。這時突然傳來一陣劈里啪啦的聲音，「由佳利宮殿」的側面忽然亮了起來，隨後倉庫那邊竄出火苗。

凶手是一開始就打算放火？還是，因爲先前辰藏的口無遮攔，使得凶手突然想到這個方法？動機仍不得而知，無論如何，凶手放火完全出乎監視人員的意料之外。

另一方面，凶手似乎沒發現這棟豪宅受到警方嚴密監視，所以四下傳出叫喚聲時，顯得十分倉皇失措，慌忙跑進坡下的葡萄園。這時，瞥見凶手身影的金田一耕助馬上察覺，那就是十日傍晚與他在仙人嶺擦身而過的老太婆。

滅火，或是追緝凶手——金田一耕助當下選擇了後者。

「警部，快去把屋子裡的人叫醒，我去追凶手……」

金田一耕助連聲高喊「失火了、失火了！快起來，趕快起來」，一邊撩起和服褲裙的下襬鑽進葡萄園。緊跟著他一同追凶手的是乾刑警。立花警部補並沒有跟上來，他決定和磯川警部，以及山本刑警留在火災現場，負責救出屋裡的人。之後金田一耕助對於警部補的判斷深表敬意。

凶手鑽過整片葡萄園之後，終於跑進下坡路的村道。凶手並未彎腰駝背，而且跑步之快速，身後負責追緝的兩人根本趕不上。沒多久，凶手的眼前出現貯水池的堤防，爲了爬上堤防，凶手似乎用盡了吃奶的力氣。

這時火勢已延燒到主屋，「由佳利宮殿」化爲一團火焰，周遭和大白天一樣明亮，於是包著頭巾、身穿條紋褲子的凶手身影，有一瞬間清楚地浮現在堤防上方。然而就在下一秒，彷彿枯樹被砍倒般，凶手跌落到堤防的另一邊。當金田一耕助和乾刑警晚一步爬上堤防的時候，凶手的頭部已陷入缺水的貯水池中深厚的淤泥裡，完全動彈不得。

後來，過了將近一個小時，將凶手拉上來的行動才正式展開。因爲淤泥積得非常深，根本無法接近，只好等青年團入山搜索回來後才著手行動。這個時候「由佳利宮殿」早在大火中化爲烏有。

一方面，乾旱的天氣持續了好幾天，所有東西都相當乾燥，火勢延燒的速度出乎意料地快。另一方面，由於所有消防隊員都被派上山搜索，造成滅火人手不足，這一點正是磯川警部最自責的部分。幸好沒有任何傷亡，而且火災也沒延燒到「由佳利宮殿」以外的住宅，眞是不幸中的大幸。只是，由佳利等人都穿著單薄的衣物就跑出來。她們惦記著要趕緊將年老力衰的松子老太太揹出來，根本沒有餘力搶救財物。

在確定火勢不會延燒到「由佳利宮殿」以外的民宅之後，便展開打撈凶手的行動。趕來參與打撈凶手工作的數名青年團團員中，出現了歌名雄。金田一耕助看到他，臉色一變。

「啊，歌名雄老弟，」金田一耕助的話聲彷彿有魚骨刺在喉嚨深處，「你到那邊去吧。這邊有三、四個人就夠了。」

「金田一大師，為什麼呢？」

「這個嘛……因為……火災現場那邊比較重要啊。那裡取水不便，當然是人愈多愈好，而且不曉得會不會再燒起來……」

「不，大師，我想留在這邊。若需要人手去那邊，請指派別人吧。我想親眼看看，殺死泰子、文子，還有里子的人，到底長什麼模樣……」

金田一耕助默默凝視著歌名雄。過了一會，他微微嘆了口氣。

「喔，是嗎？好吧，那就隨你……」

金田一耕助原本還想說點什麼，下一瞬間似乎改變主意，別開了臉，走到磯川警部身後。磯川警部從剛才一直默默聽著兩人的對話，看到金田一耕助苦惱的神情，他突然深吸一口氣，雙手緊緊握拳，連指甲都陷進手掌肉裡。

磯川警部大概一輩子都不想再看到那樣的景象了吧。

堤防上燃起熊熊篝火。在篝火旁邊，正迅速搭著高台，青年團的團員們準備從這座高台利用滑車將凶手的屍體拉上來。不這樣做，根本無法靠近深深陷進淤泥底的屍體。

沒多久，滑車降下繩索，由歌名雄負責吊下去把繩索纏住凶手的腰部。歌名雄的身子傾前到淤泥上方，勝平和五郎將歌名雄的雙腳牢牢固定。

「小歌，沒問題吧？」

「沒問題。小勝、五郎，好好壓住我的腳啊。」

「交給我們吧。」

身材高大的歌名雄伸出長臂，將繩索戳進泥漿內，在凶手腰部綁了兩圈，試了一下結扣。

「好了，小勝、五郎，把我拉上去吧。」

「好，我也來幫忙。」立花警部補從堤防跳下來，抱住穿著工作服的歌名雄的腰。

「可以了嗎？一、二、三！」

歌名雄讓這三個人抱了起來，拉回堤防下方，站穩身子，大量的汗水從他的額頭滴落。

「好了。負責滑車的兄弟，接下來麻煩你們了。」

「好的！」

從堤防上方傳來回應，滑車開始運轉，凶手的屍體慢慢地從淤泥裡被拉了上來。

「好，還差一點，加油！」五郎奮力指揮著。
「看我的！」堤防上的青年團團員們氣喘吁吁。
沒多久，「砰！」地一聲，凶手攔腰彎折的屍體一下子從淤泥裡拉上來，懸在約一公尺高的半空中。
「啊，等一下！」勝平扯住繩索說：「喂，小歌，我和你心愛的妹妹都被這傢伙殺了，讓我們先看看這傢伙到底長什麼樣子吧。五郎，去弄條溼手帕來。」
「知道了。可惡，我表妹的房子就是讓這傢伙給燒了！」
從淤泥池裡被吊上來的凶手，整張臉都覆滿泥巴，根本看不出眞面目，但歌名雄凝視著那張臉的眼神有點奇怪。不久之後，五郎帶著一條相當濕的手帕回來。
「小歌，給你……咦，小歌，怎麼了？事到如今，你怎麼才在發抖啊？」
「五、五郎，那、那條手帕給我。」勝平緊張到牙齒打顫，用發抖的手將凶手臉上的泥巴擦掉一半。
「啊啊！媽！媽！」
聽到歌名雄的慘叫，磯川警部突然從夢中驚醒。
「警部，是不是作惡夢了？」
身旁傳來聲音，警部轉頭一看，發現睡在旁邊的金田一耕助起身看著他，一副擔心的神情。

這裡是本多醫師家的內廳。磯川警部和金田一耕助泡了澡之後，昏沉沉地睡著，卻又夢到昨晚那件可怕的事。

「原來是夢啊。」

磯川警部鬆了一口氣，以浴衣袖子擦著額頭的汗水。

「嗯，對不起……」磯川警部苦笑，「唉，滑車吊上來『龜之湯』老闆娘那滿是泥巴的臉，還有歌名雄那個年輕人的悲慟喊叫，我這輩子大概都忘不了吧。」

警部又深深嘆了一口氣。

「的確是啊。」金田一耕助一臉沉重地點頭，但爲了替對方打氣，他很快裝出笑容。「不過警部，我們眞能睡啊。現在都晚上七點了，也該起床了吧。」

兩個人從睡鋪爬起來，正在整理棉被時，小本多醫師的夫人來到緣廊。

「哎呀，兩位都醒了嗎？棉被我來整理就好，兩位不要忙了。對了，金田一大師……」

「嗯。」

「有一位叫吉田讓治的先生從神戶過來，說是您要的東西找到了。」

「是嗎？眞是太好了……」

磯川警部望著金田一耕助高興的模樣，問道：

「這個叫吉田讓治的是誰啊？」

「他是吉田順吉的弟弟——吉田良吉的長男。來，警部，讓我們再加最後一把勁吧！」

# 第三十一章　最後的驚愕

昭和三十年八月十七日晚上八點，相關人員齊聚在本多醫院的內廳。每個人都緊張地屏住氣息，等著聆聽這次連續殺人案的眞相。

與會者包含以下這些人：警方這邊是磯川警部、立花警部補，以及乾刑警與加藤刑警。案件相關人士包括：仁禮嘉平和他妹妹咲枝，別所春江和她女兒千惠子，還有以旁聽身分出席的日下部是哉。後面這三位，由於昨晚只穿著單薄衣物逃離火災現場，在小本多醫師夫人的好意安排下，都借了浴衣穿。除此之外，大醫師和金田一耕助當然也在場，小本多醫師則是待在「龜之湯」那邊。

內廳裡準備了啤酒、下酒零嘴，以及果汁和水蜜桃等飲料與食物，卻沒什麼人動手取用。現在飢渴的並不是胃，而是極度渴望得知命案的眞相，每個人都屏息等著金田一耕助說明整件案子。

「山本怎麼還沒到……？」從剛才就一直頻頻看表的立花警部補，不耐煩地咂著嘴。

本多大醫師看他這個樣子，便說：「山本……我想起來了，是不是剛才去由良家接人的刑警？這樣的話，立花老弟，他這一趟是白跑了。」

「白跑？」

「是啊，泰子其實是恩田的親生骨肉，這件事已傳遍整個村子，這下由良家想必相當沒面子，可能好一段時間沒臉在外頭走動了。金田一大師，差不多可以開始了吧？」

「嗯。只是，我拜託敏郎先生一件事，我想等知道結果再……不過，大家有什麼問題，請不用客氣儘管問。」

「哈哈哈……原來如此，大師眞的是相當謹愼啊。」大醫師面帶微笑，望向磯川警部，「對了，磯川先生，聽我兒子說，『龜之湯』的老闆娘在跳進貯水池之前，喝下相當多的農藥？」

「是啊，她一定是早有覺悟了吧。」

「唉，『龜之湯』的老闆娘……是個很親切的女人啊……」

這恐怕不只是大醫師一個人的感慨，應該是今天在場的所有人，也是全鬼首村村民的驚嘆與感慨吧。

「對了，金田一大師，」場子裡眾人似乎慢慢聊開來了，於是嘉平老爺傾身向前說道：「這是我從勝平那裡聽來的，您早就知道凶手是『龜之湯』的老闆娘。大師，您是什麼時候察覺的？」

「這個嘛……」金田一耕助顯得有點靦腆，搔著雞窩頭說：「遇到這樣的案子，我想不管是誰都會產生一種模糊的疑心，忍不住暗自揣測：搞不好凶手就是那個人啊。問題在於，這種疑心是在什麼時候成爲確信。這次的案子，我產生模糊的疑心的時間點——也就是開始懷疑凶手是『龜之湯』老闆娘的時間點，是在泰子小姐被殺害之後沒多久。」

金田一耕助此話一出，立刻引起一陣小騷動，尤其是立花警部補瞬間滿臉通紅。他似乎有話要說，磯川警部卻搶先開口：

「不過，金田一大師，雖說是產生了模糊的疑心，但既然是你的疑心，背後一定有相當的根據吧。」

「是的，當然有一些根據。」

「那就請你說給大家聽聽吧，這樣我們警方也可知道當時到底看漏了哪個部分。」

「哎，你這麼說，我反倒很不好意思……」金田一耕助苦笑了一下，「那麼，先從辰藏先生的證詞開始吧。針對泰子小姐被殺害的十三日晚上，辰藏先生曾說，他大約在七點結束田裡的工作，回家路上先經過甕子瀑布，繞去秤店的釀酒工廠喝了杯酸飲料，八點左右再度來到瀑布前，發現原本沒有的木枡和漏斗，後來他還想起走上坡路前往工廠的途中，看到一個疑似拿著漏斗的人影，跑進六道十字附近的葡萄園……」

「這段證詞我們也聽說了……」

「嗯，接下來，讓我們從凶手的觀點，來思考一下這段證詞吧。那天晚上，凶手爲了準備殺人道具，從工廠把木枡和漏斗偷了出來。然而，就在走下坡路來到六道十字的時候，意外地遇到外人，凶手便躲進葡萄園。那個時候，凶手一定知道遇到的人就是辰藏先生。儘管如此，爲什麼凶手還會失誤把木枡和漏斗放在瀑潭，而被辰藏先生拿走呢？凶手約莫是認爲，辰藏先生會從工廠直接沿下坡路朝櫻花聚落走去，換句話說，凶手肯定不曉得，從工廠通往櫻花聚落的路，因崖面坍方而無法通行……可是，這段懸崖坍方從『櫻花大師』佛堂前的村道，明明可以看得一清二楚，因此，我判斷凶手應該不是靠近櫻花聚落這邊的居民。而且，櫻花聚落已是這個村子最偏僻的地方，住在比這裡還要偏僻之處的，只剩下放庵先生和『龜之湯』。」

眾人靜靜聽著他的說明。本多大醫師如搗蒜般不停點頭，說道：

「原來如此，的確很有道理。不過，你會在這兩個人之中，認定『龜之湯』的莉香才是凶手，是不是有什麼特別的理由？」

「有的，那是根據里子的態度所做的判斷。」

「里子的態度……？」

「您也知道，從前里子絕對不會在他人面前露出自己的皮膚，可是她卻在命案發生隔天，毅然扔掉頭巾和手套。那種年紀的女孩會下那麼大的決心，必定有什麼重大的理由，於是我把前一天晚上發生的命案，和這件事串連起來思考。」

「這麼說來，金田一大師，」立花主任急躁地問：「您……的意思是，這個時候里子就知道凶手是誰了嗎？」

「應該是的……我想，里子的心裡應該是這麼解釋：她被生得很醜，也一直非常在意，正因如此，母親才會對貌美的泰子心生憎恨，所以她從此以後不會在意自身的醜陋了。雖然長得醜，卻很幸福，請媽媽不要再胡作非爲了——這恐怕是可憐的里子，唯一想到的勸阻方式吧。」

「這樣說來，金田一大師，」磯川警部傾身向前，「那天晚上里子與阿幹兩人，和泰子與莉香擦身而過的時候，里子就發現那個老太婆是自己的母親了嗎？」

「不，警部，要是那個時候就發現，里子應該不會繼續前往兵營遺跡。」

「那麼，是在什麼時候……？」

「嗯，我認爲不知道懸崖坍方的事，對凶手而言是一個致命的失誤。這導致本來準備好的木枡和漏斗被辰藏先生拿走，於是凶手在殺害泰子小姐之後，必須再走一趟工廠，去拿木枡和漏斗，造成原本計畫的犯案時間延長。另一方面，由於泰子小姐失蹤的消息很快傳開，使得里子較預定的時間提早回家，所以里子很可能比凶手早一步到家。因此，她可能是從土牆倉庫裡，目擊到打扮詭異的母親，騎著腳踏車從後門偷偷回來的這一幕。」

然而，當時里子，恐怕無法理解眼前的景象到底意味著什麼吧。隔天早上得知以後，她便毅然決然地扔掉頭巾和手套。金田一耕助繼續說明。

「剛才我說的『模糊的疑心』，指的就是以上兩點。我很早就認爲『龜之湯』的老闆娘相當可疑，卻無法理解她的動機。不可能只因想讓文子小姐嫁來『龜之湯』當媳婦，就把泰子小姐殺了吧？因此，當時我無法說出這個推測，事情才會變得這麼嚴重……對於這一點，我深深感到抱歉。」金田一耕助神情凝重地低下頭。

這時，立花警部補往前一靠，說道：

「不，這不是大師的責任。只不過，大師，這樁殺人案的動機到底是什麼？莉香想殺害的泰子小姐、文子小姐和由佳利小姐，這三人如果眞的全是恩田的骨肉，那麼對莉香而言，她們就是殺夫仇人的女兒。這些仇人的女兒個個都是美人胚子，自己的女兒卻是那般苦命的容貌，於是她心懷嫉妒與憎恨。然而，由良家和仁禮家卻先後在知情或不知情的情況下，硬是要把仇人的女兒嫁過來，當自己兒子的老婆。因爲這種種理由，莉香勃然大怒……」

立花警部補的口吻簡直就是橫衝直撞，相當不客氣。

金田一耕助一臉爲難地說：

「是這樣子的……剛才立花先生提到的動機……」

話才說到一半，山本刑警回來了。

「抱歉，我來遲了。由良家說他們不大方便，應該不會有人過來。還有，金田一大師……」

「是。」

「由良家的當家要我把這個交給您……」

看到山本刑警遞出的信封，立花警部補嚴肅的眼眸一亮。

「山本老弟，那是什麼？」

「金田一大師讓我轉交一封信給由良家的當主，這是回信……」

金田一耕助打開看完，旋即收回信封裡。

「立花先生，這封信的內容待會再來談吧。其實，大醫師……」

「嗯。」

「我原本希望由良夫人也能一併列席，和咲枝夫人以及春江夫人一起鑑定我手裡的一樣東西，然後再和大家好好討論這個案子。不過，現在順序顛倒，而且立花先生似乎也很想弄清楚莉香的動機。因此，大醫師……」

「嗯。」

「我想請您和咲枝夫人以及春江夫人，一起當鑑定人。」

「鑑定？怎樣的鑑定？」

「是照片。這裡剛好有三張照片。」

金田一耕助從一旁的文件夾裡，拿出一個牛皮紙信封。然後，他從信封裡抽出三張明信片大小的照片，分別遞給三人，一人一張。

「請三位仔細看看照片裡的人物。他在這三張照片裡都沒留鬍髭，請三位假想他唇上有鬍髭的模樣，幫我鑑定一下……」

三人詫異地看向手中的照片，然而才看了一眼，咲枝喉嚨頓時發出壞掉的笛子般的聲音，春江的臉色則是愈來愈蒼白。

「咲枝，怎、怎、怎麼了？」

「春江小姐、春江小姐，妳認識照片裡的人嗎？」

嘉平和日下部是哉都吃了一驚，從旁探出頭來看照片。然而，兩位夫人都驚嚇到一時說不出話。興奮過度的大醫師，顫抖著替兩人發聲：

「金、金田一大師，這些照片你從哪裡找來的？喂，這不正是恩田幾三的照片嗎！」

恩田幾三！這個名字帶來的衝擊，恐怕連炸藥也比不上吧。嘉平從咲枝手上搶過照片，日下部是哉和大空由佳利則是整個人彈起來，連忙湊近春江手上的照片。以磯川警部爲首的警方人員，全都嚇一跳，站了起來。現場簡直就像恩田幾三本人忽然現身。

這三張照片，都是上半身的照片，容貌五官相當清晰。一張穿著西服，一張穿著印有家徽的和服禮裝，還有一張是穿著浴衣。唇上雖然沒留鬍鬚，但戴著無框眼鏡的臉部輪廓分明，儘管多少晒黑了點，仍是個儀表堂堂的男子。

「金、金田一大師！」

「請等一下，警部，應該先向她們逐一進行確認。咲枝夫人，妳認爲那張照片上的人，應該是誰？」

「是的，確實就是剛才大醫師提到的那個人……」說到這裡，咲枝已哭倒在地。

「春江夫人，妳的看法呢？」

「是的，就是千惠子的父親，錯不了。」春江雖然沒有哭，但眼神渙散，嘴唇也顫抖得很厲害。

「金田一大師、金田一大師，」警部額上兩根血管像犄角一樣弩張，「那、那些照片到底是從哪裡……？」

「這是保管在神戶M報社調查部的照片。吉田順吉的弟弟良吉先生的長男——讓治先生，剛才特地從神戶幫我送過來。」

「您……說恩田的照片在報社裡？」立花警部補仍是一臉半信半疑。

「是的，只不過，報社並不是以『恩田幾三』的名字保存照片，而是以昭和初年在神戶相當受歡迎的電影解說員——『青柳史郎』的名字收藏。」

# 第三十二章　金田一耕助的揣測

歷經強烈的激動情緒與衝擊之後，接下來通常會進入一種空虛又茫然的精神狀態。現在瀰漫在本多醫院內廳的，正是這樣的氣氛。

這裡有三張令在場所有人震驚不已的照片。根據金田一耕助的說明，照片中的人物是昭和初年在關西很受歡迎的電影解說員青柳史郎，而青柳史郎正是「龜之湯」的源治郎。源治郎被殺害的時候是虛歲二十八歲，然而，這幾張照片裡的身影，都流露出一種身爲主任解說員的威嚴，看起來比實際年齡老成。如果再留個鬍鬚，要說這個人看上去有三十四、五歲，也是可以接受的。

此刻，現場以這三張照片爲中心，彷彿被捅的蜂窩似的一片混亂。每個人都相當激動，議論紛紛，然而議論很快止息，現場又陷入一種恍惚的沉默。

恩田幾三其實就是「龜之湯」的源治郎。根據這三張照片，看來這是絕對錯不了的事實。距今二十三年前，「龜之湯」的源治郎一人分飾兩角，因此當「龜之湯」的源治郎從這個世上消失，恩田幾三自然也不見蹤影。這眞是一個令人感到震驚的事實啊。

寂靜無聲的內廳裡，夾雜著電風扇的嗡嗡聲，斷斷續續傳出咲枝、春江以及由佳利的啜泣聲。直到現在，眼裡的那些塵埃才終於清掉了。待這些眼裡的塵埃除去，一直以來許許多多的疑點全都一目瞭然，原來當時是這種情況！那件事的背後居然有這樣的意義！咲枝和春江一定是想起很多事情，格外感慨吧。

「這眞是太令人驚訝了，太令人驚訝了。」頻頻著說「這太令人驚訝了」的是剛剛才回到內廳的小本多醫師。

「唉，金田一大師，我甘拜下風。」表現出十足的男子氣概、很有勇氣地在金田一耕助面前脫帽認輸的是立花警部補。「恩田幾三其實就是源治郎扮演的其中一個角色，應該錯不了。只不過，這麼一來，昭和七年的命案，凶手到底是誰？」

「這個啊，立花老弟，當然除了莉香之外，就沒別人了。」磯川警部的聲音顯得有氣無力。

「沒錯。而且，放庵先生早就知道了吧。」嘉平靠向前說道。

「我也認爲是這樣。這麼一來，那首手毬歌的歌詞就有意義了。」

「手毬歌的歌詞有了意義……？」

「嗯。雖然找到女孩，但村長很多嘴到處去宣傳，最被用毒殺村長草給毒殺了……」

「金田一大師，您……是說放庵先生被殺了？」

「立花先生，真的很抱歉，由於我提出一個多餘的疑點，才搞亂了辦案方針。換句話說，第一個掉進莉香所設的陷阱裡的，就是我金田一耕助。」

「凶手設的陷阱……？」

「好了、好了，立花老弟。」這時舉起雙手控制全場秩序的是大醫師。「像這樣大家你東我西、各自發言，恐怕會沒完沒了。警部，先讓金田一大師依序從昭和七年的案子開始說明，你覺得如何？」

大醫師的提案，眾人一致通過。

「那麼，我就開始說了。只不過，事情到了這種地步，我所說的充其量不過是一種揣測罷了，如果大家仍願意聽我說……」

在場無人表示不滿。

「好的，那我就詳細說明。希望大家不要光聽我說，請踴躍發言，讓我們採取討論會的方式進行吧。」

這個提案大家也贊成。

「那麼……」

金田一耕助有點結結巴巴地開頭：

「當初，那名自稱恩田幾三的人出現在這個村子的時候，是在昭和六年年底。如果從電影業的角度來看，這是非常重要的一個年份。因為那一年有聲電影逐漸步上軌道，擔任電影解說員的人漸漸對前途心生不安。有關這部分，日下部是哉先生應該很瞭解……」

「是啊、是啊，」日下部是哉憶起當時，隨即接口：「我記得在東京那邊，擔任電影解說員的人到昭和八年的春天，終於完全走投無路。而在昭和六年到七年這段期間，可說是電影解說員最彷徨的時期。」

「沒錯，就是因為這樣，源治郎——也就是青柳史郎，對前途感到非常不安，為了將來，他勢必得考慮改行。於是，不知道在什麼因緣之下，他開始仲介製造鼓花緞，而且首先就把這份工作介紹回故鄉。這部分倒是無所謂，只不過，那個時候他拚命隱藏眞實身分，關於這一點，大醫師、仁禮老爺有何看法？」

「他會這麼做也是理所當然的吧。身為『龜之湯』的兒子，村裡的人是不會信賴他的。嘉平老爺，你認為呢？」

「確實如大醫師所說，如果是『龜之湯』的兒子，村裡的人一定不會聽他的話，而且由良家打一開始就不會接納他了吧。」

「而且，他好不容易讓自己的外表變得這麼光鮮亮麗，絕對不可能老實說出他其實是『龜之湯』的兒子，減弱自身的光環。金田一大師，在鄉下就是這麼一回事，尤其是在戰前，這種傾向更嚴重。」

「可是就算他本人再怎麼隱藏……」乾刑警立刻表示意見，「村子裡難道沒有任何一個人發覺嗎？這實在有點難以置信。」

「唉，乾老弟，令人無法置信的，往往就是事實。」磯川警部主動回答：「現在想想，源治郎是辦得到這件事的。小學一畢業立刻離開村子的源治郎，十四年之後再度回來，村裡的人早忘了他。更何況，當初他是個沉默寡言、不顯眼的小男孩，如今變成風采翩翩的紳士，而且口才絕佳。這樣的人就算回到家鄉，也不會有人察覺他就是『龜之湯』的兒子吧。實際上，剛才大醫師看到這張照片的時候，也說他是恩田幾三。這是因爲大醫師沒發現，其實恩田幾三就是『龜之湯』的次男啊。如同小本多醫師所說，眞的是太令人驚訝了。」

磯川警部一副感慨良深的表情。

「啊，金田一大師，你的話還沒講完我就插嘴了，非常抱歉。請繼續吧。」

「好的……總之，源治郎化名恩田幾三，回到這個村子。他首先去討好村裡最有錢的由良家老爺和夫人，至於是由誰引薦，我想不大重要吧，反正夫婦倆都被他的絕頂口才牽著鼻子走了。只不過，我要先爲由佳利小姐講句公道話。我認爲源治郎並不是一開始就打算要騙人。如同警部說的，剛開始他眞的是想爲村子介紹一項有利可圖的副業。雖然他用假名現身，但就像剛才大醫師和仁禮老爺所說，源治郎內心有一種下等庶民的意識，簡單說就是有一種自卑感，這一點導致後來他與敦子夫人、咲枝夫人——也就是當時仁禮家的千金，發展出關係的原因。」

「金田一大師，這是什麼意思？」嘉平老爺似乎吃了一驚，「源治郎的自卑感，導致他跟敦子女士和咲枝發展出關係……？」

「金田一大師想說的是……」看到金田一耕助猶豫的神情，大醫師插嘴解釋：「源治郎從小就受到下等庶民的待遇，在心中埋下根深蒂固的自卑感。然而，他化名恩田幾三回到村裡，卻被完全不知情的由良家捧上天，於是他試著誘惑敦子女士，沒想到一下子就上鉤了，對方可是全村最有勢力的家族的夫人哪。源治郎把她弄到手之後，心想：另一個有權勢的家族的女兒也誘惑看看吧，便把魔掌伸向咲枝小姐……換句話說，金田一大師的意思就是，源治郎故意和由良夫人及仁禮家千金發生關係，很可能是基於一種復仇的心態……金田一大師，我說對了嗎？」

「大醫師，佩服、佩服。只是這麼說，對咲枝夫人就太失禮了……」

「不，大師，請不用顧慮我。我也想藉著這個機會釐清所有事情，不必客氣，坦白說出一切吧。」這時，咲枝已把手帕按在眼睛上。然而，她並不是感到羞愧，反倒露出卸下重擔似的輕鬆神情。

「這麼說來，他復仇的對象不光這兩個家族，而是想對整個村子進行報復，敦子女士和咲枝只是碰巧先被攻擊罷了。」

「不，那不僅僅是復仇，色慾也占了很大的比重吧。這裡有一份報社針對青柳史郎做的調查資料，這個人似乎相當風流，和女性的關係從沒斷過，所以他的好色應該占了很重要的部分……」

「您的意思是，他想跟村子裡最有勢力的由良夫人和仁禮家千金發生關係並加以玩弄，復仇心正是推手之一……嗯，或許眞是如此，往昔對下等階層的歧視的確很嚴重。」

「可是……」這時，日下部是哉從旁插嘴：「春江小姐這邊該怎麼解釋？她也是復仇計畫的犧牲者嗎？」

「不，他只有對春江小姐是眞心的吧，而這極可能就是昭和七年那件命案的肇因。警部，你的看法呢？」

「對，有道理。」磯川警部茫然地低聲回答。

「金田一大師，這話的意思是……？」

「嗯，還是請警部來說明吧。警部，麻煩你了。」

「這樣啊……唉……日下部先生，」磯川警部整理心緒，重新打起精神說道：「根據莉香所說，源治郎原本打算先把妻小暫寄在『龜之湯』，獨自前往滿州。但春江小姐表示，恩田答應和她私奔，前往滿州。春江小姐，對吧？」

「是的。」

話題突然轉到自己身上，春江緊張得臉色蒼白，表情也十分僵硬。然而，由佳利卻雙眼一亮。

「若將兩人的說詞綜合起來進行比較，源治郎約莫是打算把莉香和歌名雄塞給『龜之湯』的家人，然後和春江小姐遠走高飛吧。然而，莉香卻在某個機緣下察覺到這一點……金田一大師，應該是這樣吧？」

「是的。」

「那麼，大師，」小本多醫師立刻傾身向前，提問：「您的意思是，源治郎帶著妻小回『龜之湯』後，仍繼續在村中一人分飾兩角？」

「唔，這一點我倒想請教一下春江夫人。夫人，關於這部分，不曉得妳能不能提供什麼線索？」

「這麼一提，我倒是想起種種事情……譬如，他在案發一個月前刮了鬍子……他說要在滿州從頭開始，如果留著鬍子被人誤會是在擺架子就不好了……」

「唉，小本多醫師，」嘉平感慨地說：「恩田被殺的地點，是在放庵先生老家的離屋啊。放庵先生的老家現在成了村公所，離『龜之湯』大概有四公里遠吧。這樣的距離，如果源治郎有心要一人分飾恩田和源治郎兩個角色，並不是什麼難事。因爲恩田偶爾才出現在村子裡，而源治郎只要對家裡的人說忙著準備去滿州的事，隨便找個藉口都能在『龜之湯』以外的地方過個一、兩夜。而且，金田一大師……」

「嗯。」

「現在我才想起一件事，其實恩田從沒來過櫻花這一帶。當時以爲他可能是對我家有所顧忌，現在仔細想想，應該是離他家太近了，他才無法在這附近出沒。」

像這樣，眼裡的塵埃除去之後，回想起來的事情眞的是一件接一件。大醫師也似乎想起當時那個命案的慘狀，他皺起眉頭說道：

「這麼說來，金田一大師，源治郎化身爲恩田這個角色，然而，當莉香來到放庵先生家的離屋……」

話還沒說完，大醫師便嚇得屏住呼吸。

「事情就是那樣吧。源治郎並不是一開始就打算欺騙村民，但受到美國經濟大恐慌的影響，使得一切事與願違，電影解說員的前途也一片黑暗，於是他在多少有點自暴自棄的情況下，打算把妻小寄放在老家，和新的情婦遠走高飛，去滿州新天地……應該就是這麼回事。所以那個時候，其實他只要讓恩田這個角色消失，一切就圓滿了，只怪他想在重新振作之前多攢些錢，才會把事情搞到那種地步。」

「不巧莉香也察覺到……」

「不，仁禮老爺，雖然只是我個人的揣測，但說不定是村長提醒莉香的。」

「啊！」

聽到這句話，在場所有人不約而同發出驚呼。

「沒錯、沒錯，一定是這樣。村長把離屋租給恩田，想必已發現恩田的祕密。嗯，有道理。然後呢？」

「接下來，希望大家回想一下……我認爲那件命案不是預謀，因爲凶器是現場的柴刀。在此，我想爲莉香做一點辯護。當時莉香身懷六甲，在不熟悉的異鄉接受公公婆婆的照顧，可說是無依無靠，非常不安，她的心理狀態恐怕很不穩定。而且，她從以前就一直爲丈夫的外遇問題所苦，種種情緒導致她勃然大怒，鑄下大錯，我認爲是值得同情的。啊，對不起，春江夫人……」

金田一耕助慌忙接著說：

「我這麼說並不是在譴責妳，我只是想表達，昭和七年那件命案，恐怕是一時衝動犯下的罪行。一時衝動殺了丈夫的莉香，雖然是個聰明的女性，但她應該沒聰明到編得出那場騙局來欺瞞警方。」

「我懂了，金田一大師。」警部搗蒜般不停點頭，「你的意思是，莉香之所以能夠讓被害人的面貌無法辨識，並巧妙利用源治郎一人分飾兩角這一點來欺瞞警方，全是受到村長的指點，是吧？」

「原來如此！因爲放庵這傢伙掌握著這個祕密，便用來敲詐『龜之湯』的老闆娘，一定是這樣吧！」立花警部補怒氣沖沖地說道。

大醫師聞言，皺起眉頭說：

「敲詐……磯川先生，眞有這麼回事？」

於是，磯川警部把有關放庵來路不明的生活費祕密說給大醫師聽，大醫師不免吃了一驚。

「不過立花老弟，我的確不太喜歡放庵這個人，但他再怎麼窮苦潦倒，好歹是多多羅家的後裔，事實上也是個自尊心很強的人，所以我認爲他應該不至於利用他人的弱點進行敲詐。嘉平老爺，你的看法呢？」

「我贊成大醫師的說法。就算村長的生活費眞的來自『龜之湯』，應該也不是村長敲詐得來，而是莉香主動提出的吧。以村長的個性，如果眞的接受『龜之湯』的恩惠，一定會良心不安。」

「就是這樣了，立花老弟。雖然以結論來看，放庵可能還是接受了金錢援助。」

「嗯，明白了。」磯川警部點點頭。「那麼各位，關於昭和七年的案子，大概就是這麼回事。接下來，我們請金田一大師來說明這次發生的案件吧。」

眾人一致贊成。

「金田一大師，請先喝一杯吧！」

「嗯，謝謝。」

小本多醫師拿起啤酒，爲金田一耕助斟酒。耕助端著杯子接了滿滿一整杯酒，一邊說道：

「接下來，我還是想聽取各位的意見，一起討論。關於這部分，立花先生……」

「是的。」

「現在你已知道恩田和源治郎其實是同一人，所以我想請你就這一項事實，重新推想一下莉香的犯案動機……」

「嗯，謝謝金田一大師，眞的很慚愧。」立花警部補搔著頭，但還是高興地往前靠。

「我想應該是這樣子吧。恩田幾三這個人如果完全沒造孽，這次的案子就不會發生了。然而，不知是福是禍，恩田在三個女人肚裡都留下自己的種，另一方面，正妻莉香的肚裡也有他的骨肉。那件案子發生後的隔年，四個女人都生下小孩，而且全是女孩，可說是造成這次案子發生的遠因吧。」

「有道理、有道理。」大醫師深深點頭，「之前立花老弟說，莉香殺人的動機是因爲女兒生就那副苦命的長相，而殺夫凶手的女兒卻個個都是眾人稱羨的大美人，然而，事實比那種情形嚴重多了。以莉香的立場來看，身爲正妻，女兒卻天生一副醜陋的面貌，反觀和丈夫私通的情婦所生的女兒卻個個是美人，這項事實令她大為惱怒……金田一大師，這會不會莉香的動機之一？」

「大醫師，我想那不只是動機之一，應該說整件案子就是從這裡開始。打個比方，或許不大恰當……據說貓在交配期間，通常會有好幾隻公貓爭相追求同一隻母貓，然而不知為何，母貓一定會厭惡某些特定的公貓，不願交配。遇到這種情形，當母貓生下小貓的時候，當初被拒絕的公貓就會去咬死小貓。我覺得莉香的心理跟被拒絕的公貓有些類似。就心理層面來看，她的犯案動機，可能正是一種難以避免的衝動吧。」

「原來如此。如果這麼解釋犯罪動機，莉香其實是一個很可憐的女人啊。」磯川警部應道。

「是啊，我也這麼認為。」

金田一耕助沉重地說，在場眾人也陷入沉默。然而，立花警部補卻沒如此多愁善感。

「這麼說來，泰子小姐、文子小姐和由佳利小姐是源治郎的親生女兒，莉香早就知道？」

「是啊，立花先生。因為村長曉得三人都是恩田的骨肉，更何況，村長與莉香共同背負著極為重大的祕密，兩人就像是夥伴一樣。所以，雖然不曉得村長是在什麼時候告訴莉香這件事，但他想必提醒過莉香。再說，莉香還有歌名雄這麼一個兒子……」

「立花先生，」嘉平的身體顫抖得很厲害，「你剛才說，我們等於是要把仇人的女兒硬塞給歌名雄，可是事實比這個還嚴重……雖然當初的確是毫不知情，但我們做的事，等於是把同父異母的妹妹硬塞給歌名雄啊。」

「是啊，一點也沒錯。」大醫師深深嘆了一口氣，「莉香沒辦法向你們說出實情，如果說出實情，就會碰觸到昭和七年的祕密，而透露這項祕密又等於是自掘墳墓。」

「莉香可說是進退兩難啊。」小本多醫師如此說道。

這時，角落突然傳來嗚咽聲。

那是一直拿手帕按著眼睛的咲枝。當初毫不知情，如果讓女兒和歌名雄結婚，對她們母女來說，實在太殘酷了。她一定是想到這一點，忍不住感慨女兒的身世是多麼不幸。

「是啊。所以莉香的動機，應該就是我剛剛說的那種公貓心理，而火上加油的就是那兩樁婚事，以及由佳利當紅不讓的名氣吧。」

「由佳利當紅不讓的名氣……您的意思是……？」春江的眼瞳驚恐地顫動著。

「唉，夫人，其實莉香年輕的時候在曲藝場表演過，所以她比一般人還要嚮往演藝人員的名氣，而且死去的丈夫也是那麼有名啊。然而，她的親生女兒卻長成那副模樣，反倒是情婦的女兒繼承父親大半的天分，這項事實恐怕令莉香相當惱怒吧。」

「啊呀，原來如此。」日下部是哉突然發出怪里怪氣的聲音，令所有人嚇了一跳。「這麼說來，由佳利的天分是繼承自青柳史郎……」

「所以整件事最後就演變成那種狀況了吧，還被逼到得殺了深愛的丈夫的地步……」

「嗯，我懂了。金田一大師，」立花警部補挺起胸膛，「這下我終於理解莉香的犯案動機了。接下來作案手法的部分，是不是可以請您……具體地告訴我們。」

「不不，立花先生，我想還是跟剛才一樣，請大家一起討論吧，我倒是可以第一個發言……」說到這裡，金田一耕助喝了一口啤酒潤喉。「莉香到底是在什麼時候決心犯案的，我們無從得知。只不過，由佳利小姐在這個村子蓋了那麼一棟豪宅，另一方面，仁禮家和由良家又向她提了婚事……這兩件事幾乎是同時發生，我猜想，這或許是促使莉香下定決心的關鍵吧。」

「對啊，想想也是，這些事確實幾乎是同時發生。」嘉平老爺邊說眼睛邊眨個不停，約莫是深刻體會到莉香處境的悲哀了吧。

「嗯。然而，莉香想必一直提防著村長，因爲村長可說是操縱莉香生死的人。雖然根據大醫師和仁禮老爺的看法，村長不至於那麼卑鄙，但莉香無法放心也是理所當然，恐怕是時時刻刻提防、注意著村長的一言一行。因此，我想莉香一定也知道《民間傳承》這份雜誌，和〈鬼首村手毬歌研究〉這篇文章吧。當她知道那首手毬歌描述的三名女孩，恰恰跟和自己丈夫私通的三名婦人所生的女兒一致，必定感觸良深。很可能就是從那個時候開始——或許只是在潛意識中，她已在醞釀這個殺人計畫。」

「這是很有可能的。」磯川警部有氣無力地說：「而且，先殺了村長當第一個犧牲品，再把屍體藏匿起來，就可以把所有罪行推給村長。她心底萌生的約莫是這樣的計畫吧。」

「沒錯、沒錯。第一個掉進莉香所設的陷阱裡的就是我。莉香眞的相當瞭解村長。」

「你的意思是……？」

「剛才大醫師和嘉平老爺對於村長涉嫌敲詐莉香，不是劈頭就持反對意見嗎？儘管如此，當大家發現這次的連續殺人案，是依照手毬歌的歌詞內容進行時，每個人都認爲村長很可能就是凶手。換句話說，村長雖然不是會去做敲詐這種卑劣行爲的人，但按照手毬歌的歌詞內容殺人，這種異想天開的怪事，他卻有可能做得出來。莉香一定是算準了這一點吧，只不過……」金田一耕助像是突然想到什麼，「老是講這種抽象的事，也談不出什麼結果。接下來，就針對莉香的犯案手法進行具體的說明吧。」

「喔，請……」

這當然不只是立花警部補一個人的願望，也是在場所有人的心聲。

「好的。首先我要提的是，村長去年五月搬到食人沼澤旁這件事。恐怕是莉香慫恿他搬家，這麼一來，她可就近監視村長的行動。換句話說，莉香大概在去年夏天就完成殺人的準備工作之一……」

「你的意思是……？」大醫師不禁瞪大了眼睛。

「嗯，大概在去年夏天，阿鈴女士寄給村長一封希望重修舊好的信。這封信可能是村長不在家的時候寄到的，莉香偶然來到村長家，便把這封信偷偷藏了起來。莉香應該沒想到日後會用到這封信吧，但阿鈴女士在恩田命案發生當時是村長的妻子，因此莉香不會希望這樣的人再回到村長身邊。既然把這封信藏起來，今年春天，當通知阿鈴女士死亡的信函又在村長不在家的時候寄達，莉香便不得不再將這次的信函收起來。」

「換句話說，要是讓村長去參加葬禮，發現有一封寄給他的信被藏起來就不妙了？」

「沒錯。」

「而且，莉香把去年偷藏的信妥善保存著，重新將封口黏封好，當成什麼事也沒發生，再把信放到草庵，使得村長誤以爲是最近才寄到的信。是這樣吧？」

「是的，立花先生，我想應該沒有人在收到信的時候，還一一檢查郵戳日期。」

金田一耕助再度想起放庵喜悅的神情，內心激動不已。

「只不過，大師，您代筆的那封回信，後來流落何方？」

「關於這個部分，直到現在我才又想起一件事。那一天……就是我代筆寫信的那天，回到『龜之湯』之後我就告訴阿幹這件事，包括阿鈴女士要回來，以及我代筆回信……所以莉香很可能是從阿幹那裡聽到這件事，馬上前往草庵，找藉口把那封回信拿走了吧。」

「譬如用『我剛好要到村裡去，順便幫您寄這封信吧』之類的藉口，並不困難。」

「可是，大師，」小本多醫師從旁加入對話，「莉香為什麼要讓阿鈴女士這名號人物登場？她是不是認為有必要讓一個可疑的人出現？」

「沒錯，而且她也想讓大家存有一種疑慮：放庵先生會不會是一人分飾兩角？」

「有道理、有道理。二十三年前那件案子中，莉香已親身體會到一人分飾兩角的巧妙之處。」大醫師感慨地點頭。

嘉平老爺也傾身向前，說道：

「還有一點，莉香說不定是想向大師挑戰。連我都久仰大師的名號，何況是她這樣有特殊經歷的人，想必一開始就知道大師是怎樣的人物。」

「啊，仁禮老爺說得很有道理。莉香假扮成阿鈴女士，在十日傍晚來到這個村子的時候，一開始就主動向大師打招呼，這一點就是最佳的證據啊。」

「再說，十日那天由良家有法會，記得『龜之湯』老闆娘也前去幫忙。這麼說來，她是在法事結束後，立刻繞去仙人嶺等金田一大師。」

聽了嘉平這番話，不只金田一耕助，在場的人全都驚懼不已，內廳頓時陷入沉默。然而，就在此時，立花警部補突然心血來潮，拿出幾張紙。那是之前金田一耕助寫下關於案情的十個疑點的信紙。

「金田一先生，您……在這十項疑點當中的第八項寫著：『放庵先生跟那名假扮阿鈴女士的人對坐兩個小時以上，都沒發現對方是假冒的嗎？如果一直沒發現，原因何在？』這一點是不是能請您……」

「立花先生，」金田一耕助露出白色的牙齒，笑著說：「最後一項不是寫了山椒魚的事嗎？那隻噁心的動物，應該就是這個疑點的答案。」

「您……的意思是……？」

「我也是在聽了神戶的吉田順吉遺孀的話之後才明白。聽說放庵先生近年每到夏天視力就變得很差，患了所謂的夜盲症，也就是雀盲眼。」

「啊！」

難怪在場眾人異口同聲發出驚訝的嘆息，一個終生隨心所欲放縱自己的浪子竟落到如此下場，實在是令人感到悲哀。

「立花先生，光從這一點來看，放庵先生應該無法做出敲詐勒索之類的事情。他約莫很滿足於莉香那些微薄的施捨，並沒未提出更高的要求。每到夏天，他都會寫信給吉田先生的遺孀，告訴她自己爲夜盲症所苦，然而對於村子的人，特立獨行的放庵先生則是一直拚命隱瞞這個事實。」

「只有莉香知道這件事！」立花警部補嚴厲的語氣，令在場眾人不禁面面相覷。

磯川警部嘆了口氣，說道：

「我懂了，金田一大師。放庵先生為了和阿鈴女士重修舊好，打算吃山椒魚增強精力……」

對於放庵這份教人心酸的努力，沒人笑得出來。當腦海裡浮現出那場大雷雨中，在那偏僻的食人沼澤旁，夜盲症的老人和假扮阿鈴女士的莉香上演了那悲慘的一幕，每個人都驚懼得說不出話。再仔細想想，這悲慘的一幕，正是手毬歌殺人事件的開端。

「金田一先生，話說回來，你認為莉香是怎麼處理那具屍體的？」

「嗯，關於這一點，我原本覺得一個女性不可能把屍體運到遠處，所以她應該是讓屍體沉到沼澤裡。可是，在這一帶有一種叫獨輪斗車的便利工具，如果利用這種斗車，有可能把屍體運到相當遠的地方。當然，食人沼澤有必要進行搜索，其他地方也希望大家找找看。至於這項工作，交給我還不如交給對這個村子的地理環境瞭若指掌的各位來辦，會比較妥當。」

「好的。立花先生，這件事我們待會討論一下吧。其實經大師這麼一說，我倒想起一個可能性很大的棄屍地點。話說回來，村長竟然得了雀盲眼，唉，這實在是……」

嘉平老爺邊說還不停眨著眼睛，接著彷彿想到什麼，又道：

「討論到這裡，有關村長的部分大致都釐清了，接下來想請大師說明一下泰子小姐的部分。泰子小姐爲什麼會那麼容易就被帶出去？」

「對了，立花先生，你那裡不是有把泰子小姐引誘出去的信嗎？」

「是的，在我這裡。」

「請你拿出來讓大家看一下。」

立花警部補拿出一張半紙，上頭的毛筆字跡歪七扭八。謹愼起見，再次記下這封信的內容。

泰子小姐：

如果想知道令尊過世時的祕密，今晚九點，請到「櫻花大師」佛堂後方。我會告訴妳一個重要的祕密。

放庵

「立花先生，第一次看到這封信的時候，我也理所當然地認爲信裡所寫的『令尊』是指卯太郎先生。不過，大醫師告訴我卯太郎先生的過世根本沒有任何祕密，而且隔天晚上又從仁禮老爺那裡聽到泰子小姐說不定是恩田的骨肉，我突然恍然大悟。也就是說，這封信裡的『令尊』應該不是卯太郎先生，而是恩田。因此，我猜想這封信可能只是擷取部分，前段應該有別的內容。所以，我拜託山本先生跑一趟由良家，向發現這封信的敏郎先生確認這件事。我請山本先生跟他說，如果這封信還有其他內容，希望他能夠誠實地告訴我們。」

「啊，那麼，山本老弟剛才拿回來的這封信，就是針對這個疑問的回答？」

「是的。不過山本先生說，敏郎先生已把那部分撕毀，幸好他記得內容，便寫下請山本先生帶過來。立花先生，請你把這封信念出來吧。」

立花警部補迅速瀏覽一遍，低吟一聲，便開始大聲朗讀：

「『泰子小姐妳好，我想妳大概也知道了，妳並不是卯太郎先生的女兒。妳的父親其實從昭和七年以來便下落不明，他名叫恩田幾三。妳的母親和他私通，懷孕生下的就是妳。大家都說妳的父親行蹤成謎，事實上他已不在人世。因此……』」立花警部補念到這裡，說道：「之後就是『如果妳想知道令尊……』這一段吧。難怪敏郎先生會為了維護家族的名譽，藏起最關鍵的部分。」

「這麼說來，大醫師，」磯川警部連連點頭，「泰子並不是卯太郎的骨肉，這件事由良家的人早就知道，但泰子竟然那麼輕易被騙出門……」

「唉，」大醫師一臉愁容，「磯川老弟，這是別人家的祕密，所以直到今天我都不曾向任何人透露，其實卯太郎先生可說是悲憤而死。泰子小姐不是卯太郎先生的親生女兒，我曾聽他親口說過，當時我還半信半疑，可是，後來他那個遺孀有段時間不是和嘉平老爺很要好嗎？嘉平老爺，金田一大師和警部對於這部分……」

「嗯，之前我已向兩位懺悔過。但我倒是想起一件事，我猜想卯太郎先生，搞不好房事是無能的，敦子女士有次也說溜了嘴……」嘉平沉重地說：「這麼看來，這封信應該是莉香寫的。」

「啊，至於這一點，大醫師，其實很早就被您說中了。」

「咦，你說我嗎……？」

「是啊，我問過您，放庵先生的右手能不能寫字？您當時回答，與其用不方便的右手，不如用左手寫比較快。您還記得嗎？這很可能是莉香用左手寫的字。用左手寫寫看就曉得，很容易歪七扭八。」

「喔，有道理。」

所有人再次望著那歪歪扭扭的字跡。

「大師，這樣泰子小姐的部分就可以理解了。不過，我們家文子又是怎麼回事？莉香到底是用什麼藉口，怎會那麼輕易就把文子騙出去？」

「老爺，命案是發生在泰子小姐的守靈宴結束後，對吧？說不定她是利用歌名雄老弟的名義，譬如『我打算讓妳和歌名雄成婚』，或是『歌名雄在工廠裡等妳』之類的。」

「唉，我懂了。這個文子啊，雖然嘴裡不說，其實她已愛上歌名雄。我就是看到她那可憐的模樣，才會明知手段蠻橫，還硬去提這件婚事。這麼說來，那個秤和繭形年糕，就是莉香叫她帶過去的吧？」

「很有可能。當時文子小姐應該很詫異吧，只不過，她可能認為有什麼特別的理由，所以完全照做。」

「對了，由良家的倉庫牆壁上映出老太婆的影子，不就是那一晚嗎？」

「哈哈哈……那應該是莉香演的戲吧。拿手電筒照出一個影子，很容易就能把那個膽小的女孩騙得團團轉。」

「嗯，有道理。」磯川警部又猛點頭，「那麼，最後關於里子的部分……」

「這部分我想先請教由佳利小姐……」金田一耕助回過頭去看她。

「大師！」由佳利的眼裡充滿驚恐之色，用力搓揉著手帕說：「難不成里子成了我的替身……」

「千惠子！」春江嚇了一跳，「妳為什麼這麼說？」

「唔……」由佳利突然潰堤似地哭了起來。

眾人面面相覷。等她的哭聲平息，金田一耕助才啞著嗓子說：

「由佳利小姐，請妳說說看。妳肯定想起什麼事了吧？」

「好的，失禮了。」由佳利擦了擦眼淚，「那是文子小姐守靈宴那天晚上的事。我跟里子曾短暫離席，我們把手提包放在大廳裡。過了一會，回到席位，我不經意打開手提包，發現有一個信封，裡頭放了一張摺起來的半紙，寫了一些字。我覺得很奇怪，便找里子一起看。里子只看一眼就慌張地說：『不對、不對，這是給我的信，因爲我們的手提包一模一樣，才會不小心放到千惠子的手提包。』……里子說著，就把那封信搶過去收起來。手提包是我從東京帶回來的禮物，款式完全一樣，加上我從沒想過會收到那樣的信，很單純地相信里子說的話……」

「所以，那封信裡一定是寫著『請來六道十字』之類的內容吧？」

「是的。」由佳利含淚看著那張把泰子引誘出去的信，說道：「是一模一樣的半紙，內容也是用毛筆寫的。我當時都打開一半了……」

「由佳利小姐，如果那封信裡寫著要告訴妳有關恩田幾三的事，妳會怎麼做？」

「如果是那樣，我一定會去赴約，即使察覺可能是陷阱……」

「妳一直很想知道令尊的事，對嗎？」

「是的，就算人死了，我也想知道有關父親的事，我從小就一直這麼希望。」

由佳利再次大哭了起來，在場的人只能默默聽著。

過了好一會，大醫師感慨地低喃：

「這是爲人子女者都會有的心情吧。泰子小姐不就是懷著這種心情，才會被引誘出去嗎？」

眾人默默點頭，由佳利忍住嗚咽，說道：

「剛才聽了大師和大家的說明我才明白，原來里子早就知道那個恐怖的殺人凶手是自己的母親。眞是這樣，對里子而言，實在是一件既可怕又悲哀的事實啊。里子想必是在經過種種考量之後，決心以死……決心當我的替身去送死，才會獨自前往六道十字。她就是那樣的人。」

「那樣的人……？」

「嗯，她是一個非常體貼、又有自我犧牲精神的人。戰爭結束後，我重回這個村子的小學就讀，里子是唯一接納我的人，我們總是互相安慰……」

由佳利說到這哩，又哭了起來，然而，沒有任何人阻止她哭泣。這種情況下，讓她盡情地哭比較好吧，在場飽經世故的人都能理解。等由佳利的嗚咽聲漸漸止歇，立花警部補開口：

「我明白了，金田一大師。這下，我終於能夠理解莉香脫掉里子衣服的理由……」

「立花老弟，你的意思是……？」

「大醫師，里子那天晚上穿的是喪服，由佳利小姐卻是穿著晚禮服。因此，如果決定當由佳利小姐的替身，里子必須把喪服脫掉，換上洋裝才行。所以，里子一定是先回『龜之湯』一趟，換上洋裝之後，再前往六道十字。莉香殺了人才發現那是里子，想必嚇了一大跳。可是，她不希望被人知道，里子是當了由佳利小姐的替身，才會脫掉她的洋裝。金田一大師，您……的看法呢？」

「嗯，我贊成。」

「這樣的話，里子的喪服到哪去了？」

「還藏在『龜之湯』的衣箱底下吧。莉香應該是想將喪服穿回里子身上，可惜沒有充裕的時間。」

「金田一大師，眞的非常感謝。」立花警部補很有男子氣概地低頭行禮。

這時，現場陷入深深的沉默。每個人都沉浸在自己的思緒。儘管心裡都存有一些疑點，也有想提的問題，然而大家似乎都唯恐打破沉默。這是一樁恐怖至極的案件，也將成爲一個悲慘至極的回憶，但最後得知『龜之湯』的里子那令人感到鼻酸的自我犧牲，大家內心都感受到些許溫暖。

率先打破沉默的是立花警部補。

「金田一大師……」

「嗯。」

「最後想再請教大師一個問題……」

「好的，什麼問題？」

「大師是在什麼時候發覺，其實恩田幾三和青池源治郎是同一個人？」

這是一個很好的問題。在場所有人……連還在低聲嗚咽的由佳利也放下按著眼睛的手帕，望向金田一耕助。

起初，金田一耕助沉默不語，半晌後才終於開口：

「這個啊，立花先生……」

「是。」

「這段時間一直聽著警部和各位的證詞，不知不覺間，在我的腦海裡，恩田幾三這個人慢慢成形。一個戴著金框眼鏡、留著鬍髭的美男子，口才絕佳，最後卻成了一名詐欺犯。他並不是一開始就打算騙人的壞蛋，只是在異性交往方面非常爲所欲爲……這樣的形象逐漸存在我的腦海裡。另一方面，當我來到這個村子，得知被害人源治郎當過電影解說員，而且相當受歡迎，再看到歌名雄老弟這名美男子，也見識到里子小姐的美貌——里子小姐如果沒有那些紅斑，難道各位不認爲她是一個很美的女孩嗎？」

「一點也沒錯。就是因爲這樣，大家更覺得這個女孩可憐，眞的好可惜啊。」小本多醫師的夫人一子強烈認同這個看法。不知什麼時候開始，她也加入大家的討論。

「嗯，所以，就在我一直想像著這對兄妹的父親，一定也是個美男子的時候，不知不覺間，恩田幾三的形象愈來愈接近電影解說員青柳史郎。再加上我曾聽說，那些講解電影情節的人，也就是所謂的電影解說員當中，出現過一名好獵漁色的人物。而且，從莉香的口氣中隱約感覺得到，她似乎爲丈夫的個性吃了不少苦。這部分警部應該也感受得到吧？」

「是啊，那當然了。」磯川警部不禁縮起肩膀。

「只不過，這兩個人的形象如此接近，同時也存在一個強烈牴觸的事實，那就是爲何當時村裡的人都沒察覺這件事？直到十五日晚上，從仁禮老爺那裡得知源治郎在被殺害之前，村子裡沒人知道他是神戶的知名電影解說員的時候，這個疑點總算解開。接下來，我便試著請教春江夫人有關恩田幾三身體上的特徵，又得知這些特徵似乎與昭和七年命案的被害人一致，最後我才下定決心跑一趟神戶。」

「這麼說來，大師前往神戶，最主要的目的並不是爲了《民間傳承》這份雜誌，而是青柳史郎的照片。」

「如果只是爲了《民間傳承》，只要打通電話去吉田家詢問就行了……話說回來，幸好青柳史郎的照片一直保留到今天。」

金田一耕助說著，頭又低了下來，現場再度陷入深深的沉默。而打破這個沉默的，是磯川警部誇張的笑聲。

「大醫師、本多大醫師，」磯川警部彷彿喝醉了似地說：「當初我們眞是笨到不行啊。大醫師從頭到尾都堅持那是源治郎的屍體，我則一直懷疑那是恩田的屍體。大醫師，您當時怎麼不這麼跟我說？『磯川先生，你說得很有道理，但我不想改變主張。我們乾脆認定恩田就是源治郎，握手言和吧！』……您爲什麼不這麼跟我說嘛！」

「磯川先生，話是這麼說，可是啊……」大醫師把眼睛瞪得大大的，「我的頭腦要是那麼靈活，就不會來這種窮鄉僻壤，當一個悶悶不樂的醫師了啊。」

「您應該早就上東京去，開一家本多偵探事務所了吧？」

嘉平老爺馬上接了這麼一句，引得所有人哄堂大笑，連咲枝、春江和由佳利也忍不住破涕爲笑。

原本停歇的雨，不知何時又淅瀝瀝地下了起來。時間已過午夜十二點……

EPILOGUE — 結言

# 我借給你一貫了

由於金田一耕助的出現，使得震撼了岡山縣、也震撼了全日本的鬼首村手毬歌殺人事件得以破案，令我終生難忘的昭和七年案件也同時眞相大白。這不僅對我本身，相信對其他人而言，都是一件值得慶賀的事。謹於此記錄破案後的種種瑣事。

昭和三十年八月十八日中午左右，我們發現放庵先生——也就是多多羅一義的屍體。那是採納秤店老爺仁禮嘉平的推測，從村子的公共墓地裡挖掘出來的。

連續命案發生數天前的八月七日，村裡一戶農家的老太太村崎金過世，葬禮在八月九日下午三點舉行。在鬼首村一帶，除了外地人，通常採用土葬，因此村崎金女士也被埋葬在公共墓地中，村崎家代代祖先的墳墓裡。

這一場葬禮，「龜之湯」的莉香一如往常，是全村第一個趕到幫忙的。由於她也前往了墓地，大概曉得墓地剛被挖掘過的部分土壤還很鬆軟，同樣的地方再挖一次也不會有人起疑。而且，這個公共墓地就在食人沼澤旁，距離多多羅放庵居住的草庵只有一百公尺左右。現在仔細想想，她應該就是如同金田一耕助所說，利用獨輪斗車將放庵先生的屍體運過去那裡。

村崎家在十五日盂蘭盆節那天，曾前往掃墓。據他們說，當時的確曾注意到墓地有部分遭破壞的跡象，然而，由於十日下過大雷雨，各地都有坍方的情況發生，他們認爲可能也是大雷雨造成，並未特別放在心上。再加上，由於墓地埋進放庵先生的那個位置的泥土，沒有翻動過的痕跡，金田一耕助認爲，莉香埋葬屍體的作業，應該是在那場大雷雨來襲之前，換句話說，早在九點左右就完成了。因此，那場大雷雨可說幫了凶手兩件事：第一是將挖掘過的泥土壓平，第二則是將獨輪斗車的車輪痕跡洗去。這麼一來，問題只剩下留在草庵裡的那支大蠟燭。這一點，我們猜測應該是莉香爲了要製造大雷雨來襲之後，放庵先生仍活著的假象，故意設計的吧。

另外，在此要提一下放庵先生被挖掘出來的模樣。當時屍體是全身赤裸地放置在村崎金女士的臥棺裡，剛好擺成與村崎女士相擁的姿勢。雖然放庵先生的體格算是嬌小，但一個臥棺要放進兩具屍體，還是稍嫌擠了一點。因此，棺木上方的土被撥開的時候，露出的棺蓋其實呈現沒有蓋緊的狀態。不過，如果歷經長時間，等屍體的肉腐爛，兩具遺骨應該能在臥棺裡舒適地相擁吧。仔細想想，生前娶了八個老婆的放庵先生，這麼一來，不就像是在死後又娶了村崎金女士嗎？只是不知道這麼說，會不會惹惱村崎家的遺族。

這部分就不提了。話說，放庵先生遺體的狀態比想像中好。儘管如此，我們仍無法正視遺體的原因是，那細小的脖子上清楚留有繩索的勒痕。事實上，放庵先生不是遭到毒殺，而是被勒死。但等驗屍結果報告出爐之後，我們才發現放庵先生也吃下大量被稱爲山梗菜鹼的生物鹼劇毒。換句話說，即使他沒被勒死，應該也會被毒死吧。

試著推想，可能是放庵先生中了毒，正痛苦不已的時候，莉香害怕時間拖得太久，心一橫就將他勒死了。對一個一輩子都隨心所欲活著的浪子而言，如此死法眞是悲哀至極啊。

此外，就在同一天，立花警部補一行人在「龜之湯」的衣箱底發現里子的喪服。這件喪服無疑是里子遇害當天所穿，然而，從喪服上沒有任何血跡與泥土汙痕來判斷，里子應該的確曾先回家一趟，換上洋裝之後才再度出門。根據女傭阿幹的證詞，里子生前有一件很像晚禮服的連身裙，但警方截至目前仍未找到這件連身裙。

而且，不僅是這件連身裙，放庵先生生前所穿的衣物也一直沒發現，我們猜想這些衣物應該都被莉香偷偷燒掉了吧。

在整個案子裡受到最大的打擊的人，不用說，當然是歌名雄。歌名雄一直被村民視爲好青年，深受大家的喜愛。然而，不管動機爲何，他的母親竟然先後殺害五名男女，也難怪歌名雄會心痛與自責到無地自容。

雖然在我寫這份紀錄的時候，歌名雄日後的安身之計仍未定。然而，注意到這名青年有一副好嗓子的日下部是哉，提議將他栽培爲一名歌星。在此也附帶一提。

八月二十四日下午，經由金田一耕助居中聯絡，歌名雄和由佳利首次以同父異母兄妹的身分面對面。當時由佳利說的那段話，我應該一輩子都忘不了吧。她說：

「哥哥，請讓我稱呼你一聲『哥哥』吧。哥哥，你也知道，我從有記憶開始，就一直爲自己是騙子兼殺人犯的女兒感到非常羞恥，不只一次想自殺。可是，我還是活了過來。我一路咬著牙忍受世間給我的傷害。哥哥，身爲一名弱女子的我都能夠忍受過來了，身爲一名堂堂正正男子漢的哥哥，一定也辦得到。請你一定要堅強起來，請你一定要勇敢活下去。」

我想就是由佳利的這麼一席話，才讓歌名雄下定決心將「龜之湯」轉手給親戚，前往東京發展吧。

整件案子告一段落後，我再次請了休假，從八月底到九月中旬，大約三個星期，和金田一耕助一起在京都、大阪與奈良大和等地旅遊。最後到了九月二十日，我們在京都車站揮手道別。

即將各奔東西之際，除了向金田一耕助鄭重地道謝，我還握緊著他的手說了以下這些話：

「金田一大師，沒錯，我的確是年紀一大把了，但我還是希望能夠繼續多活幾年，將來有機會能再和大師一起工作。只不過，如果又是像這次的案子，我說什麼也不幹。像這種悲哀的情緒會一直拖個沒完沒了的案子……」

金田一耕助什麼也沒說，只是默默凝視著我的雙眼。突然間，他附上我的耳朵，低聲說道：

「在下失禮了。警部，我看你是一直深愛著莉香吧。」

就在我驚呼一聲，愣在當場的時候，金田一耕助早已躍上駛動的火車離去了。

昭和三十年九月二十一日

磯川常次郎　記

原著書名／悪魔の手毬唄・作者／橫溝正史・翻譯／吳得智・責任編輯／詹靜欣（初版）、陳盈竹（二版）・行銷業務部／徐慧芬、陳紫晴・編輯總監／劉麗眞・總經理／陳逸瑛・榮譽社長／詹宏志・發行人／涂玉雲・出版／獨步文化 城邦文化事業股份有限公司 104台北市中山區民生東路二段141 號 5 樓 電話／(02) 2500-7696 傳眞／(02) 2500-1967・發行／英屬蓋曼群島商家庭傳媒股份有限公司城邦分公司 台北市中山區民生東路二段 141 號 2 樓・讀者服務專線／(02)2500-7718; 2500-7719・服務時間／週一至週五：09：30-12：00、13：30-17：00・24小時傳眞服務／(02)2500-1990; 2500-1991・讀者服務信箱 E-mail／service@readingclub.com.tw・劃撥帳號／19863813 書虫股份有限公司・香港發行所／城邦（香港）出版集團有限公司 香港灣仔駱克道193 號東超商業中心1 樓 電話／(852) 25086231 傳眞／(852) 25789337・馬新發行所／城邦（馬新）出版集團 Cite (M) Sdn. Bhd. 41, Jalan Radin Anum, Bandar Baru Sri Petaling, 57000 Kuala Lumpur, Malaysia. 電話／(603) 90563833 傳眞／(603) 90576622・封面設計／高偉哲・排版／游淑萍・印刷／中原造像股份有限公司・2021年12月3日二版二刷・定價／460 元 ISBN 978-986-5580-98-8（平裝） ISBN 9789865580995（EPUB）
Printed in Taiwan

# 惡魔的手毬歌

日本推理一大師一經典

AKUMA NO TEMARIUTA

 ISBN 978-986-5580-98-8（平裝） ISBN 9789865580995（EPUB）

國家圖書館出版品預行編目資料

惡魔的手毬歌／橫溝正史著；高詹燦譯. 初版. -- 臺北市：獨步文化：家庭傳媒城邦分公司發行, 2021〔民110〕
面； 公分.（日本推理大師經典；16）
譯自：悪魔の手毬唄

ISBN 978-986-5580-98-8（平裝）
ISBN 9789865580995（EPUB）

861.57 110015415

獨步文化
APEX PRESS

| 廣　告　回　函 |
|---|
| 北區郵政管理登記證 |
| 台北廣字第000791號 |
| 郵資已付，免貼郵票 |

104台北市民生東路二段 141 號 2 樓

**英屬蓋曼群島商家庭傳媒股份有限公司**

**城邦分公司**

請沿虛線對摺，謝謝！

獨步文化
APEX PRESS

**書號**：1UD016X　　**書名**：惡魔的手毬歌　　**編碼**：

請於此處用膠水黏貼

獨步文化 APEX PRESS

# 讀者回函卡

謝謝您購買我們出版的書籍！

請費心填寫此回函卡，我們將不定期寄上城邦集團最新的出版訊息。

姓名：＿＿＿＿＿＿＿＿＿＿ 性別：□男 □女

生日：西元＿＿＿＿年＿＿＿＿月＿＿＿＿日

地址：＿＿＿＿＿＿＿＿＿＿＿＿＿＿＿＿＿＿

聯絡電話：＿＿＿＿＿＿＿＿＿＿ 傳真：＿＿＿＿＿＿＿＿

E-mail：＿＿＿＿＿＿＿＿＿＿＿＿＿＿＿＿＿＿

學歷：□1.小學 □2.國中 □3.高中 □4.大專 □5.研究所以上

職業：□1.學生 □2.軍公教 □3.服務 □4.金融 □5.製造 □6.資訊

□7.傳播 □8.自由業 □9.農漁牧 □10.家管 □11.退休

□12.其他＿＿＿＿＿＿＿＿＿＿＿＿＿＿＿＿

您從何種方式得知本書消息？

□1.書店 □2.網路 □3.報紙 □4.雜誌 □5.廣播 □6.電視

□7.親友推薦 □8.其他＿＿＿＿＿＿＿＿＿＿

您通常以何種方式購書？

□1.書店 □2.網路 □3.傳真訂購 □4.郵局劃撥 □5.其他

您喜歡閱讀哪些類別的書籍？

□1.財經商業 □2.自然科學 □3.歷史 □4.法律 □5.文學

□6.休閒旅遊 □7.小說 □8.人物傳記 □9.生活、勵志 □10.其他

對我們的建議：＿＿＿＿＿＿＿＿＿＿＿＿＿＿＿＿

＿＿＿＿＿＿＿＿＿＿＿＿＿＿＿＿

＿＿＿＿＿＿＿＿＿＿＿＿＿＿＿＿

為提供訂購、行銷、客戶管理或其他合於營業登記項目或章程所定業務需要之目的，家庭傳媒集團（即英屬蓋曼群島商家庭傳媒股份有限公司城邦分公司、城邦文化事業股份有限公司、書虫股份有限公司、墨刻出版股份有限公司、城邦原創股份有限公司），於本集團之營運期間及地區內，將以mail、傳真、電話、簡訊、郵寄或其他公告方式利用您提供之資料（資料類別：C001、C002、C003、C011等）。利用對象除本集團外，亦可能包括相關服務的協力機構。如您有依個資法第三條或其他需服務之處，得洽詢本公司服務信箱cite_apexpress@cite.com.tw請求協助。相關資料不提供亦不影響您的權益。

□我已詳讀權利義務之相關條款，並同意遵守。

請於此處用膠水黏貼